Das Sonnenfest

OLIVER PRANGE

Das Sonnenfest

Roman

Edition D

Korrektorat: Andrea Leuthold, Zürich
Umschlaggestaltung und Satz: vetschfrei.com
Druck und Bindung: Friedrich Pustet GmbH & Co. KG, Regensburg

Zu bestellen auf: www.du-magazin.com/sonnenfest

ISBN 978-3-905931-70-9

Für Judith, Cindy und Linda

KAPITEL № 1

Mille Gusti – tausend Geschmäcker

Ascona liegt zu Füssen von hohen Bergen. Der Lago Maggiore schlängelt sich südwärts bis in die Lombardei. Der See ist ein tiefblauer Zauberspiegel in der milden Sonne des Frühlings. Im Kräuseln der Wellen wirken die beiden Brissago-Inseln wie stoisch vor Anker liegende Schiffe. In der klaren Luft zeichnet sich der Bergzug des Monte della Trinità scharf vor dem Horizont ab. Der Grat ist bis Anfang Sommer mit Schnee überzogen, der in der Sonne gleisst, aber von seinen Granitflanken rauschen schäumende Wasser der Schneeschmelze zu Tal.

Von schroffen Höhenzügen fallen steile Stürze, in denen gewaltige Steintrümmer liegen. Etwas unterhalb beginnen Birken, Buchen, Lärchen und Kastanien. Sie umsäumen weiche Weidenfelder. In den steilen Halden sonnen sich einsame Scheunen, umgeben von Farn. Oberhalb des Sees reihen sich Rebgirlanden auf gestuften Terrassen, dazwischen liegen holprige Pfade. Die Magnolien, Pfirsich-, Apfel- und Feigenbäume tragen schmucke Blütenpracht. Schon leuchten Blumen in allen Farben mit berauschendem Duft: Hyazinthen, Forsythien, Frauenschuh, Schlüsselblumen, Azaleen, Wildprimeln, Türkenbund, Knabenkraut und Narzissen. Bald erwachen auch Flieder, Glyzinien, Kamelien und Ginster. Bereits hört man das Zirpen von Grillen und Heimchen, das Knarren der Frösche, das Huschen von Eidechsen, das lautlose Schlängeln von Kreuzottern und Ringelnattern. Die Hügel um Ascona leuchten. Die «Inverna» bläst eine alpenhaft klare Luft. Der Himmel über Ascona ist hoch und rein.

Auf der Piazza ging das Leben seinen gewohnten Gang an diesem Frühlingstag im Jahr 1917. Alfredo bespannte gedankenversunken Holzstühle mit Strohflechten. Er sass zwischen aufgehängten Fischernetzen unter den Arkaden des Palazzo Papio, des schönsten Hauses des Dorfs, das Bartolomeo Papio vierhundert Jahre zuvor hatte erstellen lassen, als er reich und vornehm aus Rom zurückgekehrt war. Die Wäscherinnen in ihren Faltenröcken standen gebückt am Ufer und rieben Kleider am Waschbrett sauber, während sie den neusten Klatsch austauschten.

Renato, der Schuhmacher, sass hinter dem geöffneten Fenster in seiner dunklen Werkstatt inmitten seiner Schmierfettdosen und klopfte Sohlen, als ginge ihn nichts anderes etwas an. An einer Hauswand an der Via Borgo kauerte Luigi Carrara, der alte Schirmflicker. Er wartete dösend auf Arbeit – ein hoffnungsloses Ansinnen an diesem sonnigen Tag. Von Locarno ratterte Achille Poncini, der Scherenschleifer, fröhlich pfeifend mit seinem Wagen auf dem holprigen Pflasterstein heran. Auf der Ladefläche waren ein grosses und ein kleines Rad installiert, dazwischen spannte sich ein Schleifband, an dem er die Klingen schärfte.

Als die Glocken der Kirche Pietro e Paolo zwölf Uhr läuteten, rannten die Kinder in den Gassen nach Hause zum Essen. Unter den Kastanien im Garten des Grotto Ticinese grinsten die zahnlosen Alten in die Sonne und spielten Bocce, während ihre Frauen mit schweren Hutten auf dem Rücken gekrümmt vom Berg herabkamen.

Ein Fuhrwerk ratterte laut zwischen den Gassen über den Pflasterstein. Jeder sollte es nahen hören. Alle fürchteten es. Die Männer flüchteten davor aufs Feld oder aufs Wasser. Dennoch öffnete sich eine Tür, wo immer das Fuhrwerk hielt, und eine Frau blickte verstohlen aus dem Dunkel.

Das lag an Gino. Gino war gross und stämmig. Tägliche Körperwäsche gehörte nicht zu seinen Gepflogenheiten, aber als Postino klebte ihm nicht der Geruch von Fisch oder Stall am Körper wie den Ehemännern. Gino war ein hübscher junger Mann und hatte stets ein schelmisches Lächeln auf den Lippen, womit er manch schamhafte Gottesgläubige zur Blüte brachte. Sein Freund Jampa, der neben ihm auf dem Fuhrwerk stand, war auch Postino. Das war die einzige Gemeinsamkeit. Jampa war hager und schlaksig, stets schlecht gelaunt und dennoch gerissen. Seine Verdrossenheit mochte man von seinem körperlichen Defekt ableiten; sein linker Arm war zu kurz, wie steif hing er an ihm herab. Die Postinos vertrugen Briefe, Pakete und Zeitungen, die der Postbus aus Locarno brachte. Der übernahm sie von Zügen, die aus dem Norden durch den St.-Gotthard-Eisenbahntunnel kamen, der zwischen 1871 und 1881 gebaut worden war.

Gino stand breitbeinig auf dem Fuhrwerk, neben sich einen Sack Reis und ein Weinfass, in das er den Nostrano goss, der aus allen Kellern kam. Darum nannte man ihn Mille Gusti, tausend Geschmäcker. Für viele war er ungeniessbar.

Gino hielt die Hände trichterförmig vor den Mund und rief, so laut er konnte: «Signora Boresco, geben Sie Reis und Nostrano!»

Aber es rührte sich nichts.

«Signora Boresco, geben Sie Reis und Nostrano!»

Jetzt strömten Nachbarn an die Fenster mit Kissen, auf die sie ihre Unterarme betteten, bereit für das Schauspiel.

Gino wusste natürlich, dass sie ihn hörte. Wahrscheinlich stand sie hinter dem Portal, unschlüssig, fluchend.

Das machte ihn munter.

«Signora, Sie sind doch kein Geizhals!»

Er hielt eine Hand ans Ohr, im Wissen, dass sich die Blicke aller auf ihn richteten.

In der Tat ging nun knarrend die schwere Kastanientür einen Spalt weit auf.

«Was willst du von mir?», krächzte die Stimme einer alten Frau.

«Es ist Carnevale, du musst Reis und Nostrano geben wie alle anderen!»

Nach einem Moment sprang die Tür ganz auf, und die Signora trat aus dem Dunkel. Sie blickte sich um und nahm zur Kenntnis, was sie befürchtet hatte.

«Wie viel hat die Fribaldi gegeben?», rief sie.

«Ein ganzes Pfund und fünf Liter!», log Gino.

Sie zuckte zusammen und hielt theatralisch die Hände an die Wangen.

«Du willst wohl, dass ich verhungere! Schäm dich, eine arme alte Frau auszunehmen. Scher dich fort, du Dieb!»

Doch Gino liess sich nicht beirren, schliesslich wusste er um ihre Vorräte. Ihm machte es sogar Spass, sie zu ärgern. Sie war ein übles Lästermaul.

«Was, du willst nichts geben zum Carnevale?»

Wie jeden Februar stand das traditionelle Risottoessen an, und jeder hatte seinen Teil beizusteuern, auch die Boresco, die sich stets am tapfersten dagegen wehrte. Gino breitete die

Arme aus und blickte um sich wie ein Operntenor, bereit für den Applaus. Schliesslich war es dieselbe Vorstellung wie jedes Jahr. In der Tat klatschten die Damen in ihren Fenstern, die Virginia Poncini, die Camilla Pedrazzini, die Sofia Maceroni und die Schwestern Pisoni – die Bìdola und die Olimpia. Gino wusste, er hatte die Boresco im Sack – denn sich eine Blösse geben, das wollte sie dann doch nicht –, aber er konnte es nicht lassen, sie weiter zu piesacken.

«Beeilung, Signora, wir haben nicht den ganzen Tag Zeit für Sie!»

Die Boresco verwarf die Hände und verschwand im Dunkel des Hauses, um mit einem halben Pfund Reis und einem Liter Nostrano wieder zu erscheinen.

«Ihr seid schuld, wenn eine hilflose, alte Frau verhungert und verdurstet, der Allmächtige wird euch strafen!»

«Aber Signora, das ist nicht genug!», rief Gino laut.

Gelächter aus jedem Fenster, noch mehr Applaus.

Plötzlich schrie die Alte: «Was macht der denn hier?»

So sehr in Sorge war sie um ihre Vorräte, dass sie mich erst jetzt wahrnahm. Da ich den Karren zog, stand ich an der Deichsel. Entsetzt bekreuzigte sie sich.

«Warum habt ihr den mitgebracht? Ihr wollt wohl, dass ein Unheil über mich kommt! Kennt ihr denn keine Gnade mit einer armen alten Frau? Verschwindet! Macht, dass ihr fortkommt!»

Offensichtlich glaubte sie an die Gerüchte, die sie selbst über mich im Dorf verbreitete.

«Aber Signora Boresco. Christo tut ihnen doch nichts. Er ist völlig harmlos.»

Ich zog den Kopf ein. Doch die Boresco gab sich panisch,

schwenkte wild mit den Armen, um mich zu verscheuchen wie einen streunenden Hund. Ich aber rührte mich nicht, sondern blickte sie nur an.

«Weg mit dem! Geht endlich!», jammerte sie verzweifelt und zog sich dann zurück. Sie verriegelte ihr Haus.

Die Vorräte waren wieder dort, wo sie hingehörten: in ihrer Vorratskammer.

KAPITEL № 2

Der Ziegenbock im Mehlsack

Die Nacht war klirrend kalt, als ich vom Bett aufstand und am Fenster Luft holte, um wach zu werden. Im silbernen Sternenlicht betrachtete ich die über Jahrhunderte gereifte Patina der gegenüberliegenden Häuserreihe der Via Borgo. Dann blickte ich empor zum Monte Verità, der über Ascona thronte wie ein Schloss. Ich war kein Frühaufsteher, umso schwerer fiel mir die Arbeit als Panettiere. Um diese Zeit war ich immer melancholisch gestimmt, aber die trübe Stimmung würde im Laufe des Morgens verfliegen. Ich überdachte den Tag, versuchte, gelassen und nicht bekümmert zu sein. Egal, was die Dörfler von mir hielten. Ich ging gekrümmt, aber mit aufhellender Laune würde auch meine Haltung straffer werden. Ich wusch mich am Becken, das ich am Abend zuvor mit frischem Wasser gefüllt hatte. Ich seufzte, warf die Schultern zurück. Ich hatte keine Lust, in die Backstube zu gehen, aber es blieb mir nichts anderes übrig. Meine Mutter Rosa stand später hinter der Kasse, mein Vater – auf ihn war kein Verlass. Er verhockte die Nächte im Grotto Elvezia und schlief dann irgendwo im Gang, auf der Treppe oder in der Backstube, wenn er es nicht mehr bis ins Bett geschafft hatte. Ich war schläfrig, und als ich die Treppe zur Backstube hinunterging, stolperte ich und wäre beinah gestürzt. Mir wurde schwindlig, und ich musste mich an der Wand festhalten und mich kurz besinnen.

In der Backstube sah ich mich um; alles hing an seinem Platz. Der Holzofen war von der Asche gereinigt, die Holzscheite für die nächste Befeuerung bereit. Die Paninipresse, mit der man Teigstücke teilte, war sauber und ebenso der Backtisch. Daneben standen Kupferkessel. An der Wand hingen ordentlich nebeneinander Rodonkuchen-Formen, Knethaken, Milchkannen, Rührbesen und Rollhölzer. Auf der Holzbank standen eine Waage, Teigteiler, Weidenkörbe. Ich hatte gern Ordnung, vielleicht deshalb, weil in mir keine Ordnung war. Die Bäckerei verströmte für mich jetzt die erwartungsvolle Atmosphäre einer Zirkusbühne, auf der die Dörfler in der Früh ihren Auftritt hatten. In einer Ecke des Ladens standen später an diesem Morgen schwatzend die Virginia Poncini, die Camilla Pedrazzini, die Sofia Maceroni und die Schwestern Pisoni – die Bìdola und die Olimpia –, Damen, denen sich kein Mann erbarmt hatte. Sie waren alle unverheiratet.

«Buongiorno, Christo!», riefen sie wie aus einem Mund und kicherten einander zu. Es war offensichtlich, dass sie etwas im Schilde führten.

Die Olimpia sagte: «Morgen Abend treffen sich alle bei ‹Carlo's›. Ach, wie gern würde ich zum Tanz. Wenn mich doch nur einer fragen würde.»

Wieder kicherten die Damen hinter vorgehaltener Hand.

Die Bìdola sagte: «Gehst du auch dorthin, Christo?»

Das Gespött beeindruckte mich nicht, ich war es gewohnt. Ich wischte mir die mehligen Hände an der Schürze ab, rückte die Körbe mit den Panini auf dem Holzgestell zurecht, nahm eines, das nicht gut aussah, aus dem Korb und gab es in eine an den Ladentisch gelehnte Gerla, wo ich es für die Esel und Pferde trocknen liess.

«Hast du eine Begleiterin, Christo?», fragte Camilla.

Ich hatte noch nie eine Begleiterin gehabt. Ich hätte mich

nie getraut, ein Mädchen zu fragen. Es hätte auch überhaupt keinen Zweck gehabt. Allen war es peinlich, mit mir gesehen zu werden.

Ich bin kein Kavalier.

Rosa warf den Damen einen missbilligenden Blick zu.

Die Glöckchen an der Tür läuteten. Der kleine Luca trat ein. Er führte seine Ziege an der Leine, die aufgeregt ihren Kopf schüttelte.

«Buongiorno!», rief Luca, ging zu den Körben, schnappte sich gleich zwei Panini, leckte sie grinsend ab, um sie für sich zu sichern.

Die Virginia Poncini, die Camilla Pedrazzini, die Sofia Maceroni und die Schwestern Pisoni – die Bìdola und die Olimpia – rümpften die Nasen.

«Ich habe leider kein Geld», zuckte Luca mit den Schultern. «Aber bezahlen kann ich doch.»

Er liess sich auf die Knie fallen, entnahm seiner Schürze einen Becher, stellte ihn unter die Ziege und begann sie zu melken.

Stolz reichte er mir die Milch.

Die Türglöckchen erklangen aufs Neue. Metzger Renato Buttiglioni trat ein. Er musste sich seitlich in den Laden zwängen, denn er war ein Hüne, mit Armen, so dick wie Kuhschenkel, und dem Brustkorb eines Ochsen. Zwar sah er grobschlächtig aus, aber das war er nicht. Sein Gemüt war weich wie Butter. Er rief mit einer Piepsstimme, die nicht zu seinem massigen Körper passte: «Habt ihr schon so schöne Würste gesehen? Sie sind ganz frisch. Frische Würste!»

Die Wurstkette war zweimal um seinen Hals geschlungen. Frühmorgens waren die Kunden in der Panetteria, nicht in der

Macelleria. Das hielt er nicht aus, und er war sich nicht zu schade, in der Bäckerei für seine Fleischwaren zu werben.

Auch daran hatte Rosa sich gewöhnt. Nicht aber Vater, den alle den Brunelli nannten. Schwankend erschien er im Türrahmen. Seine Augen waren blutunterlaufen. Die Hosenträger baumelten an ihm herab. Sein Hemd war unter den Achseln verschwitzt.

«Scher dich in deinen eigenen Laden, Buttiglioni!»

«Mach dich erst mal sauber, Brunelli!», piepste der.

Da ertönte aus dem Grammofon kratzend der Gesang von Enrico Caruso. Bedrohlich hob Vater die rechte Hand, in der er eine Rasierklinge wie einen Taktstock zur Musik schwang. Er hatte sich gerade rasieren wollen, als er den Macellaio hörte.

«Ich schneide dir gleich eine Wurst ab, Buttiglioni», drohte er und wies mit der Klinge auf dessen Schoss.

Die Virginia Poncini, die Camilla Pedrazzini, die Sofia Maceroni und die Schwestern Pisoni – die Bìdola und die Olimpia – wichen zurück, indes schienen sie entzückt von dem allmorgendlichen Spektakel.

Da läuteten wieder die Glöckchen. Die Frauen schlugen sich die Hand vor den Mund. Ein eigenartig aussehender Fremder betrat den Laden. Er trug eine weisse Toga, die auf Hüfthöhe mit einer Schnur zusammengebunden war. Sein Gesicht war zerfurcht und sonnengegerbt. Die blonden, wallenden Haare reichten ihm bis über die Schultern und wurden von einem ledernen Stirnband zusammengehalten. Der krause Bart ging ihm bis zur Brust. Seine Füsse steckten in Bastsandalen. In der Rechten hielt er einen kunstfertig geschnitzten Spazierstock.

Die Frauen bekreuzigten sich. Der Fremde blickte sich um. Er nahm ein Brot, hielt es gegen das Licht, betrachtete es von allen Seiten, dann drückte er es mit dem Daumen ein und legte es zurück. Kopfschüttelnd wiederholte er dieses Schauspiel mehrmals. Ich schaute ihm wortlos zu.

«Was gibt es denn da zu gaffen?», blaffte Karl Gräser mich an. «Das ist doch kein Brot! Brot ist das nicht! Brot macht man anders! Körnig muss es sein! Dunkel muss es sein!»

Widerspruchslos nahm ich die eingedrückten Brote aus den Körben, weil sie nicht mehr zu verkaufen waren, und gab sie in die Gerla, für die Tiere.

«Ich muss doch sehr bitten, mein Herr!», wehrte sich Rosa.

Einen Moment lang hielt Gräser inne, kniff die Augen zusammen.

«Man mahle das Korn grob. Jedem Kilogramm füge man zehn Gramm Salz, etwas Olivenöl und Wasser bei. Man knete den Teig am Abend und lasse ihn über Nacht an einem warmen Ort stehen, damit er aufgehe.»

Aus den Augenwinkeln beobachtete er, wie seine Belehrung wirkte, dann fuhr er zufrieden fort: «Am Morgen knete man den Teig nochmals. Dann fülle man ihn in die Form. Wenn er sich erneut erhoben hat, lege man ihn in den heissen Ofen. Dort lasse man ihn für zwei Stunden. So macht man Brot!»

Erst jetzt merkte ich, dass Gräser nicht allein gekommen war. Bislang unsichtbar, trat ein Bub von etwa neun Jahren hinter ihm hervor. In seiner weissen Toga sah er aus wie ein zu kurz geratener Altgrieche, jedoch hatte er blonde Haare. Als er die Cantuccini in der Fensterauslage entdeckte, sprang er hin und stibitzte eins nach dem anderen aus dem Glas. Gräser liess ihn gewähren.

Ich näherte mich Gräser.

«Sind Sie ein Priester?», fragte ich.

Angesichts der Tatsache, dass Priester Schwarz tragen, Gräser jedoch ganz in Weiss gekleidet war, keine kluge Frage.

Gräser legte die Stirn in Falten, kniff die Augen zusammen, rümpfte die Knollennase und warf die Lippen auf.

«Wie kommst du dazu, mich einen Priester zu nennen? Sehe ich etwa aus wie ein Priester? Du vergleichst mich mit einem untoleranten Menschenschlag! Priester sind Menschen, die den ganzen Tag vom Höheren, Besseren, Reinen träumen und damit den Leuten das Leben schlechtreden.»

Vater hielt die Nase in die Luft.

«Was stinkt denn hier auf einmal so?»

Gräser legte den Kopf schief.

«Es ist falsch, wenn man jemandem die eigene Überzeugung aufzwingen will, denn man nimmt ihm dadurch die Freiheit. Es ist der Menschheit immer schlecht bekommen, wenn sich jemand anschickte, das Denken anderer beeinflussen zu wollen. Jeder Mensch kommt am besten allein zurecht!»

Ich wich nicht zurück.

«Dann sind Sie vom Monte Verità?»

Gräser betrachtete prüfend seine schmutzigen Fingernägel, als scherte er sich tatsächlich um sein Äusseres. Die Provokation war zu köstlich, und er genoss sie.

«Was soll das denn heissen? Du willst mich wohl erneut beleidigen? Die vom Monte Verità – das sind alles Verrückte! Die sind von der Stadt verseucht und wollen sich da oben auskurieren. Die Stadt ist nicht gesund für den Menschen. Die Maschinen rauben ihm den Verstand und die Zerstreuungen das Herz.»

Er legte sich die Hand an die Brust, blickte mit sehnsüchtigem Blick nach oben, wobei ihm die Sicht in die Weite des Himmels von der tief hängenden Zimmerdecke verdeckt wurde. Mit zittriger Stimme fuhr er fort: «Bald können die Menschen zueinander keine Fühlung mehr gewinnen. Und wenn sie dann auf dem Monte Verità ankommen, dann ist der Kopf schon kaputt. Jeder redet auf den anderen ein, und niemand hört zu.»

«Die Ziege, sie stinkt!», rief Vater.

Gräser machte eine Pause, nahm die verschüchterten Frauen in der Ecke ins Visier und musterte sie von oben bis unten.

«Alle wollen immer nur die schönen Frauen sehen.»

Virginia Poncini streckte ihren Busen vor und lächelte.

«Damit bist doch nicht du gemeint! Die Tänzerinnen meine ich! Die sind schön, sogar ganz gemein schön! Die Tänzerinnen vom Monte Verità! Aber man darf sich von der Lüsternheit nicht bestechen lassen. Man muss das fleischliche Verlangen überwinden. Es macht die Männer irr und die Frauen unnötig stolz.»

Das war das Stichwort für Buttiglioni. Von fleischlichem Verlangen verstand er viel. Er trat vor, zog die Augenbrauen hoch und fragte Gräser hoffnungsvoll: «Wollen Sie vielleicht eine Wurst? Sie ist ganz frisch.»

Da polterte das Cantuccini-Glas zu Boden. Es blieb ganz, aber überall lag nun das Gebäck herum.

«Habakuk!» Gräser schüttelte den Kopf.

Alle blickten zu dem Jungen, der eine Unschuldsmiene aufsetzte.

«Das war ich nicht! Das Glas ist von ganz alleine umgekippt!»

«Es ist nicht die Ziege, der Fremde stinkt!», rief Vater.

Habakuk ging in die Knie und steckte sich ein Cantuccino in den Mund. Luca erfasste die Gunst des Augenblicks und tat es ihm gleich. Auch die Frauen bückten sich tief.

Gesetz und Ordnung waren ausser Kraft. Nur Gräser blieb standhaft.

«Essen ist eine Sünde! Essen macht unrein. Der Mensch braucht nicht ständig zu essen. Ich kann es sechsunddreissig Tage aushalten, ohne mich zu ernähren. Ich bin stark! Seht, wie stark ich bin!»

Er trommelte sich mit den Fäusten gegen die Brust, dann ging ihm die Luft aus. Er kippte ohnmächtig hintenüber und fiel in den Mehlsack.

KAPITEL № 3

Carlo mit dem Akkordeon

Samstagabend trafen sich Mädchen und Burschen bei «Carlo's». Carlo Poncini führte ein Lokal in Brissago. Man pilgerte die acht Kilometer von Ascona zu Fuss mit einem Micchetta in der Hand, einem Brötchen, und einem Stück Schokolade.

Während der ganzen Woche sprachen alle nur von «Carlo's», dabei strahlte das Lokal den Charme eines Krankenhauses aus. Der Boden war glatt gebohnert, an den Längsseiten standen lange Bänke, das Deckenlicht bestand aus grell leuchtenden Glühbirnen. Doch hier wurden keine Wunden geheilt, sondern Beziehungen in die Wege geleitet. Auf der linken Seite sassen die Mädchen, auf der rechten die Burschen, die selbst zum Samstagstanz in ihren Arbeitskleidern erschienen. Der Schreiner roch säuerlich nach Tannin, der Maurer nach Schweiss und Staub und der Bauer nach einem Gemisch aus Ziege, Pferd und Kuh. Allerdings hatten alle gelernt, sich vor dem Tanz die Zähne zu putzen.

Man kann nie wissen.

Am Kopfende des Saals stand ein einsamer Stuhl, der für Carlo reserviert war. Auf diesem Stuhl spielte er das Akkordeon. Carlo war nicht nur ein guter Musiker, geschäftstüchtig war er auch. Die jungen Leute hatten zwar kein Geld, doch kamen deren Eltern nicht darum herum, ihnen einige wenige Rappen mitzugeben. Alle gingen zu «Carlo's». Wer nicht erschien, dessen Eltern galten entweder als arm oder als geizig oder als beides. Niemand wollte sich diese Blösse geben. Dass

Carlo das wusste, sprach für seine Schläue, dass er es für sich ausnützte, nicht für seinen Charakter.

Als Carlo den Saal betrat, das Akkordeon über den stattlichen Bauch geschnallt, verstummte die Gesellschaft, als wäre er ein Lehrer und sie die Schüler. Das wusste er sehr wohl auszukosten. Er setzte sich hin und liess die Finger knacken, um sie gelenkig zu machen, in Wahrheit aber, damit man ihm die Aufmerksamkeit zollte, die ihm seiner Meinung nach zustand.

Da sassen sie also auf zwei einander gegenüberstehenden langen Bänken, auf der einen Seite die Mädchen, auf der anderen die Burschen. Sie kamen aus Brissago, aus Ascona, auch aus den umliegenden Tälern und Bergdörfern. Der Samstagabend bei «Carlo's» war ein gesellschaftlicher Höhepunkt. Schliesslich hatte Carlo mehr Ehepaare zueinander geführt als Don Mondini. Da sassen der starke Rodolfo und sein Mitläufer Claudio aus Locarno, der verlotterte Ludovigo aus dem Maggiatal und dort die Asconeser Postinos Gino und Jampa. Sie hatten sich ein rotes Taschentuch um den Hals geknotet und behielten stets die «casquette apache» auf dem Kopf. Sie trugen keine Jacken. Unruhig rutschten sie auf ihrem Hosenboden herum, in den Augen ein erwartungsvolles Glänzen. Hinter vorgehaltener Hand flüsterte man miteinander.

Etwa über Maria, die sich mit dem Eisen Locken in die Haare gebrannt hatte und nun den Blick starr auf ihre Hände richtete, die wie zum Gebet gefaltet auf dem Schoss lagen. Sie trug Kittel und Schuhe mit gerundeter Spitze. Oder über Serafina mit ihrem langen Haarzopf. Sie trug an den Füssen schwere Zoccoli, und mancher Zoccolo flog ihr beim Mazurka-Tanz fort und einem andern um die Ohren. Oder über Magdalena, die trotz ihrer grossen Nase die Schönste von allen war.

Sie wusste es. Wenn sie lachte, dann immer etwas zu laut, nicht weil sie sich amüsierte, sondern weil sie ungeteilte Beachtung einforderte.

Die tonangebenden Burschen und Mädchen sassen in der Mitte, von wo aus man nach allen Seiten ausschwärmen konnte. Wer bekam die Magdalena ab, wer die Serafina?

Das waren die Fragen des Abends. Und Carlo schlug in die Tasten. «Io cerco la Titina» war das Lied der Saison. Die Burschen hielt es nicht mehr auf der Bank. Gino kam Rodolfo einmal mehr zuvor und schnappte sich die Magdalena. Aber Rodolfo hatte keine Zeit zu verlieren, sonst war auch die Serafina weg.

Das Treiben nahm seinen Lauf. Bald hüpften alle beschwingt, denn tanzen konnte niemand wirklich. Die Burschen führten ungelenk, die Mädchen kreisten steif. Angelo, der Glöckner, warf sein Mädchen bis fast an die Decke, um es dann wieder aufzufangen. Was fast immer gelang.

Am hintersten Ende der Bank sass ich. Niemand machte mir diesen Platz streitig. Es war mir ganz recht, wenn mich niemand beachtete, ich war gern allein. Ich hatte nichts gegen die Burschen und Mädchen, aber sie ermüdeten mich rasch. Sie strengten mich an. Mir wurde schnell alles zu viel, ihre Hektik, ihr Lärm. Immer waren sie in Aufregung. Ich wusste auch nicht, warum ich mich allein am wohlsten fühlte, vielleicht war ich ganz einfach nicht tauglich für ihre Welt. Ich wollte mir ihre Wirklichkeit nicht aufzwingen lassen, ich lebte lieber in meiner Vorstellung. Es gab Momente, da wünschte ich mir schon, ich könnte so sein wie sie. Aber ich war es nun mal nicht, nur schon äusserlich nicht. Meine Haut und meine Haare waren viel dunkler als ihre. Meine Wangenknochen lagen höher.

Ich sah meinen Eltern überhaupt nicht ähnlich. Es war aber nicht so, dass ich darunter litt, anders zu sein, es war mir eigentlich egal. Ich war nun mal, wie ich war. Ich hoffte weder auf Lob noch auf Trost, wusste längst, dass ich keinen Anspruch auf Sehnsucht hatte, rechnete immer mit Verrat, erwartete ihn sogar. Ich wusste, für mich hatte niemand ein Lächeln übrig.

Mit gesenktem Kopf verharrte ich in meiner Ecke und verfolgte aus den Augenwinkeln, was vor sich ging. Je länger der Abend dauerte, desto tiefer versank ich in Gleichmut.

Plötzlich drang eine Stimme zu mir durch. Ich war überrascht, als ich begriff, dass sie an mich gerichtet war.

«Tanzt du mit mir? Komm, tanz mit mir!»

Mein Blick glitt von ihrem Schoss hoch zu den Brüsten, dann zu ihrer Nase.

«Vieni, caro, vieni!», wiederholte Magdalena. Sie griff nach meiner Hand, riss mich vom Stuhl und presste mich an sich. Bevor sie meine Hand auf ihr Hinterteil setzte, warf sie einen triumphierenden Blick über meine Schulter und lachte. Ungläubig blickte ich sie an und begab mich mit ihr in den Reigen, tanzte Runde um Runde, bis sich alles drehte in meinem Kopf, zumal sie ihren grossen Busen an meine Brust presste. Jedoch spürte ich, dass etwas nicht mit rechten Dingen zuging. Ich hätte besser getan, auf mein Gefühl zu hören.

Noch immer klebte mein verwunderter Blick an Magdalena, während sie mich energisch weiter und weiter trieb. Als wir nach der dritten Runde wieder an meinem Platz anlangten, hielt Magdalena inne, nahm meine Hand von ihrer Hüfte, lächelte und drückte mich zurück auf die Bank. Die Musik spielte weiter, aber niemand tanzte mehr. Jeder verharrte an dem Platz, wo er gerade stand. Alle Blicke waren auf mich gerichtet. Dann brach das Gelächter los. Es hallte wider von den Wänden des schmucklosen Saals und übertönte Carlos Akkordeon.

Jampa zeigte auf mich und konnte nicht mehr an sich halten. Der starke Rodolfo und sein Mitläufer Claudio, der verlotterte Ludovigo – sie grölten. Die Serafina mit dem langen Haarzopf und die lockige Maria – sie prusteten.

Ich hielt mir die Ohren zu, um nicht zu hören, schloss die Augen, um nicht zu sehen. Das Gelächter stach mir ins Herz wie hundert Nadeln.

Dann öffnete ich die Augen.

Erschlagen suchte ich nach Magdalena. Aber sie war nicht mehr da, sondern stand bei Gino, der allerdings nicht lachte, sondern ihr mit grimmiger Miene ein Geldstück überreichte.

Es sah aus wie die Begleichung einer verlorenen Wette.

KAPITEL № 4

Eine alte Wunde bricht auf

Der Monte della Trinità leuchtete kobaltblau. Der Lago Maggiore glitzerte smaragdgrün. Der Abend war mild. Die Sterne funkelten am wolkenlosen Himmel, der Mond tauchte Ascona in silbernes Licht. Die Fischerboote schaukelten, gut vertäut, am Gestade vor sich hin.

Eine dunkle Gestalt blickte mit einem maliziösen Lächeln von der Wiesenterrasse auf das Dorf hinab, drehte sich um und ging zum Haus, das den Monte Verità krönte. Sie trug einen Turban, ihr scharlachrotes Gewand flatterte im Wind. Sie verstand es, sich in der Dunkelheit zu bewegen, elegant, frei – Bewegung war ihr Element.

Der Mann nahm mehrere Stufen auf einmal die Treppe zur Terrasse empor, die von einer Art orientalischem Baldachin überspannt war. Das Sockelgeschoss der Casa Centrale war aus Stein, der Oberbau aus Holz. An den Geländern, an den Fenstern und an den Decken Fischblasenmuster, ein Symbol für Ruhe und Geborgenheit. Dem Mann stand der Sinn indessen nicht nach Ruhe und Geborgenheit.

Leise öffnete er die Tür und glitt ins dunkle Innere wie ein Geist. Kerzen brannten an den Wänden und warfen ihr Licht auf geheimnisvolle Zeichen an den Wänden: grüne Kreise und Parabeln, Pyramiden und Spitzen.

Weihrauchschwaden drangen ihm in die Nase, als er in den Raum der Ergebung schlüpfte. Dort stand im Nebel vor einem Kessel mit Hunderten von brennenden Weihrauchstäbchen eine andere Gestalt. Sie war in eine weite, weisse Toga gehüllt und erinnerte auch durch ihr langes Haupt- und Barthaar an einen Altgriechen.

«Buonasera. Da bist du ja endlich», sagte der Altgrieche in gepresstem Flüsterton.

«Es ist ein weiter Weg von der Parsifalwiese herauf», entschuldigte sich der Tänzer.

Der Altgrieche entgegnete nichts, stattdessen entzündete er weitere Weihrauchstäbchen.

«Ist er also angekommen?», fragte der Tänzer mit belegter Stimme.

Der Altgrieche nickte.

«Ja, heute Morgen, mit der Eisenbahn.»

«Das ist gut», nickte der Tänzer, doch es war ihm anzumerken, dass es nicht gut war, «wie sieht er denn aus, der Grossmeister?»

«Er hat eine starke Ausstrahlung.»

«Was weisst du über ihn?»

«Man hört Widersprüchliches. Auf jeden Fall ist er viel herumgekommen. In London soll er ursprünglich Drogist gelernt haben. Doch dann sang er in Bayreuth in Wagners Oper ‹Parsifal› den Gurnemanz. Bald verlor er seine Stimme und wurde auf dem Balkan Kriegsberichterstatter für die ‹Times›. Später tauchte er wieder in London auf und engagierte sich für eine anarchistische Partei, wo er Karl Marx' Tochter Eleanor Marx Aveling kennenlernte. Man schloss ihn dann aber aus der Partei aus wegen ehrenrühriger Handlungen.»

Der Tänzer stutzte.

«Das kann ich mir denken. Aber wie wurde er Grossmeister?»

«Die Quellen widersprechen sich. Soweit ich verstanden habe, versuchte er, ab 1902 in Deutschland den Orientalischen Templerorden neu zu beleben und die freimaurerischen Riten von Memphis und Misraim einzuführen. Wie es heisst, soll er 1906 die magische Schrift ‹Lingam-Yoni› veröffentlicht haben, die grosses Aufsehen erregte, und vor wenigen Jahren erst übersetzte er Aleister Crowleys ‹Gnostische Messe› vom Englischen ins Deutsche.»

«Das ist der Satanische!», sagte der Tänzer mit aufgerissenen Augen.

Der Altgrieche gab sich ungerührt, nickte.

«Ein übler Zeitgenosse mit seiner Herrenmenschen-Kabbalistik!»

Der Altgrieche lächelte.

«Und was führt der Grossmeister hier im Schilde?», fragte der Tänzer mit stockendem Atem.

Der Altgrieche starrte ihn mit eisblauen Augen an.

«Ich habe gehört, er will einen anationalen Kongress veranstalten und ein gnostisches Sonnenfest.»

«Hier auf dem Monte Verità?»

Der Altgrieche nickte.

«Wozu?»

«Er will die geheimen Lehren der hermetischen Wissenschaften überbringen.»

«Und dann?»

«Ein neues Zeitalter ausrufen.»

«Und welche Rolle spielst du dabei?»

«Ich keine, aber du.»

«Ich soll da mitmachen?», lächelte der Tänzer gequält.

Der Altgrieche nickte.

«Wer kommt auf eine solche Idee?»

«Der Grossmeister.»

«Der Grossmeister kennt mich?»

«Nicht nur das. Er bewundert dich und deine Arbeit.»

«Woher kennt mich der Grossmeister?»

«Ich bitte dich, du bist berühmt. Nicht zuletzt wegen dir kommt er überhaupt auf den Berg.»

Der Tänzer senkte den Kopf.

«Was soll ich tun?»

«Du und deine Tänzerinnen sind der Kern des Sonnenfests, welches das neue Zeitalter begründen wird.»

«Wann?»

«Am 18. August.»

«Und was stellt er sich vor?»

«Die Überlieferung besagt, es sei ein zweiteiliger Naturreigen. Er beginnt zum Sonnenuntergang mit einem Tanzstück über die babylonische Liebesgöttin Ischtar. Um Mitternacht folgt ein Fackelreigen mit pantomimischem Tanzspiel: die Dämonen der Nacht.»

«Woher weisst du das?», fragte der Tänzer.

Er fühlte sich unwohl, wenn über seinen Kopf hinweg entschieden wurde.

«Er hat es mir gesagt.»

«Und warum hast du es mir nicht gesagt?»

«Ich sage es dir jetzt.»

«Ich kenne diesen Naturreigen», sagte der Tänzer, verharrte einen Augenblick, dann hob er den Kopf, «und wer tanzt den Hauptpart, die Liebesgöttin, die Ischtar? Ist das etwa auch bereits bestimmt?»

Der Altgrieche nickte.

Seine zuckende Schläfe verriet, dass der Tänzer nur schwer seine Wut unterdrücken konnte.

«Wer?»

«Du kennst sie.»

«Also wer?»

«Es ist Mignon. Sie trifft in einer Woche in Ascona ein. Du wirst sie am Hafen abholen.»

Er lächelte, drehte sich um, ging aus dem Raum und liess den Tänzer in seiner Verzweiflung allein zurück.

KAPITEL № 5

Signor Bolongaro auf der Kiste

Mignon sah aus wie eine Galionsfigur, wie sie am Bug der Barke stand. Sie war eine klassische Schönheit mit feinen ebenmässigen Gesichtszügen. Ihr blondes, wallendes Haar flatterte im Wind wie das weisse Tuch, das sie trug. Man sah es ihr an, dass sie ihre Begehrlichkeiten einzufordern wusste. Alles war weiss, die Schiffsplanken, das Segel, die Kleidung der Männer, und auch das Gut, welches das Schiff mit sich führte, war weiss: massive Kalksteinbrocken. Wie eine Wolke schwebte die Barke aus dem italienischen Calde über den Lago Maggiore in den Hafen von Ascona und legte zwischen den Fischerbooten am Seegestade an. Die weissen Männer auf der weissen Barke warfen die Seile zur Vertäuung ans Ufer. Mit flatternden Gewändern sprang die Frau von Bord, auf die Steinrampe. Sie betrachtete das Treiben auf der Piazza mit misstrauischem Blick. Jäh wandte sie sich um, winkte lachend den Männern auf dem Schiff zum Abschied zu. Alle warfen ihre Baskenmützen in die Luft und winkten und johlten und pfiffen. Die Frau machte einen Knicks wie zu Hofe. Dann krempelten die Männer die Ärmel hoch und machten sich mit dem Abladen der Kalksteine zu schaffen.

Ich stand unter dem Arkadengang des Palazzo Papio, starr wie ein Denkmal, den Blick auf das fremde Wesen fixiert.

Auf der Piazza wurde es augenblicklich still. Das Schwatzen, Singen, Klappern und Tippeln, das Tanzen und Jauchzen – alle Geräusche verebbten jäh. Das muntere Festtreiben gefror zum Gemälde. Die Frauen in ihren langen Röcken und Schürzen, die Haare streng nach oben gebunden, und die Männer in ihren längst ausgetragenen Anzügen, mit breitkrempigen Hüten und vollen Schnauzern, die Kinder in ihren bunten Clown-Gewändern und mit den lustigen Hüten – alle hielten sie inne. Der Trommler hörte auf zu trommeln, der Trompeter hörte auf zu trompeten, der Flötist hörte auf zu flöten; die Kapelle stellte ihr Spiel ein. Die Köche in ihren weissen Schürzen und mit ihren hohen Hüten hörten auf, in den riesigen Kupferkesseln zu rühren. Der alte Pep, der das Weinfass bewachte und den Mille Gusti in die Boccalini abfüllte, vergass, den Zapfhahn zu schliessen, und vergoss den Wein. Alles Tanzen und Rennen und Schwatzen und Schmatzen brach ab.

Der Carnevale kam komplett zum Stillstand. Da stand sie auf der Piazza, wild und elegant wie eine vollendete Zigeunernatur, wie man sie unter Frauen selten findet. Ihre sinnliche Eleganz, die grazile Art, wie sich ihr Körper bewegte, war so ganz anders als das Schlurfen, Waten und Walzen der Dorffrauen. Auch die hatten sie bemerkt. Köpfe drehten sich zu ihr hin, Blicke flogen ihr zu wie Pfeile. Frauen, die in kleinen Grüppchen standen, hielten inne, für einen kurzen Moment nur, dann begann, hinter vorgehaltener Hand, verschwörerisches Flüstern.

Nichts eint so sehr wie ein gemeinsamer Feind.

In misstrauischer Vorahnung suchten sie ihre Männer, deren Blicke prompt an der fremden Frau klebten. Die Männerköpfe im Giardino des Grotto Elvezia beugten sich über die Steintische, um einen Blick auf die Fremde zu werfen. Endlich erntete sie die Beachtung, die ihr zustand. Sie nahm den Aufruhr mit gewohnter Selbstverständlichkeit entgegen. Unbeirrt bewegte sie sich durch die Menge. Stolz erhobenen Hauptes und ungeniert überblickte sie die Piazza. Im Bewusstsein, dass alle Augen auf ihr ruhten, schaute sie mit gespieltem Entzücken zum Glockenturm der Kirche San Pietro e Paolo empor.

Da plötzlich nahm die Kapelle ihr Spiel wieder auf. Im Eifer über das bevorstehende Ereignis geriet der Dirigent mit dem Stock aus dem Takt, doch sein Wirken hatte ohnedies keinen Einfluss, denn jeder Musikant spielte eh nach Lust und Laune.

Abrupt wechselte die Stimmung. Als nun die Kinder klappernd, röhrend, pfeifend, johlend und in bunten Karnevalskostümen von der Via Borgo zur Piazza herabgezogen kamen, vergassen die Dörfler die fremde Frau sofort. Die Ablenkung verlor ihren Reiz vor der Erwartung des Auftritts der eigenen Sprösslinge. Man beklatschte das Töchterchen, spornte das Söhnchen an, lobpreiste und eiferte; manche Mutter vergoss Tränen – nicht nur des Kindes, sondern auch der eigenen verlorenen Jugend wegen. Die Piazza geriet wieder in Stimmung. Die jungen Frauen begannen zur Scheppermusik zu tanzen. Die jungen Männer lehnten an den Bäumen, den Kopf leicht zur Seite geneigt, ein Bein über das andere geschlagen, den Mund zu einem lässigen Lächeln verzogen. Ungelenk steckten sie in ihren Sonntagsanzügen, die Krawatten mehr schlecht als recht gebunden, die Ärmel zu lang, die Hosen zu kurz. Mit ihrer Pose demonstrierten sie Überlegenheit, während die Blicke heimlich an den Brüsten der Mädchen hingen. Sie waren naiv, aber nicht dumm – sie wussten, dass sie naiv waren.

Alsbald stand Signor Emilio Bolongaro auf einer Kiste. Der Bürgermeister rückte die Rose im Knopfloch seines Revers zurecht, erhob die Arme und seinen Bariton, um der versammelten Gemeinde die Errungenschaften seiner Politik zu predigen. Signor Bolongaro pries die Demokratie, deren Vorzüge sich insbesondere darin zeigten, dass man ihn zum Bürgermeister gewählt hatte. Er mischte aber in seine Nabelschau eine Prise Drohung, im Wissen, dass man als Hirte seinen Schäfchen die Gefolgsamkeit auch ein wenig aufzwingen muss. Das funktionierte bei der Gemeinschaft gut, nur leider bei der eigenen Ehefrau nicht. Mit der lag er seit Jahren in Fehde.

Das war dorfbekannt, doch es hinderte Arciprete Don Mondini keineswegs daran, die Ehe retten zu wollen. Nichts tat der Pfarrer lieber, als nach langer Rede den klugen Rat zu erteilen: «Es genügt nicht, den Ehemann mit einem Lächeln zu empfangen. Er muss auch etwas Warmes zu essen und etwas Wein zu trinken bekommen.»

Manche Ehe wurde durch Don Mondini auf wundersame Weise vor dem Untergang bewahrt. Nur die von Signor Bolongaro nicht.

KAPITEL № 6

In diesem Lächeln liegt ein Zauber

Ich stand im Dunkeln des Arkadengangs des Palazzo Papio hinter den Fischernetzen, die zum Trocknen über Stangen zwischen den Säulen hingen, und gewahrte mit anschwellender Furcht, dass die fremde Frau mit dem wallenden blonden Haar und den flatternden weissen Gewändern schlendernd auf mich zusteuerte. Zufrieden lächelnd, als wäre der Carnevale zu ihrem persönlichen Lustgewinn geschaffen, blickte sie sich um, hatte mich aber noch nicht entdeckt, zumal ich mich im Schatten befand, während sie in der Sonne leuchtete.

Ich war so sehr mit mir selbst beschäftigt, dass ich nicht bemerkte, wie ich alsbald neben ihr herging, auch nicht wahrnahm, dass sich ein Fuss in einem der über den Boden auslaufenden Fischernetze verhedderte.

Ich verlor das Gleichgewicht und fiel hin. Es war nicht zu vermeiden, dass sie auf mich aufmerksam wurde.

Ich hätte mir eine vorteilhaftere Situation gewünscht.

Sie hielt die Hand vor den Mund, um ihr Lachen zu verbergen, und begutachtete die Misere. Hilflos zappelte ich in den Maschen und blickte verlegen zu ihr auf. Sie bückte sich zu mir hinab.

«Du bist wohl ein wenig ungeschickt?»

«Ich bin im Netz hängen geblieben.»

«Das ist nicht zu übersehen.»

Sie lachte schallend und half mir, mich aus der Gefangenschaft zu befreien. Sie beugte sich so weit vor, dass ich den frischen Duft ihrer Haare roch und ihre weiche Haut zu spüren glaubte. Mir war, als könne man auf der ganzen Piazza mein Herz schlagen hören.

«Du sprichst Deutsch. Wo hast du Deutsch gelernt?»

«Die Baronin hat es mir beigebracht.»

Doch ihr Interesse galt einem anderen Thema.

«Kennst du den Monte Verità? Das ist ein geheimnisvoller Ort.»

Ich nickte.

«Der Berg der Wahrheit – mein neues Zuhause. Wie sind sie denn so, die Naturmenschen?»

«Wer sind Sie?», fragte ich verlegen.

«Ich heisse Mignon. Ich bin Tänzerin. Und wer bist du?»

«Ich bin Christo. Ich bin Panettiere.»

«Ein Bäcker bist du. Das ist ja interessant! Und wo ist deine Bäckerei?»

«An der Via Borgo.»

«Und du backst wirklich Brot?»

Ich nickte betreten, weil ich spürte, dass sie mich nicht ernst nahm. Sie warf die Arme in die Luft, aber es war eine aufgesetzte Fröhlichkeit, als ob sie sich selbst von ihrem Glück überzeugen müsste.

«Die Luft ist so würzig. Alle sind fröhlich. Das Glück ist zum Greifen nah. Endlich – ich bin im Paradies angekommen.»

Da bahnte sich eine grimmige Gestalt ihren Weg durch das Gemenge auf der Piazza und steuerte geradewegs auf uns zu. Der Mann war gross gewachsen, trug einen Turban mit flatterndem Schweif und ein weit geschnittenes scharlachrotes Tuchkleid. Es war, als nähme er die vielen Menschen überhaupt nicht wahr, nur die Fremde, ging wogenden Schritts, bis er endlich vor ihr stand. Als sie ihn erkannte, huschte ein Lächeln über ihr Gesicht. Rudolf von Laban verneigte sich mit theatralischer Geste, ergriff ihre Hand und küsste sie.

«Mignon! Schön, dich zu sehen. Wie lange ist es her?»

«Drei Jahre.»

«Die grösste Improvisationstänzerin aller Zeiten!»

Hochachtungsvoll verneigte sich Laban ein weiteres Mal, was ihr nunmehr ein Kichern entlockte.

«Ich hatte einen guten Lehrer. Er hat mir beigebracht, dass die Bewegung vom Körper und aus der Situation entsteht und sich nicht von der Musik beherrschen lässt.»

«Ich freue mich, dass du mich nicht vergessen hast. Man muss die Melodie in seinem Innern hören und die Bewegung mit Mut aus sich heraus entstehen lassen. Das ist Bewegung ohne Musik, ganz in sich selbst begründet, mit einem Rhythmus, der aus sich selbst entsteht.»

«Drei Jahre sind eine lange Zeit.»

Sie schenkte ihm ihr verführerischstes Lächeln, doch seine Züge verfinsterten sich.

«Warum bist du einfach weggegangen in jener Nacht, ohne ein Wort zu sagen?»

«Ich musste es tun.»

«Aber weshalb?»

«Es konnte nicht mehr so weitergehen. Entweder der Tanz oder die Liebe. Ich entschied mich für den Tanz. Es tut mir leid. Ich hätte dir etwas sagen sollen.»

«Ich wusste nicht, wo du warst, wusste nicht, wo dich suchen, was ich tun sollte.»

«Aber die Zeit hat die Wunden geheilt», sagte sie fröhlich.

«Glaubst du? Glaubst du das wirklich?»

Sie nickte vorsichtig.

«Wer hat dich geholt?»

Unschuldig zuckte sie mit den Schultern.

«Merlin Peregrinus.»

«Der Grossmeister! Du wirst die babylonische Liebesgöttin tanzen, die Ischtar.»

Sie nickte und setzte ein liebreizendes Lächeln auf.

«Die Ischtar ist das Symbol der sinnesfreudigen Liebesgöttin, die sich mit Kraft einen Mann nach dem anderen nimmt. Das passt. Das passt sogar sehr gut.»

«Du bist unfair!», schmollte sie.

«Im Tanzstück fährt Königin Ischtar zur Unterwelt, um sich von allen sieben Untugenden zu befreien. Das stünde dir gut an.»

«Du bist gemein.»

«Sieben Tore führen zur Unterwelt. Vor jedem Tor legt sie ein Kleidungsstück ab. Mit der Unterwelt sind die Eitelkeiten und Egoismen und Untugenden des Menschen gemeint. Indem die Königin etwas von den weltlichen Dingen vor jedem Tor ablegt, ist sie zum Schluss rein. Das will ich für dich hoffen.»

«Ich hasse dich!», lächelte sie.

«Vor dem ersten Tor legt die Königin ihre Krone ab. Damit verliert sie ihren Hochmut. Vor dem zweiten Tor zieht sie ihren Mantel aus. Damit verliert sie ihre Heuchelei. Vor dem dritten Tor gibt die Königin das Szepter ab, wodurch sie ihre Gewalttätigkeit verliert. Vor dem vierten Tor gibt sie ihren Halsring weg, womit sie auch ihre Eitelkeit los ist.»

Sie lächelte verlegen.

«Vor dem fünften Tor gibt sie ihren Schleier ab. Damit verliert sie ihre Selbstsucht. Vor dem sechsten Tor gibt sie den

Gürtel ab. Damit verliert sie ihre Feigheit. Und vor der letzten Pforte steht Ischtar gereinigt von allen Untugenden. Sie ist jetzt keine Herrscherin mehr, aber ein freier Mensch.»

Symbolisch breitete sie die Arme aus.

«Vor der letzten Pforte steht sie ohne Kleider da – sie ist jetzt vollkommen nackt. Der Abstieg in die Unterwelt ist die Entscheidung ihres Willens, sie vereinigt sich mit dem Göttlichen. Frei und rein betritt sie das Land ohne Wiederkehr.»

Erst jetzt wurde Laban auf mich aufmerksam, merkte, dass ich ihn beobachtete.

«Wer ist denn das?», fragte er Mignon, ohne mich eines weiteren Blickes zu würdigen.

«Oh, das ist ein neuer Freund», lächelte Mignon und zwinkerte mir zu.

«Schon wieder einer, du bist eben erst angekommen!»

«Nun sei nicht so angespannt!»

Er reichte ihr den Arm.

«Schlag ein, es ist Zeit, zu gehen. Wir müssen zur Tanzfarm.»

Sie hakte sich bei Laban unter und liess sich fortführen.

Im Gemenge des Carnevale blieb sie jedoch plötzlich stehen und wandte sich um. Sie suchte mich und schenkte mir ihr zauberhaftestes Lächeln. Was es in mir anrichtete, sah sie nicht mehr.

KAPITEL № 7

Grasfresser, Wurzellutscher

«Mit dem ist nichts mehr zu gewinnen», sagte Gino.

«Dem hilft auch kein Vaterunser», antwortete Jampa.

«Es reitet ihn der Teufel, so viel ist sicher!»

«Dass ihn dieser Teufel ritte, hätte er wohl gern!»

Sie brachen in Gelächter aus.

«Die ist dir wohl ins Herz gekrochen und hat dir den Kopf verdreht.»

«Die gehört zu den Verrückten auf dem Berg, die ist unerreichbar für dich!»

Jampa packte mich am Kragen und starrte mich an.

«Dort oben leben Gespenster! Ich meine, richtige Gespenster, nicht so ein misslungenes Exemplar, wie du eines bist.»

Sie lachten.

«Die fressen Gras. Sie lutschen Wurzeln. Nachts hüpfen sie auf der Parsifalwiese herum, halten Brandreden gegen den Mond und erschrecken dadurch das Wild», ereiferte sich Gino.

«Dem Mond ists egal», erwiderte Jampa.

«Die Balabiott liegen nackt auf der Matte herum und strecken alle viere von sich.»

Jampa stiess mich mit angewidertem Ausdruck von sich weg.

«Porscéi, da porscéi! Wie die Schweine!»

Gino: «Wenn eine von den Frauen ins Dorf kommt, dann mit nacktem Rücken und nackten Armen oder sogar mit nackten Brüsten.»

Jampa schüttelte empört den Kopf.

«Letzte Woche erst versammelten sich die Virginia Poncini, die Camilla Pedrazzini, die Sofia Maceroni und die Schwestern Pisoni – die Bìdola und die Olimpia. Sie stürzten sich auf eine Balabiott, die dreist genug war, vom Berg ins Dorf hinunterzukommen. Aber weit kam sie nicht. Die Weiber nahmen einen Strauss Brennnesseln zur Hand und gingen auf sie los. Die kam nicht mal bis zum Collegio. Sie hetzten sie aus dem Dorf heraus wie ein Wildschwein und schrien: ‹Puttana, puttana, puttana!›»

Gino grinste: «Die Plage ist so schlimm geworden, dass Signor Bolongaro die Weisung erliess, es sei fortan verboten, in kurzen Röcken zu zirkulieren.»

«Aber auf dem Berg laufen sie weiterhin nackt herum. Ich hab durch ein Astloch im Zaun geschaut, die Männer sind alt und fett, die Frauen aber jung und schön.»

Jampa schüttelte bedeutungsvoll die Hand, während der andere kürzere Arm nutzlos am Leib baumelte.

«Davon hast du mir nichts gesagt!»

«Das wollte ich dir ersparen. Einer der Alten merkte was und blickte von der anderen Seite durchs Astloch und beschimpfte mich. ‹Leichenfresser!› rief er. Pflanzen soll ich essen, sonst gehe es mir schlecht. Dabei sehen die selbst alle aus wie kranke Bananen.»

Gino: «Die halten sich für höhere Menschen, aber ich weiss auch nicht, warum man höher sein soll, wenn man frisst wie eine Kuh.»

«Was heisst wie eine Kuh? Einer hält auch Gemüse für sündig. Alles, was der Erde nah ist, ist schlecht. Man darf nur Kokosnuss essen, weil die schon fast im Himmel reift. Sie ist heilig, weil ihre Form der Sonne ähnlich ist.»

«Wer sagt denn das?»

«Der Kokosnussprediger. Er ist aber vor allem ein guter Krämer. Denn er überredet manchen, auf die Kokosnussinsel zu fahren, und dafür bekommt er dann Prozente von der Schifffahrtsgesellschaft.»

«Und dann?»

«Und dann verenden sie auf der Insel.»

«So gesund kann die Kokosnuss also nicht sein.»

Jampa hob die Schultern an.

«Der Kokosnussprediger sagt, die Kokosnuss lässt sich eben nicht foppen. Die Verendeten seien von der sündigen Nahrung schon zu sehr verseucht gewesen. Der seltsamste Geist aber ist der Gräser. Ich war oben bei seiner Hütte, da lag er im Gras und schimpfte laut und ruderte wild mit den Armen in der Luft. Wahrscheinlich hatte er einen Streit mit den Wolken.»

Ich horchte auf, den kannte ich bereits.

Gino lachte, was Jampa weiter anspornte.

«Je näher ich ihm kam, desto deutlicher wurde, warum man sie Naturmenschen nennt.»

«Und warum?»

«Der stinkt wie ein Ziegenbock!»

Gino und Jampa lachten.

«Der Gräser ist närrisch», sagte Jampa, «der glaubt tatsächlich, was er sagt. Aber nichts ist schlimmer, als wenn man an den Unsinn glaubt, den man selbst verzapft.»

«Wer sagt denn so was?»

«Signor Bolongaro.»

«Ah, dann muss es stimmen.»

Ich musste lächeln. Es hatte neulich viel kaltes Wasser gebraucht, um den Naturmenschen wieder wach zu kriegen. Er war ja völlig ausgehungert. Als er wieder bei Sinnen war, machte er sich über die Panini her und liess kein einziges übrig. Entweder hatte er sich dadurch tief versündigt oder einfach die Regeln geändert.

«Warum wisst ihr all diese Dinge?», fragte ich.

Gino: «Ein Postino weiss eben alles.»

«Aber woher?»

«Es steht in den Briefen.»

«Du liest ihre Briefe?»

Gino nickte.

«Aber ja. Ich setze mich unter die Kastanie, wähle einen aus, öffne ihn vorsichtig, damit niemand es merkt – man ist halt vom Fach», er zwinkerte Jampa zu, «dann lese ich, was darin steht, klebe den Brief zu und gebe ihn weiter. Sollte er ein wenig zerknittert sein, so ist das eben auf der Reise passiert.»

«Aber das darfst du nicht!», sagte ich.

«Und warum nicht?»

«Weil es nicht richtig ist.»

«Es ist ein gutes Geschäft», so Jampa.

«Ein sehr gutes Geschäft», bestätigte Gino.

«Ein Geschäft?», fragte ich. Mir schwirrte der Kopf.

«Wir werden dafür bezahlt.»

«Wofür?»

Jampa kniff listig die Augen zusammen. «Dass wir übermitteln, was auf dem Berg vor sich geht, dafür werden wir gut bezahlt. Wir sind nämlich Spione», gestand Gino.

«Und wer bezahlt euch?»

Die beiden blickten sich verschwörerisch an, dann sagte Jampa: «Signor Bolongaro.»

«Aber das ist unrecht!»

«Das ist nicht unrecht, das ist Politik.»

KAPITEL № 8

Die hüpfende Magierin

Wie der Carnevale war auch der Zirkus jedes Jahr ein grosses Ereignis. Canetti hiess die Zirkusfamilie; sie stammte aus Lugano. Das Zelt wurde vor den Platanen auf der Piazza aufgestellt. Die Wäscherinnen murrten, da sie die Leinen abnehmen mussten, die sie zum Trocknen der Wäsche zwischen die Bäume gehängt hatten. Die grösste Attraktion war das Orchestrion, ein Ungetüm von einer Orgel, ausgestattet mit einem Elektromotor. Das mechanische Musikinstrument konnte ein ganzes Orchester imitieren. Es spielte sehr viel besser als die heimische Kapelle – Foxtrott, Walzer und Mazurka –, denn es brauchte als Antrieb keinen Nostrano. Die Dörfler staunten über die Maschine, die auf einem Ochsenkarren nach Ascona geschleppt wurde. Ein als Clown verkleideter Liliputaner hüpfte herum und bewarf die Dörfler mit Konfetti. Die Frauen kamen in Rock und Schürze, die sie traditionell unter den Achseln gebunden hatten, trugen Kopftuch, farbige Strümpfe und Zoccoli. Sie klapperten die Via Borgo hinab und hörten vor Aufregung gar nicht mehr zu schnattern auf. Der alte Pep brachte seine Boccia-Kugeln mit für den Fall, dass es langweilig würde. Die Fribaldi verkaufte gezuckerte Erdbeeren, ein Bäcker aus Locarno Amaretti, braunes knuspriges Gebäck, das nach Bittermandeln schmeckt.

Alle drängten ins Zelt, doch ein Grossmütterchen musste draussen bleiben, weil es die Gerla nicht ablegen wollte, die gefüllt war mit Laub und Farnkraut als Streu für die Kühe. Sie beschimpfte den Aufpasser und spähte sodann von aussen durch einen Schlitz ins Zelt. Auf diese Weise musste sie keinen Eintritt bezahlen. Gino und Jampa stellten ihre Fahrräder an den Platanen ab, obwohl die Posttaschen gefüllt waren mit Briefen, die aber nie geklaut wurden; nur wenige konnten lesen. Auch der Brotesser aus dem Tal war da. Man sah den Burschen stets mit einem Laib Maggiabrot unter dem Arm, das er mit sich trug für den Fall, dass er plötzlich Hunger bekam. Alle waren gekommen: der Scherenschleifer, der Stuhlflicker, der Schuhmacher, der Macellaio – die Jungen und die Alten, die Frauen und die Männer. Es gab sogar eine Art Loge für die Würdenträger. Die Stühle waren mit einer roten Decke überzogen.

Die Boresco drängte in die vorderste Reihe, weil man von dort den besten Blick auf das Geschehen hatte, aber alle Plätze waren schon besetzt. Die Virginia Poncini, die Camilla Pedrazzini, die Sofia Maceroni und die Schwestern Pisoni – die Bìdola und die Olimpia – grinsten sie höhnisch an. Die Boresco machte eine abschätzige Handbewegung.

Ich setzte mich in die dritte Stuhlreihe, mit einigem Abstand zu ihr. Ich war nervös, denn ich war noch nie im Zirkus. Es hiess, Leute aus dem Publikum würden in die Manege gerufen. Ich hoffte nur, nicht ich. Ich hatte überhaupt keine Lust, mich erneut lächerlich zu machen. Die Schmach bei «Carlo's» genügte mir vollkommen.

Das Orchestrion spielte auf, die Vorstellung begann. Ein Hund machte Männchen und tanzte nach Canettis Stock im Kreis herum, ein Äffchen schlug Purzelbäume, ein Esel drehte sich um sich selbst. Der Elefantenmensch erschreckte die Zuschauer, und die Schlangenfrau verzückte sie. Eine Stunde verging, das Publikum war begeistert. Und dann war es Zeit für die Hauptattraktion.

Zirkusdirektor Canetti trat ins Rampenlicht.

«Meine Damen und Herren, Sie haben die einmalige Gelegenheit, die unglaubliche, einzigartige, fantastische Soraya zu erleben, Soraya – die grösste Magierin aller Zeiten!»

Applaus setzte ein.

Eine in schwarze Tücher gehüllte Frau mit Gesichtsschleier schwebte in die Manege. Dahinter war eine orientalische Schönheit zu vermuten. Geheimnisvoll vollzog sie schlangenhafte Bewegungen, wobei sie nie den Blick vom Publikum abwandte. Das Orchestrion spielte eine Fanfare und verstummte. Der Zirkusdirektor knallte mit der Peitsche.

«Wir brauchen einen Freiwilligen. Wer meldet sich? Wer hat Mut?»

Also doch! Alle versanken in ihren Stühlen und blickten zu Boden, insbesondere die Würdenträger.

Auch ich. Ich ahnte Schlimmes. Soraya drehte eine Runde, liess den Schleier fallen und riss sich das Tuch vom Kopf, und tatsächlich: Eine schöne Orientalin kam zum Vorschein.

«Wer ist beherzt und tapfer? Wer will der Held des Abends sein?», rief Canetti mit fiesem Grinsen.

Soraya trat auf die Zuschauer zu, bedeckte ihre Augen mit einer Hand, hob die andere in die Höhe, ballte sie zur Faust, streckte den Zeigefinger in die Höhe.

Alle Augen gingen nach oben. Dann senkte sie den gestreckten Arm, bis der Finger auf eine Person im Publikum zeigte – auf die Boresco.

«Applaus! Applaus! Wir haben eine Freiwillige! Applaus!», rief Canetti.

Ich klatschte erlöst. Da hatte es die Richtige getroffen. Ich muss zugeben, etwas Schadenfreude war schon dabei.

Soraya bedeutete der Boresco, ins Zentrum der Manege zu treten. Unsicher nach allen Seiten Ausschau haltend, tat sie, wie ihr geheissen. Sie hatte auch keine Wahl. Die Magierin umkreiste sie, zischte orientalisch klingende Worte, blieb vor ihr stehen und machte wellenförmige Handbewegungen, als wolle sie ihr Sand in die Augen streuen. Das Gesicht der Boresco war plötzlich ausdruckslos. So verweilte sie, bis Soraya ihr etwas zuflüsterte. Plötzlich winkelte die Boresco ein Bein an, setzte den Fuss ans andere Knie, hob die Arme, drehte sich im Kreis wie eine Spieluhr-Ballerina, wenn auch nicht so elegant.

Das Publikum lachte. Soraya liess sie ein paar Runden drehen, dann flüsterte sie ihr wieder zu. Man reichte ihr einen Besen, den sie packte, als wäre er ein Rosenkavalier, und tanzte mit ihm eine Mazurka. Dann schnippte Soraya mit den Fingern, und die Boresco erwachte. Der Spuk war vorbei. Verdattert blickte sie um sich. Das Publikum applaudierte. Die Virginia Poncini, die Camilla Pedrazzini, die Sofia Maceroni und die Schwestern Pisoni – die Bìdola und die Olimpia – wieherten. Ich lachte am lautesten. Verlegen verneigte sich die Boresco, unschlüssig, ob sie Heldin oder Närrin war, und ging zurück zu ihrem Stuhl. Canetti trat in die Manege. Er liess den Applaus auf sich wirken, dann hob er die Arme und forderte Ruhe ein.

«Soraya, die grösste Magierin aller Zeiten! Und jetzt, meine Damen und Herren, werden Sie Zeuge des grössten physikalischen Experiments. Wer meldet sich freiwillig?»

Wieder sanken die Blicke zu Boden. Blamieren wollte sich niemand.

«Sie wollen wissen, was Sie erwartet? Ich werde es Ihnen verraten. Und Sie werden sehen – jeder will der Auserwählte sein.»

Betretenes Schweigen, aber jeder spitzte die Ohren.

«Unser Auserwählte – er wird fliegen! Es ist der älteste Wunsch der Menschheit, der heute Abend für einen in Erfüllung geht. Sie hören richtig: Wer will fliegen?»

Nichts geschah, doch dann hob der Brotesser die Hand. Ihm aber wollte man das Feld nicht freiwillig überlassen: Plötzlich flogen überall die Hände in die Höhe. Canetti schritt die Reihen ab und heizte die Rivalität weiter an.

«Wer ist der Auserwählte?»

Noch höher flogen die Hände in die Luft. Wieder hob Soraya den Arm an, liess ihn sinken. Die Wahl fiel auf Gino. Beleidigtes Gemurre. Ich ahnte, dass dies nicht gut ausgehen würde, bedauerte Gino aber nicht – schliesslich hatte er mich zum Gespött gemacht. Also hoffte ich jetzt sogar, dass er die Rechnung dafür bekam. Ich beobachtete, wie er sich stolz erhob und sich den Zuschauern präsentierte, ihnen zuwinkte. Mit selbstgewissem Lächeln betrat er die Manege, schritt sie ab wie ein Zirkusartist. Das Orchestrion spielte die Fanfare. Soraya liess ihn gewähren, bis es an der Zeit war. Sie schritt auf ihn zu und machte wieder diese Handbewegung, als streue sie nun ihm Sand in die Augen. Sofort fiel Gino in Hypnose. Soraya schritt um ihn herum. Er stand da wie am Marterpfahl. Das Publikum wagte keinen Laut. Gebannt verfolgte es, was vor sich ging. Soraya nahm sich Zeit. Dann flüsterte sie ihm etwas zu. Niemand verstand, was sie sagte.

Aber Gino flog nicht. Stattdessen hob er die Hände hoch, als wären sie Vorderhufe, scharrte mit einem Bein im Sägemehl und machte: «Iaaa, iaaa, iaaa!»

Darauf waren die Zuschauer nicht gefasst. Zunächst herrschte Schweigen, dann brach das Gelächter los, während Gino folgsam im Kreis herumtrabte und Soraya mit der Peitsche knallte.

«Iaaa, iaaa, iaaa!»

Die Virginia Poncini, die Camilla Pedrazzini, die Sofia Maceroni und die Schwestern Pisoni – die Bìdola und die Olimpia – lachten. Sogar Bolongaro, Capitano Rusca und selbst Don Mondini grinsten. Die Burschen sprangen von ihren Sitzen. Sie waren sich einig, dass es den Richtigen getroffen hatte.

Ich auch. Soraya schnippte mit den Fingern, Gino wachte auf. Verdattert blickte er ins Publikum – er war wohl doch nicht geflogen. Gejohle, Lachen, das Orchestrion. Verschämt zog er sich zurück.

Ohne dass der Zirkusdirektor eine weitere Nummer angekündigt hatte, schritt Soraya erneut die Reihen ab. Es war totenstill. Niemand wollte auf sich aufmerksam machen. Einen Freiwilligen würde es nicht mehr geben. Das war ganz nach Sorayas Geschmack. Sie schien es zu mögen, andere zu blamieren. Sie hatte den richtigen Beruf. Dann zeigte ihr Finger auf das nächste Opfer.

Ich hatte es geahnt. Ich stellte mich dumm, blieb einfach sitzen. Aber es half nichts. Das Publikum johlte.

Warum immer ich?

Was würde sie aus mir machen: eine Eidechse, eine Ente, ein Schaf? Auf wackligen Beinen schritt ich die Reihe ab bis zum Mittelgang und von dort in die Manege. Nur zu bereitwillig machten mir alle Platz. Das Orchestrion verstummte. Als ob nicht genug der Schmach, blieb ich mit dem Fuss an einer Verankerung hängen und fiel hin, in die Manege, in die

Sägespäne. Natürlich fanden das alle lustig, als gehörte die Einlage zur Vorstellung. Alles verschwamm vor meinen Augen. Ich sah riesige Mäuler und Nasen und Augen. Lachsalven schlugen an meine Ohren. Soraya klatschte vergnügt. Sie hatte sich offensichtlich das geeignetste Opfer zum Finale aufgespart. Das löste etwas in mir aus. Noch während ich auf dem Bauch lag, das Gesicht voller Sägespäne, nahm ich Kontakt zu ihr auf, drang mit meinem Willen in sie ein, ergriff Besitz von ihr.

Ich stand auf. Siegesgewiss schritt sie auf mich zu, wusste nicht, was ihr bevorstand. Sie hob die Hände, setzte zur schlangenartigen Geste an. Aber sie erhielt keine Macht über mich. Ich spürte plötzlich eine unerhörte Energie, die von meiner Mitte ausging und in die Hände fuhr. Nun hob ich meinerseits die Hände, richtete sie auf Soraya, liess die Energie aus mir heraus. Ein Ruck ging durch ihren Körper, als wäre sie von einer harten Materie getroffen, und erstarrte. Soraya hob die Ellbogen an. Flatternd hüpfte sie im Kreis herum und gab ungewöhnliche Laute von sich.

«Gack, gack, gack, kikeriki!»

Ein Raunen ging durchs Publikum. Niemand wusste, was hier vor sich ging. Erstauntes Gemurmel. Ich sah noch, dass Don Mondini vom Stuhl aufsprang und das Zelt eiligst verliess.

KAPITEL № 9

Die verzauberte Pendula

Die grosse Pendula in der Küche der Panetteria war Mutters einziger Besitz von Wert und deshalb ihr ganzer Stolz. Sie hatte sie von der Herrin der Brissago-Inseln bekommen, Baronin Antonietta de St. Léger, nicht aus Grosszügigkeit, sondern weil sie zu laut tickte. Die Baronin wurde ganz krank darüber, also gab sie das Ungeheuer weiter, aber nicht, ohne noch ein gutes Geschäft zu machen. Als Gegenleistung musste ich ihr zweimal die Woche das Brot auf die Insel bringen.

Nun sass Mutter abends vor der Pendula, wenn Vater im Grotto verhockte, und schaute zu, wie ihre Zeit verrann.

Ich hatte den Verdacht, dass es ihr so ganz recht war, wenigstens hielt ihr das Grotto den Mann vom Leib. Doch heute wollte Vater einfach nicht aufbrechen. Er sass am Küchentisch über sein Boccalino gekrümmt, während Mutter die Pendula beobachtete. Da klopfte es an die Tür. Erschrocken blickte Mutter auf, Vater schien keineswegs überrascht.

«Erwartest du Besuch?»

«Mach auf!»

«Vielleicht ist es besser, wenn du an die Tür gehst.»

«Mach auf! Es wird schon nicht der Teufel sein!»

Es war Don Mondini.

«Hochwürden, so spät noch, ist etwas passiert?», fragte Mutter besorgt.

«Guten Abend, Signora Brunelli! Ich störe doch hoffentlich nicht?»

«Aber nicht doch, Hochwürden, bitte treten Sie ein.»

Sie geleitete ihn in die Küche, bemerkte, dass er Vater zunickte.

«Sie sind überrascht über meinen Besuch?», fragte Don Mondini.

«Um ehrlich zu sein, ja.»

Tadelnd blickte Don Mondini zu Vater, der zuckte mit den Schultern.

«Möchten Sie Ziegenmilch, Hochwürden?»

«Das wäre nett.»

«Oder besser Nostrano?», fragte Vater.

«Danke nein, Milch ist gut.»

«Bitte setzen Sie sich», sagte Mutter.

Der Pfarrer setzte sich an den Küchentisch. Vater hob das Boccalino, leerte es in einem Zug und schenkte sich nach. Don Mondini sass in aufrechter Haltung, um seinem Besuch eine offizielle Note zu geben.

«Ich komme wegen einer delikaten Angelegenheit.»

«Es ist doch nichts passiert?», fragte Mutter.

«Sie kennen die Neuigkeiten?»

Jetzt wusste Mutter, worauf er abzielte.

«Das hat nichts zu bedeuten.»

«Die Zeichen häufen sich.»

«Ich bitte Sie, Herr Pfarrer!»

«Wir müssen diese Ereignisse ernst nehmen.»

«Warum sollte Christo so etwas tun?», unterbrach sie ihn und schien es zu bereuen, offenbar zweifelte auch sie.

Um abzulenken, ging sie zum Becken, spülte das Geschirr, obwohl es bereits sauber war. Don Mondini nickte Vater zu, der sich nun aufrichtete.

«Ich habe dir immer gesagt, mit dem Jungen stimmt etwas nicht.»

Mutter begriff, dass die beiden sich abgesprochen hatten. Gerade deshalb blieb sie stur. Mit einer Handbewegung wischte sie das Thema von sich.

«Das ist Unsinn! Ich möchte nicht darüber sprechen.»

Don Mondini lehnte sich zurück, faltete die Hände und liess die Daumen kreisen.

«Signor Brunelli, wiederholen Sie bitte, was Sie mir in der Kirche anvertraut haben.»

Mutter erschrak.

Vater war die Situation sichtlich peinlich. Er druckste herum, griff zum Boccalino, trank sich Mut an.

«Es spukt in der Panetteria.»

«Du bist ja betrunken!», wehrte Mutter ab.

«Es ist trotzdem wahr!»

Man kann einem Trinker alles sagen, nur nicht, dass er ein Trinker ist.

«Aber es ist mir egal, er ist ja nicht wirklich mein Sohn.»

«Was sagst du denn da!», empörte sich Mutter.

Don Mondini gefiel, wie sich die Dinge entwickelten. Verunsichert blickte Vater zu Don Mondini, der ihm durch Zunicken neuen Mut machte, und da sprudelte der ganze Ärger aus ihm heraus.

«Du wolltest ja ums Verrecken ein Kind! Ich nicht. Dann kamst du mit dem Bengel daher, und ich musste so tun, als sei er von mir. Wie wäre ich denn sonst dagestanden? Als gehörnter Ehemann! Du wirst es nicht für möglich halten, aber auch ich habe eine Ehre zu verlieren! Ich musste das böse Spiel mitspielen. Es ist ein Albtraum, der nicht enden will. Ständig muss ich so tun, als sei der Bengel mein Sohn, ist er aber nicht!»

Vater griff zitternd nach dem Boccalino und leerte es in einem Zug.

«Nur wenn ich betrunken bin, halte ich das aus.»

«Gib mir nicht auch noch die Schuld an deiner Trinkerei!», schimpfte Mutter.

Don Mondini gab sich gleichgültig. Er wusste ja bereits, was kam.

«Erzählen Sie weiter, Signor Brunelli!»

«Je älter er wurde, desto häufiger geschahen diese Dinge.»

«Welche Dinge?»

Vater holte Luft, als bereite es ihm Mühe, fortzufahren.

«Wenn ich morgens in die Backstube kam, lagen die Geräte nicht mehr dort, wo ich sie am Abend zuvor hingelegt hatte.»

«Das wundert mich nicht», warf Mutter mit einem Blick aufs Boccalino ein.

«Ein andermal läuteten die Glöckchen am Eingang, aber wenn ich nachschauen ging, war niemand da.»

«Einbildung!»

«Manchmal lag der Mehlsack umgekippt im Raum.»

«Sauf nur noch mehr!»

Das war keine Aufforderung, aber Vater griff zur Flasche, schenkte nach, trank.

«Warum geschehen diese Dinge, was meinen Sie, Signora Brunelli?», fragte Don Mondini.

Mutter schien sich unwohl zu fühlen. Das Geheimnis wog schwer. Sie liess sich auf einen Stuhl nieder, faltete die Hände im Schoss wie zum Gebet.

«Christo ist – er ist ein normaler Junge, vielleicht etwas

unzugänglich, aber aus Fleisch und Blut. Da ist nichts Verkehrtes an ihm.»

Vater wischte sich mit dem Ärmel Wein vom Mund. Ein irres Lächeln stand ihm im Gesicht.

«Und ob! Damals hausten Zigeuner in den Wäldern und klauten uns die Vorräte aus den Kellern. Ist es da nicht eine Ironie, dass meine Frau ihnen im Gegenzug ein Neugeborenes stahl?»

Don Mondini verkniff sich ein Grinsen.

«Sags ihm! Sag ihm nur, wo du das Kind herhast!»

Mutter starrte ins Leere. Nur ein Flattern an der linken Schläfe verriet, wie sehr sie mit sich rang. Vater machte eine wegwerfende Handbewegung, stand auf, torkelte zum Schrank, holte eine neue Flasche, entkorkte sie, goss nach, trank in immer grösseren Schlucken, biss sogar ins Boccalino. Das tat er immer, wenn er hinüber war. Don Mondini legte die Hände auf den Tisch.

«Signora Brunelli, von irgendwoher muss das Kind doch kommen, das sehen Sie doch ein. Und wenn Signor Brunelli nicht der Vater ist und Sie nicht die Mutter, wer dann?»

Mutter schien einen Entschluss zu fassen.

«Es war auf dem Monte Verità bei der Kapelle Madonna della Fontana. Dort ging ich immer hin, wenn ich – wie soll ich sagen – den Kinderwunsch verspürte, jeden Tag. Und dann geschah es eines Tages – mein Wunsch wurde erhört. Die Madonna sandte mir ein Kind. Es war ein Geschenk Gottes.»

Don Mondini verschränkte die Arme und legte die Stirn in Falten. Mit Daumen und Zeigefinger massierte er sich das Kinn.

«Es fiel einfach vom Himmel?»

Rosa schüttelte den Kopf.

«Es wurde angespült.»

«Soso.»

«Im Bach.»

«Ich bitte Sie, Signora, ein Neugeborenes kann doch nicht schwimmen.»

«Christo kam im Bach!», beharrte Mutter.

Don Mondini überlegte.

«Sie zogen ihn also aus dem Wasser.»

Rosa nickte.

«Und was tat er dann?»

«Was meinen Sie?»

«Weinte das Kind?»

Rosa verstand nicht.

«Das Kind weinte nicht, stimmts?»

«Was spielt das für eine Rolle?»

«Ein Neugeborenes weint, wenn es zur Welt kommt, aber Christo nicht.»

«Ich kann mich nicht erinnern.»

«Sie können sich sehr wohl erinnern. Sie wollen es nur nicht sagen.»

Mutter antwortete nicht.

«Sie haben sich versündigt, Signora Brunelli!»

Verunsichert blickte sie zu Don Mondini auf.

«Ich habe nichts Unrechtes getan!»

«Das Kind war nicht für dieses Leben bestimmt.»

Mutter schlug die Hände vors Gesicht.

«Um Gottes willen!»

«Jetzt wissen wir, womit wir es zu tun haben. Zigeuner sind von Kindesbeinen an boshaft. Sie leben wie die Hunde und umgeben sich mit gottlosen Dingen, betreiben Wahrsagerei, Zauberei, schwarze Messen. Rosa, Ihr Sohn Christo – er ist ein Zigeuner!»

Mutter bekreuzigte sich. Eine Pause entstand. Vater trank, sein Blick fiel auf die Pendula, und alle Farbe wich aus seinem Gesicht.

«Da, da …!», stotterte er.

«Was ist los?», fragte Don Mondini.

«Die Pendula!»

Das Ticken erfüllte den ganzen Raum, aber es war nicht das Ticken, das alle in ihren Bann zog, sondern die Zeiger – sie gingen rückwärts.

Leise schlich ich in mein Zimmer und schloss die Tür hinter mir.

KAPITEL № 10

Tausend Köpfe und die streitsüchtige Baronin

Die Brissago-Inseln liegen drei Kilometer von Ascona entfernt. Ich brachte der Baronin Antonietta de St. Léger das Brot abends. Sie wünschte es so. Tagsüber ass sie wenig, jedoch zu später Stunde nahm sie üppige Mahlzeiten zu sich, ob in Gesellschaft oder allein, war ihr einerlei. Sie hatte ihre ausschweifenden Gepflogenheiten. Ich glitt gern in der abendlichen Stille über den See zur Insel der Baronin. Ich mochte den Gleichklang der Ruder im Wasser.

Doch heute war es anders, mein seelisches Gleichgewicht war gestört. Ich hatte alles gehört. Meine Eltern waren nicht meine Eltern, ich war ein Zigeuner. Die Erkenntnis hatte mich aus meinen Tagträumen gerissen. Noch war mir nicht klar, wie es genau um meine innere Verfassung stand. Ich wusste nur, ich hatte mich selbst getäuscht. Natürlich war mir immer klar gewesen, dass ich anders war, es wurde mir ja täglich unter die Nase gerieben. Allein, ich hatte der Sache nicht auf den Grund gehen wollen, weil ich etwas geahnt, weil ich mich vor der Wahrheit gefürchtet hatte. Jetzt war die Welt nicht mehr dieselbe.

Am Ufer sprang ich ins Wasser, ergriff die Leine und zog das Boot an Land, vertäute es an einem Baumstrunk. Der Weg von der Anlegestelle zum Palazzo führte durch einen verwunschenen Garten. Da stand ein Zimtbaum, dort ein Bergkampferbaum, beide aus dem Himalaja, dort ein Eukalyptusbaum aus

Australien, ein Ur-Mammutbaum und eine Mauerfeige aus China, Zedern, Sumpfzypressen aus Nordamerika, kanarische Dattel- und brasilianische Kokospalmen, neuseeländische Drachenbäume, eine ägyptische Papyrusstaude, Agaven aus Mexiko, Baumfarne aus Ozeanien, ein Mandelbaum. Und ein Meer von Blumen und Kräutern: Gladiolen aus Madagaskar, Zistrosen von einem Mittelmeerland, Orchideen, Bougainvilleen, Rhododendren, Azaleen, Bananenstauden, Panamagras, Melisse, Thymian, Salbei, Ruta, Ysop und Lavendel. Gott hatte gute Arbeit geleistet oder vielmehr – die Baronin.

Vor dem Portal des Palazzos schlug ich den Türklopfer, der aussah wie ein brüllender Löwe. Nichts regte sich. Abermals klopfte ich. Ich trat einen Schritt zurück, blickte zu den Fenstern hoch, sah dämmriges Licht hinter den Vorhängen. Sie war da, natürlich war sie da. Ich schlich um den Palazzo, bis ich zu einer in den Boden eingelassenen Flügeltür stiess, die sich mit etwas Anstrengung öffnen liess. Sie führte direkt in den Keller.

Es war zappenduster. Blind tastete ich mich voran, hielt die Hände ausgestreckt, um nirgends anzustossen. Ich bekam eine Leiste zu fassen, klammerte mich daran fest. Doch sie schien nicht im Boden verankert zu sein, sondern begann zu schwanken. Natürlich stolperte ich, fiel gegen ein Gestell. Ein Augenblick lang herrschte Stille, doch dann geriet ein Mechanismus in Gang, der in der Dunkelheit nicht zu deuten war. Ich hörte ein Geräusch wie von kullernden Kugeln. Dann prasselte etwas auf mich herab. Schützend hob ich die Arme über den Kopf. Was immer es war, es war leicht und weich und tat nicht weh. Da ging eine Tür auf, und Licht stach ins Dunkel. Eine Gestalt hielt einen Kandelaber mit brennenden Kerzen.

«Wer ist da?»

Die Stimme hatte einen fernöstlichen Akzent. Es war die von Yogi, der nur Lendenschurz und Turban trug.

«Ich bins!», rief ich.

«Christo? Was hast du getan?»

Ich sah zu Boden und blickte nun im Licht der Kerzen in Hunderte Augen: blaue, braune, grüne. Sah Stupsnasen, Sommersprossen, rote Wangen, Haare; schwarze, blonde, braune, rote. Puppenköpfe. Keine Körper, nur Köpfe. Sie alle lächelten mir zu. Das also war es, was auf mich hinuntergestürzt war. Vorsichtig bahnte ich mir einen Weg zur Kellertreppe, stieg zu Yogi hinauf.

«Die Baronin wird gar keine Freude haben!», tadelte der.

Ich legte das Brot auf den Esstisch und nahm im Sessel vor dem Kaminfeuer Platz. Die Baronin war nicht da, aber das gehörte zum Ritual. Sie liess Besucher gern auf sich warten.

Ich weiss nicht, wie viel Zeit verronnen war, ich musste eingeschlafen sein. Etwas stiess mich wach, und die Baronin stand vor mir.

«Was sind denn das für Manieren!»

Ihre lederne Haut zeugte von einem gelebten Leben.

Man sah, dass es hinter ihrer Stirn ständig rumorte. Eine Geniesserin war sie nicht, aber eine Person mit festem Willen, die es gewohnt war, Befehle zu erteilen. Die mit ihr zu tun hatten, schätzten ihren umtriebigen Geist oder aber gingen daran zugrunde.

Sie stammte aus St. Petersburg, wo sie als uneheliches Kind einer jüdischen Tänzerin und gerüchteweise des Zaren Alexander II. geboren wurde. Sie hatte eine gute Ausbildung erhalten, war allerdings stets kränklich, weshalb man sie in Begleitung einer Gouvernante nach Neapel zur Kur schickte. Dort kam sie im Haus eines viel älteren deutschen Konsuls unter.

Alsbald wurde sie dessen Frau. Sie verprasste sein Geld, und die Ehe war bald zu Ende. Nun aber brach in der neugierigen Frau erst recht die Abenteuerlust durch, und sie bereiste ganz Italien. In Rom überredete sie den Komponisten Franz Liszt – Richard Wagners Freund und Schwiegervater –, der zurückgezogen in einem Kloster lebte, ihr Klavierstunden zu erteilen. Sie wurde seine letzte Schülerin.

Des Klavierspielens bald überdrüssig, fand sie sich eines Tages in einem Mailänder Hotel wieder, wo sie – fünfundzwanzig Jahre alt – auf den angloirischen Baron Richard Fleming de St. Léger traf. Auch diesem trotzte sie eine Heirat ab, was sich einer glücklichen Fügung zufolge förderlich auf ihre Reiselust auswirkte, zumal der Baron Gesandter in China wurde. Das Paar reiste nach Peking. Jahre später kehrten sie nach Europa zurück und lebten zurückgezogen auf den Besitztümern der Familie in Irland. Regen und Kälte waren der Gesundheit der Baronin jedoch abträglich. Die Langeweile noch viel mehr. So zog das Paar an den Lago Maggiore und entdeckte die brachliegenden Brissago-Inseln. Im Jahr 1885 kaufte sie der Baron dank einer Erbschaft. Doch da der musische Mann dem vulkanischen Temperament seiner Frau wehrlos gegenüberstand, fand er auch hier seine Ruhe nicht. Nachdem der Palazzo nach ihren Plänen erstellt worden war, liess sie rauschende Feste austragen. Ölmagnaten und Kaufhauskönige mit schönen Begleiterinnen reichten sich auf den Inseln die Hand. Schliesslich gab der Baron auf. Er liess sich als irischer Vizekonsul nach Neapel berufen und kehrte nie mehr zurück. Auch der Sohn und die Tochter verliessen die Brissago-Inseln bald und für immer.

«Was hast du meinen Puppen angetan?», schimpfte die Baronin nun und stemmte die Hände in die Hüften.

Ich sank tief in den Sessel.

«Ich bin gestolpert.»

«Du stolperst immer!»

Es folgte das bekannte Prozedere, Anschuldigungen. So festigte sie die Hackordnung. Es war ihre Art der Begrüssung.

«Monate hat es gedauert, die Puppenköpfe herzustellen. Ich hätte ein Vermögen damit verdient, und jetzt hast du sie verdorben!»

Auf dem Kanapee sass eine Puppe neben der anderen, abwechslungsweise ein Mädchen neben einem Buben. Jede hatte leuchtende Augen und war fantasievoll gekleidet. Die Baronin fasste nach einer Puppe und wiegte sie in den Armen wie ein Neugeborenes.

«Was hat er bloss mit deinen Schwestern und Brüdern angestellt?»

Yogi sass im Lotossitz vor dem Feuer.

«Sie hat niemanden gefunden, der die Körper fabriziert», mischte er sich nun ein. «Sie kann die Puppen gar nicht verkaufen, die Köpfe verrotten im Keller, und die Baronin ist bankrott.»

«Sei still!», fauchte die Baronin. «Wer hat dich denn wiederbelebt?»

Yogi sass da wie versteinert. Doch dann brach ein neuer Angriff aus ihm hervor.

«Bankrott! Sie ist bankrott!»

Als hätte die Baronin den Angriff nicht nur erwartet, sondern herbeigesehnt, warf sie die Arme in die Luft, wobei die Puppe durch den Raum flog.

«Da rettet man den Indianer vor dem Hungertod, und was tut er? Er blafft mich an!»

Natürlich wusste sie längst, wie sie ihn provozieren konnte, so hatte seit Kolumbus niemand mehr Indianer mit Indern verwechselt.

«Vor dem Hungertod? Nein! Der Mensch darf sich durch Nahrung nicht verseuchen. Ein Glas Milch und ein paar Nüsse, das reicht für den Tag. Wer mehr zu sich nimmt, versündigt sich an der Natur!»

«Wer hat ihm bloss diesen Blödsinn in den Kopf gesetzt? Sein Häuptling Buddha kann es nicht gut meinen mit den Untertanen, wenn er ihnen diesen Unsinn einflösst.»

«Buddha ist kein Häuptling! Buddha ist Erleuchtung!», schimpfte Yogi, nun vollends aus der Meditation gekippt.

«Papperlapapp! Er fresse ein paar Nüsse, damit er wieder zu Verstand komme.»

Die beiden schienen ihr Zusammenleben mit einer Dauerfehde zu würzen, wobei es offensichtlich zu den Spielregeln gehörte, sich nicht direkt anzusprechen.

Insofern war ich ihnen sehr willkommen.

«Sie spielt Monarchin», flachste Yogi und gab sich Mühe, Verachtung in seine Worte zu legen, was ihm wegen des Akzents misslang. «Jetzt hat sie sich ein Postamt eingerichtet mit eigenem Stempel! Der arme Postino Bette muss nun jeden Tag von Brissago zur Insel rudern, um die Briefe zu stempeln. Das ist aber nur Täuschung. In Wahrheit geht es ihr um etwas ganz anderes. Es gibt hier nämlich weder Licht noch Wasser. Bette bringt ihr jeden Tag eine Giesskanne mit Trinkwasser. Armes Königreich!»

«Reiches Königreich! Die Inseln haben eine Geschichte, die

zurückreicht bis zu den Römern. Yogi tut nur so, als ginge ihn Weltliches nichts an. In Wahrheit ist seine Meditation nur Ausrede. Der Nichtsnutz! Verlauert den Tag mit Herumgehocke, während aber der Neid an ihm nagt wie die Wasserratte am Schimmelbrot.»

Nur ein flatternder Muskel an Yogis Schläfe wies darauf hin, dass sie ihn getroffen hatte.

«Sie pflügt die ganze Insel um für den Garten. Doch es geht ihr nur ums Befehlen. Zwanzig Gärtner hält sie auf Trab, kommandiert sie herum wie ein römischer Imperator. Niemand hält es bei ihr aus, nicht ihr Mann, nicht ihre Kinder. Alle sind fort!»

Der Teekessel pfiff, die Baronin wandte sich ab und ging in die Küche. Der Streit hatte ihr sichtlich gutgetan. Sie liebte es, sich an jemandem zu reiben. Mit Argusaugen wachte sie darüber, ob sich ihr jemand in den Weg stellte. Mit List und Tücke lockte sie die Leute in die Falle, nur damit sie einen Streit vom Zaun brechen konnte. Mit erstaunlicher Fantasie zauberte sie einen vorgeschobenen Grund aus dem Hut, um den Gegner mit Argumenten in der Luft zu zerfetzen. Diese Wesensart hatte sie die Ehemänner gekostet. Als dann auch die Tochter flüchtete, rief sie: «Wenn sie wenigstens mit einem Freund weggelaufen wäre, aber mit dem eigenen Vater ...»

Es war wirklich nicht leicht, mit ihr auszukommen.

Hauspersonal und Gärtner machten einen Bogen um sie, Besucher blieben aus. Doch hartherzig, das war sie nicht. Immerhin bewies ihre Streitlust, dass sie noch jedes einfältige Gemüt einigermassen ernst nahm. Ihr Verhältnis zu mir indessen war ein besonderes, das ihrer Art eigentlich entgegenstand. Sie hegte fast mütterliche Gefühle für mich. Doch war sie eigensüchtig genug, nicht ohne Gegenleistung zu lieben. Sie hatte von der Spukerei gehört. Das machte mich für sie interessant.

«Mir ist das Ereignis im Zirkus zu Ohren gekommen.»

Ich kannte ihren anschuldigenden Ton, zuckte aber auch diesmal zusammen. Missbilligend schüttelte sie den Kopf, dann lag plötzlich ein Lächeln auf ihren Lippen.

«Du machst den Leuten Angst, das ist mir sympathisch.»

Sie wollte mich locken, aber ich fasste mich für die nächste Attacke.

«Wie hast du es geschafft, die Magierin zu hypnotisieren?»

Ich wusste nicht, was sagen.

«Es ist – geschehen.»

«Soso. Du willst mir also weismachen, dass sie aus lauter Freude am Leben gackerte und flatterte wie ein verrücktes Huhn.»

Ich hatte keine Lust, darauf einzugehen.

«Wie hast du ihr dieses Ei gelegt?»

Ich weigerte mich und blickte zu Boden.

Die Baronin seufzte.

«Darf ich Sie etwas fragen?»

«Nur zu.»

«Ich hab das Gefühl, dass ich nicht mehr weiss, wer ich bin.»

Die Baronin lachte auf.

«Philosophen füllen Bücherregale mit dem Thema.»

Unglücklich starrte ich ins Kaminfeuer.

«Du bist ein wenig verrückt, aber das macht nichts, verrückt sein ist heutzutage ganz normal. Mach dir keinen Kopf, das wächst sich aus.»

«Alle machen mich zum Gespött, dabei verstehen sie nicht.»

«Sie lachen, um ihre Furcht zu überwinden.»

«Furcht?»

«Furcht vor dir.»

«Die fürchten sich nicht vor mir.»

«Das sind schlichte Gemüter. Die fürchten sich vor allem, was sie nicht verstehen.»

Ich blickte zu ihr hin.

«Don Mondini will nicht, dass ich weiterhin zur Kirche komme.»

Die Baronin faltete die Hände.

«Papperlapapp. Der soll seine religiöse Notdurft woanders verrichten. Er soll sich den Teufel erst mal selbst austreiben. Ich wäre gespannt, was aus seiner schwarzen Seele quillt.»

Die Baronin stand auf und ging zum Kamin, um sich die Hände zu wärmen. Dabei warf sie einen verächtlichen Blick auf Yogi, der vor dem Feuer im Lotossitz wieder in seine Meditation versunken oder ganz einfach eingeschlafen war.

«Stell dir vor, du bist ein Baum. Im Samen des Baumes sind schon alle Möglichkeiten angelegt. Aber er fällt zu einem schicksalhaften Zeitpunkt an einen schicksalhaften Ort. Der Baum wächst nach seinem Wesen, aber er wird auch beeinflusst; von der Erde, vom Gelände, vom Wetter. So wächst er gerade gegen die Sonne oder krumm in den Hang.»

«Bin ich krumm in den Hang gewachsen?»

Die Baronin lachte.

«Aber nein! Ich will nur sagen, es ist nicht entscheidend, woher du kommst. Entscheidend ist, wer du sein willst.»

Ich weiss nicht, warum, aber Karl Gräser fiel mir ein.

«Ein Vegetariano kam neulich in die Panetteria. Es gefiel mir, was er sagte. Vielleicht finde ich auf dem Berg der Wahrheit auch die meine.»

«Das ist keine schlechte Idee. Bei den schrägen Vögeln fällst du gewiss nicht auf. Vielleicht begegnest du einem Buddha, der dich etwas Weisheit lehrt.»

Ich zögerte.

«Da ist noch etwas.»

Misstrauisch blickte sie mich an.

«Eine Frau.»

«Was für eine Frau?»

«Sie kam zum Carnevale, in der Barke mit den Maurern. Sie ist Tänzerin. Sie soll am Sonnenfest die babylonische Liebesgöttin darstellen.»

Die Augen der Baronin verengten sich zu Schlitzen.

«Mignon!»

«Sie kennen sie?»

«Ogottogott! Lass die Finger von ihr, Junge! Mit ihrem Unschuldsblick verdreht sie jedem den Kopf.»

«Eben noch war es eine gute Idee, auf den Monte Verità zu gehen.»

«Aber zu Buddha! Nicht zu dieser Frau!»

KAPITEL № 11

Das Leben ist kein Selbstzweck

Der Glockenturm überragte Ascona und prägte seine Silhouette. Die Kirche Pietro e Paolo war vor drei Jahrhunderten von den Einwohnern in mühsamer Arbeit erbaut worden. Da waren die Kanten des Hauptteils mit rechteckigen Lisenen, Spuren einer Sonnenuhr und das Wappen der Gemeinde, zwei gekreuzte Schlüssel, das Zeichen des heiligen Petrus. Hüter des Stolzes dieses Dorfs war Arciprete Don Mondini. Sein hageres, von Furchen durchzogenes Gesicht war von einer Hakennase geprägt, die zwei eng anliegende Augen trennte. Seine Lippen waren blutleer und scharf wie eine Messerklinge, sein Körperbau hager und streng. Als Überbringer der göttlichen Gnade sah er sich berufen, über die Gemeinde mit wachsamem Auge zu herrschen. Er tröstete, bemitleidete, half, erteilte Rat. Wehe dem, der glaubte, er habe seine Fürsorge nicht nötig. Er schreckte nicht davor zurück, dem, der ihm nicht folgte, über die Finger zu fahren. Es war weniger ihre Frömmigkeit, welche die Dörfler am Sonntagmorgen in die Kirche trieb, sondern die nackte Angst, ins Visier des Pfarrers zu geraten.

Überall witterte er Sünden. Hier begehrte einer des andern Weib, dort raffte einer selbstsüchtig das Korn vom Feld des andern, hier schlug einer das Pferd, wenn es lahmte, dort heuchelte ein anderer dem Nachbarn Freundschaft vor, während er ihn hinterrücks bestahl.

Don Mondini wohnte gleich gegenüber der Kirche, in der Casa Serodine, in einem mit Stuckaturen hübsch verzierten

Haus auf der Piazza del Municipio. Man erzählte sich, dass es in seiner Kammer nichts gab, was das Leben angenehm macht: keinen Schreibtisch, keinen Stuhl, keine Truhe, keinen Schrank, nur ein Bett. Aber darin schlief er nicht. In einer Ecke lag ein Häufchen Stroh am Boden. Das war sein Bett. Daneben standen ein Krug Wasser und eine Kerze.

Es hiess, dass er sich nachts selbst auspeitschte, mit einer mehrarmigen Peitsche mit stacheligen Metallringen an jedem Ende. Darum die Löcher in seinem Rücken, die man gesehen haben wollte. Entweder, er war streng gläubig oder aber sehr verzweifelt. Er betrachtete die Vegetariani als eine Plage. Freie Entfaltung des Individuums, Frauenbefreiung, Ritualtanz, Ernährungsreform, Wohnrefom, Kleiderreform, Naturheilkräfte, Siedlungswesen: Das entsprach nicht seiner Wirklichkeit, ganz im Gegenteil. Er wollte das Reformvirus bekämpfen, bevor es aufs Dorf übergriff. Und irgendwie betrachtete er mich als erstes Zeichen dieser Seuche im Dorf.

Eines Nachts schlich die Boresco durch die Gassen bis zur Kirche. Alles schlief. Gewandt glitt sie durchs Portal ins Kirchenschiff. Ihre Schritte hallten von den Wänden wider. Es war düster, nur wenige Kerzen brannten. Ein verirrter Vogel flatterte auf, sie zuckte zusammen. Nun bekam sie es doch mit der Angst zu tun, überwand sie aber, kletterte in den Beichtstuhl, bekreuzigte sich.

«Vergebt mir, denn ich habe gesündigt.»

Aus dem Dunkel hinter dem Gitter antwortete eine Stimme: «Ich weiss, meine Tochter, aber darum geht es jetzt nicht.»

«Ich habe gelogen und betrogen ...»

«Nicht jetzt!»

«Oh, aber wenn Hochwürden wüssten, dass ...»

«Sei still!»

Sie verstummte auf der Stelle.

«Höre!»

Neugierig spitzte sie die Ohren.

«Unser Dorf wird bedroht.»

Die Boresco bekam Gänsehaut. Sie mochte das.

«Ein Gottloser weilt unter uns, ein Zigeuner!»

«Ein Zigeuner!», wiederholte die Boresco beeindruckt.

«Er verzaubert Menschen. Wir haben es kürzlich erst erlebt. Wenn wir nicht einschreiten, ist das Dorf verflucht.»

«O Gott!»

«Komm näher. Was ich dir zu sagen habe, ist nur für deine Ohren bestimmt.»

Sie presste sich ans Gitter.

«Ich habe dich zu mir bestellt, weil die Kirche deine Hilfe benötigt.»

«Meine Hilfe?», staunte die Boresco.

«Ich muss wissen, ob du vertrauenswürdig bist.»

«Hochwürden! Bei meiner Ehre!», schwor die Boresco, die dieses Wort nicht kennen konnte.

«Es ist Zeit, zu handeln.»

«Was ist zu tun?»

Und Don Mondini flüsterte ihr ins Ohr.

Die Boresco stieg aus dem Beichtstuhl und schlich aus der Kirche, durch die Gassen, die Via Borgo hinauf. Mit geschickten Fingern öffnete sie das Schloss unserer Panetteria, vergass nicht, die Glöckchen am Eingang stillzulegen. Sie war schlau.

Das Mondlicht fiel auf das Glas mit den Cantuccini im Schaufenster, doch sie wiederstand – aber nur einen Augenblick. Dann fasste sie doch hinein, nahm sich drei Stück. Doch jetzt brachte sie die Hand nicht mehr aus dem Glas. Sie zog und zerrte. Loslassen kam nicht infrage. Wenn sie einmal etwas ergattert hatte, gab sie es nicht freiwillig wieder her. Als sie endlich freikam, krachte das Glas mit einem dumpfen Knall zu Boden. Erschrocken hielt sie inne, lauschte. Nichts rührte sich. Erleichtert las sie die überall verstreuten Cantuccini zusammen und stellte das Glas wieder ins Schaufenster. Sie fasste in die Rocktasche und prüfte den Inhalt. Alles noch da!

Dass sie sich mit Pilzen auskannte, darauf war sie stolz. So schön der Fliegenpilz anzusehen war mit seinem knallroten kugeligen Hut und seinen weissen Warzen, so bekam man bei Verzehr gleichwohl Halluzinationen. Viel unauffälliger war der auf Weiden wachsende Spitzkegelige Kahlkopf. Mit seinem nur fingernagelgrossen braunen Hütchen und dem dünnen Stielchen sah er erbärmlich aus. Umso heftiger war bei Einnahme der Rausch. Herzrasen und Erregung konnte man erzeugen durch Stechapfel, Nachtschatten, Bilsenkraut, Tollkirsche, Tollkraut und Alraune. Am liebsten von allen war ihr jedoch das Mutterkorn, ein kleiner Pilz, der als Schmarotzer auf Getreideähren wuchs. Er wurde gern vom Bauern übersehen, und so kam er dann ins Mehl und von dort ins Brot, wodurch er sich ganz besonders für eine Konspiration eignete. Die Krämpfe und Durchblutungsstörungen erfolgten vollkommen unerwartet und überraschend. Wenn es ganz heftig kam, wurden die Finger und Zehen schwarz, starben ab, und man musste sie abschneiden.

Die Boresco nahm die Büchse aus der Tasche, öffnete den Deckel, besah lächelnd das zerriebene Mutterkorn und gab es in den Sack am Backtisch. Mit einem Vaterunser mischte sie es ins Mehl.

KAPITEL № 12

Der Mann mit den goldenen Hoden

Signor Giovanelli trug einen weissen Bademantel, der sich über dem dicken Bauch wölbte. Das gefettete Haar klebte ihm unter einem Haarnetz ordentlich gekämmt am Kopf. Der Padrone der Fabbrica Tabacchi Brissago stand auf der Terrazza seines Palazzos, gähnte, streckte und reckte sich. Er sah gern zu, wenn die Sigaraie in seine Fabbrica strömten. Zu Dutzenden kamen sie jeden Morgen aus den Bergdörfern und Tälern zur Arbeit; aus Ronco, Probetto, Piodina und von ennet der italienischen Grenze, aus Cannobio, Verbania und Intra. Stunden wanderten sie zu Fuss, um ihr Auskommen für die Familie zu verdienen; einige wenige Franken im Monat. Der Padrone jedoch verdiente sich mit ihrer Hände Arbeit goldene Hoden. Per Schiff trafen die Tabakblätter ein, die zum Trocknen an die Leinen gehängt wurden. Im Untergeschoss der Fabbrica trennten die Arbeiterinnen die Blätter von der harten Mittelrippe und brachten sie ins Obergeschoss, wo sie auf Holztischen flink zu Toscani- und Toscanelli-Zigarren gerollt wurden. Sodann legten die Sigaraie die Cannuccia ein, das Mundstück, und einen Halm aus spanischem Alfagras, den die Herren dann zum Anrauchen herauszogen. Der Halm verschaffte der Zigarre einen Luftkanal und diente zudem als Zündholz. Zuletzt befeuchteten die Sigaraie die streifenförmigen Deckblätter mit einer aromatischen Concia, einem weisslichen Klebstoff, der in Kupferkesseln aus süssem Weisswein, Honig und Gewürzen gemischt wurde und der Zigarre das spezielle Aroma verlieh.

Obgleich Kapitalist von konservativen Gnaden, hatte Signor Giovanelli doch ein gutes Herz, das sich allerdings einzig darin offenbarte, dass er jeden Freitag Panini aus Ascona kommen liess. Wer bei ihm arbeitete, sollte nicht Hunger leiden. In Wahrheit versprach er sich von gefüllten Bäuchen eine grössere Produktion. Das Gesicht zum Himmel gereckt, die Augen vor der gleissenden Sonne geschlossen, sog er die kühle Morgenluft ein und kratzte sich zufrieden am Gesäss, während seine Frau Maria-Rosa hinter ihm im Ehebett weiter friedlich schnarchte.

Ich sah ihn schon von Weitem, als ich von Ascona her kam, mit einer Gerla auf dem Rücken, voll mit frischen Panini. Ich wusste, was geschehen würde. Es war jeden Freitag dasselbe. Eilig schlüpfte der Padrone in Hose, Hemd, Gilet, Jacke und Schuhe, rückte im Gehen die Fliege zurecht. Er wollte am Platz sein, wenn ich das Brot verteilte. Er wollte sich feiern lassen.

Der Duft der Concia stieg mir in die Nase, als ich die Fabbrica betrat. Ich mochte den Geruch, hatte aber noch nie eine Toscani- oder Toscanelli-Zigarre geraucht. Ich glaubte, mir würde schlecht dabei. Die Sigaraie in den Bankreihen begrüssten mich mit Jubel, aber ich war sicher, der galt dem Frühstück. Die Gerla lehnte ich an eine Wand und wartete. Als der Padrone in die Fabbrica trat, wurde es augenblicklich still. Keine Sigaraia wollte den Anschein von Untätigkeit erwecken. Giovanelli überblickte das Geschehen.

«Buongiorno!», rief er.

«Buongiorno!», schallte es zurück.

«Antreten!»

Die Sigaraie flohen aus den Bankreihen und stellten sich in einer Reihe vor dem Padrone auf. Unverschämt musterte er ihre jungen Körper, als eine nach der anderen mit einem Knicks an ihm vorbeizog, ein Panini aus der Gerla nahm und wieder an den Arbeitsplatz zurückeilte.

«Esst!», befahl er, denn der Prozess sollte nicht unnötig ausgedehnt werden. Auch der Padrone biss herzhaft in sein Brot. Er verschlang vier Stück.

«Knusprig, gut gemacht, Christo!», sagte er gönnerhaft. «Du solltest die Panetteria übernehmen, dann bist du auch ein Padrone. Kein Industrieller wie ich, aber ein Gewerbler. Das ist auch gut.»

Ich stellte mir den Padrone als grunzendes Schwein vor, nur so war er zu ertragen. Ich musste sogar lächeln.

«Das hat Zeit, ich muss noch viel lernen.»

«Es ist nie zu früh. Ich hab schon in der Fabbrica gearbeitet, da war ich halb so alt wie du.»

Ha. Während sein Vater die Fabbrica aufbaute, hatte er faul in den Tabakblättern gelegen, Salami geschlemmt und den Sigaraie nachgeschaut.

«Sie sind ein erfahrener Mann», sagte ich.

Der Padrone quittierte das Lob mit einem Nicken.

«Aber du hast auch Fähigkeiten, wie man hört. Eine Magierin mit ihren eigenen Mitteln zu schlagen, das nenne ich Chuzpe.»

Das Gespräch nahm eine Wendung, die mir nicht gefiel. Normalerweise hielt er mir an diesem Punkt einen Vortrag über Kapitalismus und Anarchie. Jetzt würde er mich nicht so schnell gehen lassen.

«Ich muss Austragungen erledigen.»

Der Padrone faltete die Hände über dem Wanst und liess seine Daumen kreisen.

«Kunden darf man natürlich nicht warten lassen. Aber dann – auch ich bin Kunde, ein sehr guter sogar. Ich könnte gekränkt sein.»

Aha, ich hatte es doch gewusst.

«Das liegt nicht in meiner Absicht.»

«Wie hast du es also gemacht?»

«Das war nicht ich. Sie hat sich selbst verhext.»

«Du strapazierst meine Geduld.»

«Das ist nicht meine Absicht.»

Der Padrone blähte die Nüstern.

«Aufmüpfig wirst du auch noch. Du bist doch wohl kein Anarchist? Weisst du, wo wir hinkommen, wenn jeder nur das tut, was er will? Das kommunistische Gesindel versucht, uns Unternehmer zu ruinieren, verseucht die Gedanken der Sigaraie mit Gleichheitsgeschwatze, sagt, sie hätten Rechte! Lass dir gesagt sein: So was wie Gleichheit gibt es nicht! Es gibt Schäfer, und es gibt Schafe, einer wacht, die anderen grasen. So läuft das!»

Es ging also wieder los. Die Gerüchte der Boresco reichten offenbar bis nach Brissago. Aber ich hatte Lust, ihn ein wenig zu ärgern.

«Die Autorität muss sich in den Dienst der Allgemeinheit stellen, sonst ist sie sinnlos.»

Der Padrone freute sich, dass ich ihm Widerstand bot.

«Aha! Wusste ichs doch! Ich führe die Fabbrica mit meinen eigenen Händen! Hundert Mäuler füttere ich. Was soll dieses Allgemeinheitsgerede! Dieser Kommunismus ist ein Hirngespinst und verdirbt uns noch die schöne Ordnung. Komm, Anarchist, zeig uns, was du draufhast!»

Die Sigaraie klatschten erwartungsfroh in die Hände.

Ich stand da und schwieg.

Dann geschah es.

Ein Mädchen in der ersten Reihe, keine zwanzig Jahre alt, erhob sich auf wackligen Beinen. Es trug Kopftuch und Schurz in Weiss. Es hielt sich den Bauch und gab Würgelaute von sich. Dann konnte es nicht mehr an sich halten, lehnte sich über die Bank und erbrach sich, dem Padrone mitten auf die schwarzen Lackschuhe. Verdutzt blickte er sie an, kam aber nicht dazu, sie zu beschimpfen. Denn gleich übergab sich eine andere und noch eine und noch eine – alle in den Reihen. Der süssliche Duft der Concia wich dem scharfen Geruch der Magensäfte. Die Boresco hätte vor Freude in die Hände geklatscht. Der Padrone jedoch fasste sich vor Schreck an den Kopf und konnte nicht glauben, was er sah. Ihm taten nicht die Zigarrenrollerinnen leid, sondern vielmehr seine Tagesproduktion.

«So hab ich das nicht gemeint!», schrie er mir entgegen, doch dann versagte ihm die Stimme. Er spürte, wie sich sein Magen verkrampfte. Er würgte, krümmte und übergab sich, wobei sein Anzug unrettbar zu Schaden kam.

KAPITEL № 13

Die Gespenster vom Monte Verità

Dass jemand etwas ins Mehl gemischt hatte, war mir sofort klar. Nur wer und warum? Ich musste in Erfahrung bringen, was los war. Jemand hatte beschlossen, mich aus dem Dorf zu vertreiben, aus welchem Grund auch immer. Und dieser Jemand schreckte vor nichts zurück. Weil er sogar meine Mutter gegen mich aufbringen wollte, fiel mein Verdacht auf Don Mondini, und ich beschloss, ihn heimlich zu beobachten. Immer wenn ich Zeit hatte, schlich ich ihm nach.

Eines späten Abends schloss er das Kirchenportal hinter sich und überquerte gemessenen Schrittes die Piazza, trat ins Municipio. Das Portal war nicht verschlossen. Ich ging die Treppe hoch in den zweiten Stock, wo das Sitzungszimmer lag. Ich hatte Glück, die Tür blieb ein Stück weit geöffnet. Ich versteckte mich im Dunkel des Treppenhauses. Drinnen sassen bereits Signor Bolongaro und Capitano Rusca um den Sitzungstisch. Sie begrüssten Don Mondini, der ihnen gegenüber Platz nahm. Signor Bolongaro steckte sich die Rose im Knopfloch zurecht, die ihn seiner Ansicht nach als einen Mann von Welt auszeichnete, und setzte eine staatsmännische Miene auf. Capitano Rusca war eigens aus Locarno angereist, in mit Goldknöpfen betresster Uniform und mit Säbel, um dem Treffen eine offizielle Note zu geben. Mit verschränkten Armen über dem dicken Bauch schien er unverrückbar wie Granitstein. Man sah ihm dennoch an, dass er schier vor Eifer platzte, zumal er auf eine Polizeiaktion hoffte.

Bolongaro als Hausherr eröffnete die Sitzung.

«Don Mondini, Sie haben den Krisenrat einberufen. Ich erteile Ihnen hiermit das Wort.»

Der Pfarrer liess sich Zeit, bevor er anhob.

«Meine Herren, ich danke Ihnen für das Erscheinen. Ich bin mir bewusst, dass Ihre Zeit wertvoll ist, und möchte sie auch nicht lange in Anspruch nehmen. Hingegen fühle ich mich verpflichtet, Sie über die Vorgänge auf dem Monte Verità in Kenntnis zu setzen. Auf dem Berg sind Mächte am Werk, die unter der Oberfläche einer scheinbar friedlichen Kooperative in die Tiefen unserer Gesellschaft vordringen und das Christentum unterhöhlen.»

Bolongaro legte die Stirn in Falten und tippte sich an die Nase als Zeichen, dass er gründlich nachdachte, auch wenn er nicht wusste, worüber. Capitano Rusca wartete erst mal ab, wie sich die Dinge entwickelten.

«Was ich zu sagen habe, wird Ihnen nicht gefallen, Signor Bolongaro, Capitano Rusca. Auf dem Berg braut sich etwas zusammen!»

Bolongaro, durch Gino und Jampa gut informiert, wiegelte ab: «Ach, das sind doch nur harmlose Rübenfresser. Graben ein bisschen in der Erde und liegen den Rest des Tages in der Sonne. Die tun keinem was zuleide.»

Don Mondini winkte ab.

«Sie kennen natürlich die Naturmenschen, die seit bald zwanzig Jahren auf dem Monte Verità hausen. Aber um die geht es nicht. Neue Besucher sind angekommen, täglich werden es mehr. Das sind keine Naturmenschen, sondern Mitglieder eines geheimen Ordens, die nicht zu Gott beten, sondern zu Satan!»

«Meine Güte!», rief Bolongaro.

«Ich habe immer gesagt, wir sollten aufräumen mit dem Gesindel», grollte Capitano Rusca.

Don Mondini holte weiter aus: «Sie verkehren alle Rituale der christlichen Kirche in ihr Gegenteil. Sie nehmen das Missale Romanum, das Römische Messbuch, das aufgrund des Beschlusses des Konzils von Trient von dem heiligen Pius V. im Jahr 1570 herausgegeben wurde und in dem die Riten der Kirche enthalten sind, und drehen sie in ihr Gegenteil um. Ich gebe Ihnen ein Exempel: Der Kultraum der Satanischen sieht üblicherweise wie eine gotische Kapelle aus. Mangels einer gotischen Kapelle auf dem Monte Verità führen die Satanischen ihre Messen im Freien durch. Sie nageln ein Teufelsbildnis an einen Baum und stellen ein Kruzifix darunter, aber auf dem Kopf. Die Satanischen kennen keine Barmherzigkeit, sondern predigen das Gesetz des Starken. Für sie gibt es keinen Gott, sondern der Mensch selbst ist Gott. Er hat das Recht, nach seinem eigenen Gesetz zu leben: zu arbeiten, wie er will, zu spielen, wie er will, zu ruhen, wie er will, zu sterben, wann und wie er will. ‹Tu, was du willst› ist ihr Gesetz.»

«Na ja, unvernünftig klingt das nicht», sagte Bolongaro.

«Ich muss doch sehr bitten! Die Satanischen befürworten alles, was verboten ist: Gewalt, Ekstase, ausschweifenden Lebensstil und freie Liebe. Der Mensch hat das Recht, zu lieben, wie, wann, wo und mit wem er will!»

Bolongaro rutschte unruhig auf dem Stuhl herum.

«Die Satanischen pflegen Rituale, bei denen sie ihre Urtriebe ausleben, und der wichtigste Urtrieb ist die Erotik. Ich möchte Ihnen nicht zumuten, sich anzuhören, worum es dabei geht.»

«Doch, doch! Fahren Sie fort!», rief Bolongaro etwas unangemessen.

«Nun gut. Erotik ist ein Angriff auf die christliche Moral. Mit der Kraft der Sexualität erhalten sie Macht. Bei dem Ritual verkehrt ein satanischer Hohepriester geschlechtlich mit der Frau, die auf dem Altar liegt.»

Bolongaro blickte peinlich berührt zu Capitano Rusca.

Rusca schlug die Faust auf die Stuhllehne und rief: «So ein Schweinkram! Wenn das wahr ist, müssen wir zur Ordnung rufen. Was empfehlen Sie zu unternehmen, Hochwürden?»

«Zunächst einmal müssen wir verhindern, dass das Virus aufs Dorf übergreift», beschloss Don Mondini, mehr Kriegsstratege denn Gottesmann.

«Welches Virus?», fragte Rusca.

«Anarchie, Aberglaube, Hexerei!»

Das war er, der Augenblick, auf den Don Mondini offenbar hingearbeitet hatte. Er räusperte sich.

«Sagen Sie es ihm, Signor Bolongaro.»

Überrascht blickte Rusca vom einen zum andern. Als erfahrener Capitano spürte er, dass ein Geheimnis in der Luft lag.

«Was soll das heissen?»

Don Mondini schwieg und wies auf Bolongaro.

Der schlug die Augen nieder. Es fiel ihm sichtlich schwer, zu antworten. Jetzt wurde Capitano Rusca wütend.

«Kann mir vielleicht jemand sagen, was hier vor sich geht?»

«Wollen Sie es dem Capitano nicht endlich sagen?», doppelte Don Mondini nach.

Bolongaro wehrte ab.

«Alles halb so wild.»

«Heraus mit der Sprache!»

«Na ja, es ist nicht ganz sicher.»

«Wirds bald!»

Capitano Rusca wurde fuchsteufelswild.

«Na los!», fiel Don Mondini ein.

Bolongaro atmete durch.

«Es wird angenommen, dass einer von ihnen unter uns im Dorf lebt, ein Zigeuner.»

«Ein Zigeuner?», fragte Capitano Rusca.

Don Mondini nickte.

«Wer ist der Zigeuner?»

Don Mondini verschränkte die Arme vor der Brust, reckte das Kinn in die Höhe, sah den Polizisten eindringlich an.

«Es ist Christo.»

Bolongaro senkte den Kopf.

«Der Panettiere?», staunte Capitano Rusca.

«Der Panettiere!», bestätigte Don Mondini.

«Weshalb in Gottes Namen sollte Christo ein Zigeuner sein? Er ist hier geboren.»

«Er ist nicht das leibhaftige Kind der Brunellis, sondern in den Wäldern des Monte Verità geboren. Durch seine Adern fliesst Zigeunerblut. Denken Sie nur, was im Zirkus passiert ist! Denken Sie nur, was in der Fabbrica Tabacchi geschehen ist!»

Capitano Rusca blickte von Don Mondini zu Bolongaro, um sicherzugehen, dass er sich nicht verhört hatte. Dann prustete er los und wäre fast vom Stuhl gefallen, so musste er lachen. Er zog ein Tuch aus der Uniformtasche und wischte sich die Tränen von den Wangen, während er ungläubig den Kopf schüttelte, denn diese hier, dessen war er sich gewiss, hatten den Verstand verloren.

KAPITEL № 14

Wie ich geboren wurde

Also beschloss Rilana, in den Wald zu gehen, um das Kind zu gebären, das niemand wollte.

Unbemerkt kletterte sie vom Planwagen, auf dem sie von Rumänien über Italien bis ins Tessin gefahren waren, und verschwand, während die ganze Kumpania versammelt ums Feuer sass und «Djelem, djelem» auf dem Akkordeon spielte. Vor dem Winter würden sie es nicht über die Alpen in den Norden schaffen. Nando war schon betrunken, sang und tanzte, um seinen Ärger über sie zu vergessen. Seit Monaten stellte sie sich krank und liess ihn nicht mehr an sich heran. Dabei war sie erst zwanzig Jahre alt. Den wahren Grund für die Verweigerung durfte sie ihm nicht gestehen.

Als die Wehen einsetzten, war Rilana im Wald.

Wellenförmig breitete sich der Schmerz vom Bauch ausgehend im ganzen Körper aus. Hätte sie sich nicht an einen Baum gestützt, wäre sie zu Boden gegangen. Für einen Augenblick wollte sie um Hilfe schreien, doch dann besann sie sich auf die Hexe. Die Hexe hatte sie beschworen, niemandem etwas zu erzählen. Sie blinzelte über die Baumkronen hinweg ins Himmelslicht. Und wie aus einer geheimen Quelle kam die Kraft zurück. Sie raffte sich auf. Vorsorglich tastete sie nach dem Messer, das in ihrem Hüftband steckte.

Da war es.

Gut, dachte Rilana. Während sie sich weiter fortbewegte, drängten sich Erinnerungen in ihr Bewusstsein: das Rattern der Planwagenräder, der Geruch von feuchtem Leder, das Spiel mit der Hündin, die Angst beim Stehlen. Aus Liebe hatte sie Nando nicht geheiratet, ihr Vater hatte es so bestimmt. Gleich darauf war der Vater gestorben. Nando sah nicht schlechter aus als die anderen jungen Männer: die Haut dunkel, die Backenknochen hervorstehend, die Augen braun, das Haar schwarz. Er war stolz und würdevoll, aber auch faul und lügnerisch, flickte Kessel, band Besen, schliff Messer, schnitzte Löffel. Aber eines unterschied ihn von allen anderen, leider nicht zum Guten. Wenn immer er sich erregte, und das tat er oft, geschahen seltsame Dinge: Die Pferde schlugen aus. Die Hunde bellten. Die Vögel flogen auf. Vielleicht hätte sie die Hexe nicht um Rat fragen sollen, aber sie hatte es nun mal getan. Die Hexe las aus Hühnerknochen, die sie aus der Hand zu Boden gleiten liess. Sie belegten den schrecklichen Verdacht.

Wieder kam der Schmerz. Wieder hielt sie sich an einem Baum fest, um nicht zu stürzen. Warmes Blut rann ihre Beine hinab.

Es war kein Blut.

Es war Fruchtwasser.

Gleich würde es so weit sein.

Da hörte sie den Bach. Sie stolperte an den Bäumen vorbei zum Wasser. Hier würde sie sich säubern. Niemand sollte etwas merken. Auf einem flachen Fels liess sie sich nieder, hob den Rock hoch und spreizte die Beine. Sie befühlte sich und merkte, der Muttermund war offen. Ihr Messer steckte sie griffbereit neben sich in den Waldboden. Sie vertraute der Hexe. Ihr Herz raste, der Atem wurde schneller. Es war so weit. Das Kind drängte hinaus in die Welt. Sie packte die Sträucher zu ihren Seiten und presste und schrie und presste und schrie. Dornen bohrten sich in ihre Hände. Die Augäpfel drückten, der Schweiss brach aus ihr hervor, plötzlich spritzte Blut. Ihr Gesicht bot den entsetzlichen Anblick einer Kreatur, die wenig Menschliches mehr an sich hatte.

Ihr Leib drückte das elende Häuflein heraus. Reglos lag es auf dem tagwarmen Stein. Es atmete nicht. Sie griff nach dem Messer und erhob sich. Mit einem Schnitt durchtrennte sie die Nabelschnur, ergriff das Neugeborene und warf es in den Bach, der es mit sich fortschwemmte. Als sie ihm nachblickte, entwich alles Blut aus ihrem Körper. Sie fiel in sich zusammen und starb.

Die Kapelle Madonna della Fontana befand sich inmitten eines dichten Kastanienwalds am Nordhang des Monte Verità. Jeden August kamen hier die Gläubigen zusammen, nicht nur aus Ascona und Losone, sondern auch aus den umliegenden Dörfern, aus Golino, Intragna, Solduno und Pedemonte, sogar aus den locarnesischen Tälern kamen sie, um ihre Andacht zu verrichten und vom Wasser zu trinken.

Heiliges Wasser.

In einem Sommer vor fünfhundert Jahren herrschte eine so grosse Hitze und Trockenheit, dass alles Grün verdorrte und alle Flüsse und Quellen versiegten. Ein stummes Mädchen kam mit seiner kleinen Herde. Kein Lamm fand etwas zu fressen, nicht einen dürren Halm. Das Bachbeet war ausgetrocknet. In seiner Not kniete das Mädchen nieder und reckte flehend die Hände zu Gott empor.

Das Wunder geschah. Die Kleine konnte plötzlich reden. Mit der neu gewonnenen Stimme bat sie um die Rettung ihrer

Lämmer. Ein zweites Wunder geschah: Die Quelle begann zu sprudeln. Sie versiegte nie mehr. An dieser Stelle entstand die Kapelle Madonna della Fontana. Das heilige Wasser heilte alle Leiden.

Darum machte sich Rosa Brunelli Hoffnung. Jahrelang hatte sie sich so sehr ein Kind gewünscht, aber sie wurde nicht schwanger. Mit Ausreden hatte sie ihren Mann im geeigneten Moment aus der Backstube ins Schlafzimmer gelockt, ohne Folgen.

Mittlerweile war sie von Ekel erfüllt. Sie hatte Giuseppe nicht aus Liebe geheiratet, ihr Vater hatte es so bestimmt. Daraufhin war er gestorben. Giuseppe sah nicht schlechter aus als die anderen jungen Männer: die Haut hell, die Backenknochen tief liegend, die Augen braun, das Haar schwarz. Er war tatkräftig und verspielt, aber auch grob und vorlaut. Er backte Brot, Kuchen und Cantuccini; eines Tages würde er die Panetteria des Vaters übernehmen. Aber eines unterschied ihn von den anderen, leider nicht zum Guten. Wenn immer er sich erregte, und das geschah nicht selten, schlug er auf alles ein, was ihm im Wege war.

Sein Jähzorn war grenzenlos.

Jeden Tag kniete Rosa betend vor dem Jesuskreuz und gab sich dem Gedanken an ein Kind hin, aber nicht wirklich an eines von ihm. Schliesslich hatte auch Maria ohne Beischlaf ein Kind bekommen. Jeden Tag besuchte Rosa die Kapelle Madonna della Fontana, zündete vor dem Madonnenbildnis eine Kerze an, sprach das Vaterunser und trank vom heiligen Wasser.

Eines Tages stellte sie eine brennende Kerze auf einen Stein am Wasser, ging in die Knie und betete, als etwas angeschwemmt kam. Instinktiv griff sie ins Wasser. Zunächst dachte sie, es sei ein Fisch, doch als sie begriff, brach sie in Tränen aus.

Sie hielt ein Neugeborenes in den Händen. Es schrie nicht, aber es war doch am Leben. Sie blickte zum Himmel empor und schrie: «Grazie, Madonna, grazie!»

Nach zweitausend Jahren wurde ein zweites Kind unbefleckt empfangen. Sie nannte mich nach dem ersten: Christo.

KAPITEL № 15

Ein Panini ist keine Zauberkugel

Die Ereignisse in der Fabbrica Tabacchi verbreiteten sich in Ascona in Windeseile. In jedes Haus trug die Boresco die Kunde meiner vergifteten Panini; um sich bei Laune zu halten, abwechslungsweise mal in jammerndem, mal in anklagendem Ton. Arme Jungfern und Mütter waren dem Panettiere zum Opfer gefallen. Sogar der liebenswerte Padrone wäre fast aus seinen schwer verdienten Lackschuhen gekippt. Gerade sein Schicksal beklagte die Boresco am innigsten.

Die Schmähreden hatten zur Folge, dass niemand mehr in unsere Panetteria kam. Der Laden blieb leer, und die Körbe blieben voll. Die Virginia Poncini, die Camilla Pedrazzini, die Sofia Maceroni und die Schwestern Pisoni – die Bìdola und die Olimpia – folgten dem Boykott. Nichts erfüllte sie mehr, als sich über etwas zu empören, und das war eine ganz vorzügliche Gelegenheit. Auch der Macellaio kam nicht mehr – aus gutem Grund: Er erfreute sich der neuen Vorliebe der Dörfler. Sie assen fortan zum Frühstück kein Brot mehr, sondern Wurst.

Mutter stand hinter dem Tresen, wischte sich die mehligen Hände an der Schürze sauber und öffnete die mechanische Kasse. Sie war leer.

«Er hat alles mitgenommen.»

Sie wusste, wo sich ihr Geld befand – im Grotto Elvezia.

Ich begutachtete die vertrocknenden Panini in den Körben.

«Wovon sollen wir jetzt leben?»

«Die kommen schon wieder», versuchte Mutter mehr sich selbst als mich zu beruhigen. Die Wahrheit stand in ihren traurigen Augen.

«Es ist alles meine Schuld», sagte ich.

Mutter winkte ab.

«Ach was, der Padrone hätte dich immer weiter provoziert.»

«Das Mehl war vergiftet.»

«Und die Boresco hat uns keinen Dienst erwiesen», sagte Mutter, ohne zu ahnen, wie nah sie der Wahrheit kam, «sie hat es überall herumerzählt. Ich glaube nicht, dass sie aus eigenem Antrieb handelt.»

Ich blickte sie fragend an.

«Don Mondini hat es auf dich abgesehen.»

Ich liess meinen Blick durch die Panetteria schweifen, als sähe ich sie zum letzten Mal.

«Alle verhalten sich so sonderbar, dabei habe ich gar nichts getan.»

Mutter ging um den Tresen herum auf mich zu, strich mir übers Haar.

«Du bist etwas ganz Besonderes, mein Junge. Du hast die Gabe. Lerne, sie zu nutzen!»

«Das ist keine Gabe, das ist ein Fluch.»

Mutter wollte mich umarmen, aber ich ertrug jetzt keine Nähe und wandte mich ab.

Sie kämpfte mit den Tränen.

«Die Menschen mögen es nicht, wenn einer aus ihrer Mitte herausragt. Sie sind eifersüchtig, weil sie stets daran erinnert werden, wie klein sie selbst sind.»

Das Cantuccini-Glas in der Fensterauslage stach mir ins Auge, es hatte einen Sprung.

«Du kannst die Menschen nicht ändern, Christo, du kannst nur dich ändern.»

Mutter blickte durchs Schaufenster, ohne aber die Passanten auf der Via Borgo wahrzunehmen.

«Du bist bei deiner Geburt beinah gestorben. Aber du hast überlebt. Gott hat Pläne mit dir, Christo.»

Ich blickte auf.

«Dann ist es wahr?»

Mutter drehte sich zu mir hin.

«Du hast gelauscht!»

«Ich habe ein Recht, zu erfahren, wer ich bin!»

Sie nickte.

«Ich hätte es dir sagen sollen. Aber was wäre damit gewonnen?»

«Die Wahrheit!»

Sie zuckte mit den Schultern.

«Jeder hat seine eigene Wahrheit.»

«Wer ist meine richtige Mutter?»

Es versetzte ihr einen Stich ins Herz, dass ich sie nicht mehr als Mutter wahrnahm. Es tat mir sofort leid, aber ich konnte sie jetzt nicht in die Arme nehmen, ich war zu aufgewühlt.

Mit gequältem Lächeln sagte sie: «Deine Mutter, Christo, das ist die Madonna della Fontana!»

Es war merkwürdig. Für die einen war ich ein Teufel, für die anderen ein Engel. Ich schien die Wünsche und Ängste der Menschen zu spiegeln. Vielleicht war ich ja tatsächlich die Schöpfung eines göttlichen Plans, auf die Erde geworfen mit himmlischem Zynismus. Mit zittriger Hand zog ich ein Panino aus dem Korb und begutachtete es von allen Seiten, als stünde darauf die Antwort.

«Wer bin ich?»

Aber das Panino wusste es auch nicht. Ich kam auf den Gedanken, den göttlichen Plan zu testen, nahm einen Schneebesen von der Wand und legte ihn vor mich auf den Backtisch, schloss die Augen, hielt die Hände darüber, konzentrierte mich auf das Gerät.

Nichts geschah. Ich murmelte und summte, aber der Schneebesen rührte sich nicht. Es gab keinen göttlichen Plan. Und doch musste dies alles einen Sinn ergeben. Genervt griff ich zum Panino und drückte es ein. Dabei fiel mir Karl Gräser ein. Allmählich nahmen meine Gedanken Form an. Hatten die Ereignisse nur den einen Grund, nämlich den, mich meinem Schicksal zuzuführen?

Monte Verità!

Vielleicht war ich einfach nur am falschen Platz und gehörte vielmehr zu den Naturmenschen auf dem Berg?

Wenn ich mich vorsichtig an das Leben dort anpasste, würde ich vielleicht meine wahre Heimat finden.

Ich flüchtete mich so in die Vorstellung von einer neuen Existenz, dass ich beinah so etwas wie Zuversicht empfand. Kann ein stärkerer Wunsch im Herzen brennen als der, die Pforte zur eigenen Zukunft aufzustossen?

Ich würde nicht länger ein Gefangener der Umstände sein, sondern könnte unter all den Sonderlingen mich selbst leben. Nicht länger würde ich mit meinem Schicksal hadern, sondern es selbst formen und zur Entfaltung bringen. Die Welt würde sich auftun und ich ihr entgegenstrahlen! Ich schloss die Augen und sah mich im Gras liegen, den Stängel einer Gänseblume kauen und mit den Wolken schwatzen, genau wie Gräser. Ich würde den zwitschernden Vögeln und den zirpenden Grillen und dem rauschenden Bach lauschen, genau wie Gräser. Und ich würde mit Schmetterlingen fliegen, genau wie Gräser.

Alles schloss ich in Gedanken mit ein, alles floss mitten durch mich hindurch; ich war nicht mehr nur Beobachter, sondern Teil der Natur, ging vollkommen in ihr auf.

Und ich würde Mignon wiedersehen!

Meine Mignon!

Mit einem Lächeln schlug ich die Augen auf und trat einen Schritt zurück. Leider holte mich die Realität wieder ein. Ich stolperte, fiel nach hinten und landete im Mehlsack – genau wie Gräser. Es stäubte, und ich musste niesen. Ich rieb mir die Augen und sah plötzlich eine Gestalt vor mir.

«Was machst du denn da? Doch nicht wieder Zigeunerkram?», sagte Vater und stemmte die Hände in die Hüften.

«Reicht dir etwa nicht, was du in der Fabbrica angerichtet hast?»

Umständlich stieg ich aus dem Mehlsack, klopfte die Kleider aus, richtete mich auf. Nun musste Vater niesen. Er hatte die ganze Nacht im Grotto verbracht. Er sah zerstört aus. Er hielt mir seine runzligen Hände entgegen.

«Mit meinen eigenen Händen habe ich die Panetteria aufgebaut. Hart gearbeitet habe ich, Tag und Nacht, und wie dankst du es mir?»

Ich hätte entgegnen können, dass ich jede Nacht zur Arbeit ging, liess es aber bleiben. Stattdessen rutschte es aus mir heraus: «Ich werde von hier fortgehen.»

Vaters Gesicht verzog sich zu einem Grinsen. Er hatte gewonnen, was von enormer Wichtigkeit ist für einen Verlierer. Doch dann erschlaffte sein Ausdruck, überfallen von der

Erkenntnis, dass er selbst wieder würde arbeiten müssen. Er war kein heller Kopf, schon gar nicht, wenn der Nostrano darin schwappte, aber wenn es darum ging, einen Nutzen zu verlieren, war er überraschend schnell von Begriff.

«Darüber reden wir noch! Wo ist Mutter? Sie sollte im Laden sein!»

«Sie ist oben und ruht sich aus.»

«Was ist hier eigentlich los?»

«Es kommt keiner mehr Brot kaufen.»

Vater brummte und fluchte.

«Das ist deine Schuld! Don Mondini hat ganz recht, du bringst nur Unglück.»

Ich war unfähig, darauf zu antworten. Diese Ungerechtigkeit schnürte mir die Kehle zu. Warum hasste mich dieser Mann? Was hatte ich ihm angetan?

Dann wurde es dunkel im Raum. Ein Blitz schlug vom Himmel und erhellte die Panetteria für einen Sekundenbruchteil. Donnergrollen folgte. Vater verzog das Gesicht. Wahrscheinlich machte er mich jetzt auch noch für das aufkommende Gewitter verantwortlich.

«Sag Mutter, ich bin im Grotto», krächzte er und machte sich auf, ohne ein weiteres Wort an mich zu verschwenden. In diesem Augenblick hatte ich das Gefühl, dass ich ihn nicht mehr wiedersehen würde.

KAPITEL № 16

Alexanders Mongolenhorden

Das Unheil kam wie Alexanders Mongolenhorden von Norden her über die Alpen. Hunderttausend kriegslüsterne Wolkenreiter mit verzerrten Fratzen auf ihren Kampfgäulen zogen brüllend über den Himmel und in rasendem Tempo auf Ascona zu.

Als die ersten Tropfen auf die Blätter fielen, suchten die lachenden Jungfrauen Schutz unter den Platanen, die das Ufer säumten. Die Burschen in ihren schlecht sitzenden Anzügen zwängten sich eifrig dazu, nicht weil sie fürchteten, nass zu werden, sondern weil das die ersehnte Gelegenheit war, hautnah an die Mädchen heranzukommen.

Fischer, Bauern, Händler – alle suchten Unterschlupf vor dem aufziehenden Unwetter. Die Kirchenglocken läuteten Sturm. Blitze zuckten und tauchten See und Berge in unwirkliches Licht. Zunächst war über dem Lago Maggiore eine Serie von Vorentladungen zu sehen, die aber noch nicht zum Boden hin gerichtet waren. Sie spalteten sich stellenweise auf und bereiteten den Kanal für den Leitblitz mit seinen Verästelungen vor. Stufenweise baute er sich auf. Dann schlug er zu. Der furchtbare Blitz war etwa drei Kilometer lang. Er schlug in eine Eisenstange im Wasser vor dem Gestade von Ascona ein, die ein Fischer zum Vertäuen seines Boots im Grund befestigt hatte. In hoher Geschwindigkeit breitete sich der Blitzstrom im Wasser grossflächig aus. Die Energie verteilte sich in alle Richtungen und lud die Atmosphäre auf. Es regnete in Strömen.

Ein Ozean fiel vom Himmel, die Sintflut. Der Lago Maggiore trat übers Ufer und frass sich über die Piazza bis in die Gassen.

Signor Bolongaro stand auf einer Kiste und rief den Notstand aus. Ein Politiker, der einen Standpunkt hat, lässt sich nichts vormachen. Er ist es, der die Bedingungen stellt. Er schrie gegen den Regen an. Aber niemand hörte ihn. Es war niemand da. Alle hatten sich in ihre Häuser verzogen. Die erste Barke zog führungslos über die Piazza an Bolongaro vorbei. Der See bahnte sich unter den Türen durch einen Weg in die Häuser, löste Salz und Zucker auf, verdarb Käse und Schinken und liess den Reis aufgehen. Er nahm sich, was den Dörflern lieb und teuer war.

Gino und Jampa standen plötzlich vor dem Schaufenster und winkten mir zu. Sie wollten, dass ich mitkomme, wohin, wusste ich nicht. Ich rannte ihnen durch die Gassen hinterher. Vor dem Municipio blieben sie stehen, drückten das Kellerfenster auf. Da es ebenerdig war, drang Wasser ein. Einer nach dem anderen zwängten wir uns ins Innere.

Dunkel war es und muffig. Das Wasser verwandelte den Kellerboden in einen stinkenden Sumpf. An den Seiten standen ausgemusterte Möbel – ein Sekretär, ein Biedermeierschrank, Stühle, Kisten, dem Verfaulen preisgegeben. Geduldig rotteten sie vor sich hin und boten sich an, dass man sich an ihnen stosse. In den Gängen hingen Spinnennetze.

Je tiefer wir in den Keller eindrangen, desto finsterer wurde es. Vor einer grossen Tür blieben wir stehen. Gino machte sich lang und tastete nach einem Schlüssel auf dem Rahmen. Innen schlug uns ein strenger Geruch entgegen, aber nicht unangenehm. Gino fand den Kandelaber und zündete die Kerzen an. Da waren drei Dutzend Weinfässer ordentlich gestapelt, die

Reserve des Dorfs für schlechte Zeiten. Es waren schlechte Zeiten, beschlossen Gino und Jampa. Ein Fass wurde angezapft, der Nostrano sprudelte in den Krug. Gino trank Wein, als wäre er Wasser, in grossen Zügen. Er rann ihm über Wangen, Kinn und Hals. Es schien ihn nicht zu stören. Er reichte den Krug an Jampa weiter.

«Auf den Untergang!»

Jampa trank gemässigter und verschüttete nichts, reichte mir den Krug. Mir wars nicht recht. Ich dachte daran, was der Wein bei Vater anrichtete. Doch dann – es war jetzt alles egal. Ich hob den Krug, trank, merkte, dass Gino den Boden des Kruges anhob, sodass ich ihn nicht mehr absetzen konnte; also trank ich weiter. Gino füllte nach, und der Krug wanderte von Mann zu Mann, und wir sangen «Io cerco la Titina».

Ich sank zu Boden und lehnte mich an ein Fass. Ständig überkam mich ein Lachanfall. All meine Sorgen waren wie weggeblasen.

Jampa zwinkerte Gino zu und richtete das Wort an mich.

«Wie hast du das hingekriegt, neulich, im Zirkus?»

«Mich hat sie voll erwischt, aber du hast den Spiess umgedreht», sagte Gino, flatterte mit den Armen, gackerte und hüpfte im Kreis herum.

Ich bekam einen Schluckauf.

Jampa reichte mir den Krug.

«Trink, dann geht er weg.»

Ich trank, er ging nicht weg.

«Bist du etwa auch ein Magier?»

Mir war schwindlig.

«Es ist keine Gabe, es ist ein Fluch.»

«Du gibst es also zu.»

«Ich bin ein Anarchist, Zigeuner, Hexer.»

Gino und Jampa blickten einander an.

Ich trank.

«Ich verwandle euch in Wildschweine, wenn mir danach ist.»

Ich fing an zu lachen. Gino und Jampa wars nicht geheuer, dann lachten sie mit.

«Im Ernst, ich will das auch können. Du musst es mir beibringen», sagte Jampa.

«Das geht nicht.»

«Warum nicht?»

«Du hast keine Gottesmutter.»

Ich konnte mich kaum mehr halten vor lachen.

«Aber du schon? Wer ist deine richtige Mutter?», fragte Jampa ungehalten.

«Die Madonna della Fontana», prustete ich.

Jampa und Gino tippten sich an die Stirn.

«Na dann fragen wir sie jetzt, ob das stimmt.»

Das Unglück kam auf leisen Sohlen. Für mich hatte sich der Abend erst dahingezogen wie ein ungeölter Karren; ächzend und knarrend. Jetzt kam er ins Rollen und gewann immer mehr an Fahrt. Ich war ja ein so einfaches Gemüt, so arglos, dass ich andere für ebenso arglos hielt. Ich war von einer solchen Naivität getragen, die sich auch dann noch resistent gegen besseres Wissen zeigte, wenn es längst offensichtlich war. Leider war ich zu betrunken, um das Unheil noch abwenden zu können.

Irgendwie brachten wir es fertig, das kleinste Fass durch den Keller aus dem Haus zu rollen, über die geflutete Piazza del Municipio zur Kirche Pietro e Paolo. In der Kirche hallte es von den Wänden wider. Vor der Madonnengruft stellten wir das Fass auf.

«Halt! Die Toten sollen zusehen!», rief Jampa.

Gino blickte ihn fragend an.

«Wo sind sie denn?»

«Auf dem Friedhof, Dummkopf!»

Wir zogen wieder hinaus in den Regen zum Friedhof. Dort blieben wir vor dem ersten Kreuz stehen.

Erica Salvi, 1891–1916. Die emaillierte Plakette zeigte die Fotografie einer jungen Frau mit schönen Zügen.

«Raus mit ihr!»

Während Gino und ich uns wunderten, kramte Jampa in seinen Taschen nach einem Messer.

«Was hast du vor?»

«Wir bringen sie in die Kirche.»

«Du willst sie ausgraben?»

Jampa rammte das Messer unter die Emailleplakette und machte sich an ihr zu schaffen, bis sie aus der Halterung sprang.

Der nächste hiess Rino Altro, 1880–1915. Aus jedem Kreuz entfernte Jampa die Plakette. Die Toten klimperten in seinen Hosentaschen.

«Wir nehmen auch die Blumen mit!»

Zurück in der Kirche, stapelte Gino einen Berg Blumen auf den Altar, während Jampa und ich die Plaketten mit gebührendem Abstand zueinander in den Kirchenbänken verteilten.

Jampa sprang auf die Orgeltasten und erzeugte mit den Füssen Höllenmusik. Die Toten von Ascona waren sein Publikum, Gino tanzte. Jampa sprang zu Boden und kletterte die gewundene Holztreppe zur Kanzel empor. Wie sonst Don Mondini stemmte er die Hände in die Hüften und sandte böse Blicke über die Kirchenbänke. Die Toten blickten zu ihm empor.

«Geister von Ascona, seid gegrüsst! Wir versammeln uns im Namen des Herrn der Hölle. In Nomine Magni Dei Nostri Satanas!»

Mir war so schlecht. Alles drehte sich. Ich sank in eine Kirchenbank, hielt mich an der Lehne fest, von Angesicht zu Angesicht mit Erica Salvi, und musste mich über sie übergeben. Derweil tobten Gino und Jampa. Es war Zeit für die Madonna della Fontana. Gemeinsam hoben sie den Sandsteindeckel von der Gruft.

«Das sieht öde aus», sagte Gino.

«Frischen wir sie etwas auf!», rief Jampa.

Sie hoben das Fass über die Gruft und gossen den Nostrano hinein.

«Lass uns auf die Madonna anstossen», sagte Jampa.

Sie steckten die Köpfe in die Gruft und schlürften das Gebräu. Das war ihnen nicht bekömmlich. Sie torkelten durch die Bänke, erbrachen sich und sanken zu Boden. Ein lang gelagerter Wein gewinnt an Körper, ein lang gelagerter Körper verdirbt den Wein.

KAPITEL № 17

Der Totenschädel im Moder

Don Mondini verbrachte den Abend in seiner Wohnung in der Casa Serodine, betend vor einem Marienbild. Er hätte den Dörflern, die um ihr Hab und Gut bangten, tatkräftig zur Seite stehen können, aber zu Hause wurde man nicht nass.

Schliesslich musste er eine Predigt verfassen, es würde Verluste geben. Das war gar nicht schlecht. Unglück nimmt den Menschen Übermut und Eitelkeit, lehrt sie Demut. Wut und Trauer würden um sich greifen. Es war an Don Mondini, den Gefühlen eine Richtung zu geben.

Er sah aus dem Fenster zur Kirche, sah uns mit dem Fass über die Piazza torkeln.

Er erstarrte. Da war er, der Beweis. Der Zigeuner! Er brauchte Verstärkung. Mit brennenden Fackeln und Dolchen fanden sich die Männer kurze Zeit später in der Kirche ein, übel gelaunt, denn sie hatten Wichtigeres zu tun, mussten ihre Vorräte in Sicherheit bringen. Doch keiner hatte es gewagt, Don Mondini die Gefolgschaft zu verweigern, im Augenblick, da Satan wütete. Vorsichtig nach allen Seiten Ausschau haltend, enterten sie das Kirchenschiff. Teufelsmusik hallte nach, Schwefelgestank allüberall. Da entdeckte einer die Blumen. Nie zuvor hatten Blumen ihnen einen solchen Schrecken eingejagt.

Der schlaksige Fischer Giovanni Altro sah in eine Kirchenbank und gefror zu Eis. Darin erspähte er seinen Bruder Rino. Der war vom Heuwagen in die Mistgabel gestürzt und seit zwei Jahren tot. Altro holte tief Luft und schrie.

Verstört starrten ihn die Männer an. Dann gellte ein weiterer Schrei vom gegenüberliegenden Flügel auf. Alle Köpfe drehten sich zum Gerber Luca Zemolo hin, einem kleinen Mann mit Schmerbauch und Milzbrand auf den Unterarmen. Er hatte seine Frau Giuliana entdeckt, die war ins Tobel gestürzt und seit fünf Jahren tot.

Es schrie der Macellaio Renato Buttiglioni, der auf seine Tochter Maria sah, die irrtümlich anstatt der Kuh unters Messer gekommen war. Und es schrie der alte Schirmflicker Luigi Carrara. Wieder wendeten sich die Köpfe. Carrara stand bei der Gruft neben dem Weinfass.

Weinfass?

Von überall strömten die Männer zu Carrara und hielten die Köpfe ins Fass. Das Fass war leer. Nun blickten sie in die Gruft: Dort schaukelte der Nostrano.

In der schwarzen Tunke schwammen die gelben Gebeine, als aus der Tiefe der Totenschädel der Madonna an die Oberfläche schwappte. Das war zu viel.

«Satan!», schrie Pierluigi Robini.

«Satan!», schrie Giovanni Altro.

«Satan!», schrie Luca Zemolo.

Sie fanden mich in einer Kirchenbank.

Alles schrie durcheinander.

Man packte mich an den Füssen, schleifte mich durch den Gang nach draussen. Dort warfen sie mich auf einen Leiterwagen, zogen ihn zur Via Borgo, aber nicht zu mir nach Hause, sondern zu Buttiglionis Schlachthaus.

«Du hast Gottes Zorn heraufbeschworen, jetzt schickt er uns den Regen!», schrie einer.

«Zur Strafe nimmt Gott uns jetzt alles!»

«Du bist schuld!»

«Dafür sollst du büssen!»

Ich war nicht ganz bei mir, bekam aber doch mit, dass mir Unheil dräute. Vor der Macelleria hielten sie an.

Buttiglioni öffnete den Laden. Sie packten mich wieder an den Füssen, zogen mich unsanft vom Wagen. Ich klatschte auf den Boden, wurde durch den Laden geschleift, in den bereits der See eingedrungen war, in den angrenzenden Schlachtraum. In der Macelleria sah es noch ordentlich aus, aber hier bot sich ein fürchterlicher Anblick. Am Boden lagen wild verstreut Gedärme und Organe – Niere, Leber, Herz und Lunge – und abgetrennte Köpfe von Schweinen und Kühen ineinander und übereinander in einer Lache aus Blut und Wasser. Innereien schwammen im Blut wie die Madonnengebeine im Nostrano. Nun fassten sie mich an den Händen und Füssen, schaukelten mich mehrmals hin und her und schleuderten mich schliesslich ins Gemenge.

Es war nicht das Himmelstor. Irgendwann kam ich wieder zu mir, traute mich aber nicht, die Augen zu öffnen. Ich lag bäuchlings im Nass. Ein Specht hämmerte an meinen Schädel.

Es herrschte Stille, nur tropfen war zu hören. Mir fiel ein, wo ich war. Ich durfte nicht hier liegen bleiben. Vorsichtig wagte ich, mich zu bewegen. Alles schmerzte. Ich stemmte mich vom Boden ab, doch eine Hand lag nicht auf festem Grund, sondern auf einem Schwamm. Es war kein Schwamm. Es war eine Schweineleber. Die rutschte jetzt weg, und ich lag wieder auf dem Bauch. Mir wurde schwarz vor Augen.

Tropf.

Tropf.

Tropf.

Ich hörte Geräusche, nahm Gerüche wahr. Gemächlich trabende Pferde, das Knarren von Achsen, lärmende Kinder, Hundegebell, Wiehern, Männergesang, «Djelem, djelem», Kesselgeklapper, feuchtes Leder, die Schlafstelle der Zigeuner im Wald. Ein Wesen nahm mit der Zeit menschliche Konturen an, eine Frau mit schwarzem Haar. Sie kam auf mich zu.

«Du bist ein schöner Mann geworden. Ich bin stolz auf dich. Es tut mir leid, was geschehen ist. Ich war jung und dumm, und ich vertraute der Hexe. Kannst du das verstehen?»

Sie kam mir ganz nah.

«Komm zu mir, mein Junge. Es ist ganz einfach, du musst nur loslassen. Sei nicht länger verzweifelt, Christo. Es ist ganz leicht. Niemand will dich dort, wo du bist, hier heissen wir dich willkommen.»

Die Stimme flösste mir ein Gefühl von Wärme und Heimat ein, und ich bewegte mich langsam auf sie zu. Meine Verzweiflung war verschwunden.

«Gib mir deine Hand, ich werde dich führen. Du wirst sehen, bei uns fühlst du dich geborgen.»

Es war ein wunderbares Erlebnis, so viel Glück und Harmonie. Doch dann wurde ich aus der Seligkeit gerissen, von einem Sog erfasst, nach oben gezogen, aus dem Wasser an die Luft. Jemand hielt mich hoch gegen die Sonne, wickelte mich in ein wärmendes Tuch.

Rosa drückte mich weinend an ihre Brust.

KAPITEL № 18

Ein reichlich übertriebenes Theater

Die letzten Wolken lösten sich auf. Die Sonne erhob sich über dem St.-Gotthard-Massiv und strahlte mit einer solchen Inbrunst, als hätte sie ein schlechtes Gewissen.

Mimosen, Kamelien und Glyzinien hoben wieder ihre Köpfe, die Dörfler jedoch nicht.

Verluste waren zu beklagen. Dem einen war im Acker der Samen geplatzt, die Ernte versaut. Dem anderen war das Netz gerissen, die Barke am Uferstein geborsten. Einem anderen das Vieh versprengt oder die Würste verquollen und der Schinken verfault. Andere hatten weit grösseren Schmerz zu ertragen. Der Signora Fribaldi ging ihr gesamtes Hab und Guts verlustig, da ihr morsches Haus von den Wogen abgetragen worden war. Sie sass im Freien auf einer Kiste und wimmerte. Die Boresco jammerte mit Bedacht am forderndsten. Sie trug ihr Drama in jedes Haus, wo man gewohnt war, sie mit Käse, Wurst und Wein zu versorgen. Sie beklagte den Verlust ihrer Katze, während sie herzhaft in die Salami biss. Dass sie das Tier selbst den Fluten übergeben hatte, behielt sie für sich. Dagegen beachtete niemand den Witwer Alberto Bruni. Ihm hatte das Wasser den einzigen Bub genommen. Still litt er vor sich hin, kniete in der kleinen Küche auf dem Steinboden, die Arme zum Gebet erhoben, ohne zu essen, ohne zu trinken, bis er sich vor Weh die Adern aufschnitt und auf dem kalten Granit verblutete. Die Boresco fand dieses Theater reichlich übertrieben.

Ich schleppte mich nach Hause, doch als ich die Tür zur Panetteria aufstiess, spürte ich sofort, dass etwas nicht stimmte. Sogar die Glöckchen blieben stumm. Mein Schädel brummte, die Glieder schmerzten, die blutgetränkten Kleider hingen mir vom Leib. Ich wollte ungesehen in mein Zimmer, als ich aus der Küche Schluchzen hörte. Ich hielt inne, horchte, blickte um die Ecke. Die Pendula stand still.

«Ist da jemand?», rief ein Mann.

Mutter war nicht allein. Ich trat ein. Sie sass zusammengesunken am Küchentisch, trocknete mit einem Taschentuch die Tränen. Sie erschrak, als sie mich sah.

«Mamma mia, was ist denn mit dir passiert?»

Altro und Zemolo tauschten beschämte Blicke.

«Mir ist nichts passiert», sagte ich und vermied es, die Männer anzuschauen.

«Was ist hier los?», fragte ich.

Altro senkte die Stimme.

«Wir fanden ihn am Lido.»

«Angespült wie ein toter Fisch», sagte Zemolo taktlos.

«Zuletzt sah man ihn im Grotto. Er musste mal und ging nach draussen. Er kam nicht wieder zurück.»

Mutter schluchzte.

«Er hat es mir nicht leicht gemacht, trotzdem war er mein Mann.»

«Er hatte einen guten Zug.»

Altro führte zur Illustration den Daumen zum Mund.

«Er ist wohl hingefallen, hat sich den Kopf gestossen, dann hat ihn der See verschluckt.»

«Ich hätte es verhindern sollen», sagte ich.

Mutter horchte auf.

«Was sagst du da?»

«Er kam in die Panetteria. Du warst oben. Er war sehr wütend auf mich, gab mir die Schuld am Unwetter, dann ging er ins Grotto. Ich hatte gleich so ein Gefühl.»

Mutter erstarrte.

«Und du hast ihn nicht aufgehalten?»

Ich schüttelte den Kopf.

Sie war fassungslos, starrte mich an. Dann erhob sie sich, strich den Rock glatt.

«Du hast es gewusst und trotzdem nichts getan?»

Ich bekam es mit der Angst zu tun.

«Nein, ich wusste es nicht ...»

Eisern blickte sie mich an.

«Doch, Christo! Für einmal hättest du etwas Sinnvolles mit deiner Gabe anfangen können.»

Mein Herz setzte einen Schlag aus. Alles in mir zog sich zusammen. Ich konnte nicht glauben, was sie da sagte.

«Mutter?», stammelte ich.

Doch sie redete nicht mehr mit mir.

KAPITEL № 19

Fleischfressen – eine Entartung

Die Schwarze Kapelle war ein geheimnisumwobener Ort. Niemand ging dort freiwillig hin, weder Mensch noch Tier, schon seit über hundert Jahren nicht, und das hatte seinen Grund. In einer Sommernacht des Jahres 1887 ging die zehnjährige Martina Poncini mit ihrer Mutter nach Hause. Den ganzen Tag waren sie unterwegs gewesen, um Streu zu sammeln. Es musste längst Mitternacht sein, als sie an der Schwarzen Kapelle vorbeikamen. Eine Uhr gab es im ganzen Dorf nicht, so richteten sie sich nach den Gestirnen. Als Martina den eigentümlichen Gesang vernahm, holte sie ihre Mutter, und gemeinsam schlichen sie sich an, um das Tier zu sehen, das solche Töne von sich gab. Es war kein Tier. Ein Feuer brannte, und darum herum tanzten Hexen, richtige Hexen mit knorrigen Nasen und struppigen Besen. Martina und ihre Mutter wurden entdeckt. Eine Hexe verliess den Reigen, kam auf sie zu, sagte: «Andéé a dormii che l'è l'ora. – Geht schlafen, es ist Zeit.»

Das Krabbeln auf der Wange fühlte sich angenehm an. Hundert kleine Beinchen wanderten über meine Haut. Jetzt überquerten sie die Nase und krabbelten auf der rechten Wange. Ich hätte nachsehen können, was es war. Aber dann hätte ich die Augen öffnen müssen. Das traute ich mich nicht. Ich genoss den Zustand zwischen Schlafen und Wachen. Die Welt war dann noch nicht so brutal. Ich hörte das Rauschen der Blätter im Wind, Vogelgezwitscher, ein Specht. Ich gab mir etwas Zeit, um herauszufinden, wie ich mich fühlte, dann öffnete ich die Augen, nahm sorgsam den Tausendfüssler vom Gesicht.

Der Morgen hier oben bei der Schwarzen Kapelle sprach in verändertem Ton, er fühlte sich warm an. Der Augenblick war irgendwie zeitlos. Ich blinzelte in die Sonne und genoss ihre Wärme auf der Haut. Und plötzlich begann ich mich zu freuen. Es war einer dieser seltenen Momente ohne Furcht und Zweifel. Stattdessen Zuversicht und Hoffnung. Ich war auf dem Monte Verità angekommen.

Da hörte ich es zum ersten Mal.

«Ooommmhhh!»

Es war ein tiefer, röhrender Laut. Was war das für ein Waldtier? Oder waren die Hexen zurück? Ich spitzte die Ohren, bewegte mich nicht.

«Ooommmhhh!»

Auf allen vieren kroch ich hinter ein Gebüsch, schaute mich um. Mit pochendem Herzen wartete ich ab.

«Ooommmhhh!»

Vorsichtig schob ich das Gestrüpp beiseite und spähte zur Lichtung. Ein Mann sass im Lotossitz, den Rücken gerade, die geöffneten Hände nach oben gekehrt, die Augen geschlossen. Er sah aus wie einer aus dem Alten Testament; wallendes Haar, durch ein ledernes Diadem gebändigt, krauser Bart, bunte Toga und Bastsandalen am Körper. Neben ihm lagen ein Hirtenstab und eine Reisetasche. Aus der Tiefe seiner Brust quoll wieder dieser Laut.

«Ooommmhhh!»

Ich wich zurück, das Gebüsch raschelte. Sofort sprangen die Augen des Apostels auf, schnellten nach links und rechts. Aber seine Haltung gab er nicht auf.

Dann sah er mich, lächelte und stand auf.

«Vor dir ist kein Geist, nur ein Wanderer, dem warmes Blut durch die Adern strömt.»

Ich gab mein Versteck auf und ging auf ihn zu.

«Ich dachte, ich sei allein.»

«Sind wir das nicht alle? Komm, stütz mich, ich bin müde, denn ich bin weit gereist, in der Welt und in meinem Innern.»

Aus seinen Augen sprach ein gütiges Leben. Die Ruhe in seinen Bewegungen liess erahnen, dass er mit sich im Reinen war.

«Was tust du hier?»

Er musterte mich.

«Lass mich in deine Seele schauen; ja, erstaunlich, auch du bist ein Waldheiliger. Die Natur ist uns Mutter. Heiliges Waldlied!»

Sein Frohsinn steckte mich irgendwie an, ich fühlte mich wohl bei ihm. Er erkannte, dass ich mehr über ihn wissen wollte.

«Lehren, die magst
Du dir selber ziehen
Soviel du sie brauchst,
Auf dass du mir ja kein Anhänger werdest
Vielleicht aber ein Freund.»

«Das wäre schön», sagte ich, dabei kannte ich ihn ja gar nicht.

«Ich kam, ein Feuer zu zünden
In diesem Erdenland
Was wollt ich mehr
Es stünden die Herzen
Schon in Brand.»

«Wer bist du?»

«Über viele Jahre trage ich meinen Grünspecht im Kopf, aber wo hat je ein Narr gelebt, der sich selbst als Narr erkannte, und wo ein Weiser, der nicht zum Gespött der Närrischen wurde.»

Neugierig beugte er sich vor, las in meinem Gesicht.

«Du bist doch wohl kein Aasfresser?»

«Wie bitte?»

«Jede Krankheit liegt im widernatürlichen Leben begründet, zumal im Essen. Das Fleischfressen ist eine Entartung, bei der wir Edelmenschen kein würdiges Leben führen können. Wahrscheinlich geht sie zurück auf die Zeit der Sintflut. Damals gab es weder Raubtiere noch Raubmenschen. Aber alle mussten flüchten auf die Gipfel der Berge, und dort gab es keine Pflanzennahrung, also frass man sich gegenseitig auf.»

«Ich mag Salami.»

Der Apostel lachte.

«Wir müssen ein neues Volk gebären, das nur von Obst lebt. Und nun komm, bevor ich träge werde.»

Er machte sich auf, ich folgte ihm. Wir wanderten immer weiter durch den Kastanienwald den Berg hinauf, Füsse am Boden, Gedanken in den Wolken. Es stellte sich heraus, dass der Apostel genau wusste, wohin er ging. Wir gelangten an ein Äckerchen. Darin stand ein Mann, dessen Gesicht ebenso mit Haaren zugewachsen war, aber er war nackt bis auf den Lendenschurz. Er lehnte sich dösend an einen Spaten, der in der Erde steckte. Doch als er uns Neuankömmlinge hörte, hob er den Kopf. Es war Karl Gräser.

«Bist du aus dem Gefängnis getürmt, Bruderherz?», rief er uns zu.

Der Apostel rief:

«Bist du's, Gesell?
Du bist es
Ja, fürwahr,
Und dennoch bist du's nicht
O sonderbar!
Bald sah ich dich beherzt
Voll Jubelmut
Dann wieder schleichst du
Wie ein Tunichtgut.»

Der Apostel bückte sich, griff nach einem Grashalm, überreichte ihn.

«Gestatten: meine Visitenkarte.»

Gräser lachte, legte ihm die Hand auf die Schulter, dann fielen sie sich in die Arme. Das Bild war bemerkenswert: zwei mit langen Haaren und Bärten zugewachsene Männerköpfe, die einander küssten, wobei der eine mit Toga, der andere nackt.

«Gusto, Bruder, wir haben uns lange nicht gesehen. Und einen Gast hast du auch mitgebracht», sagte Karl Gräser.

Erfreut reichte er mir die Hand, doch dann wurde er verlegen.

«Oh! Wir kennen uns bereits.»

Dann lachte er, schlug dem Bruder liebevoll auf die Brust; etwas zu fest, der musste husten.

«Oh, du bist schwach auf der Brust, schlechtes Essen und Stadtluft. Komm, wir gehen auf ein Glas Ziegenmilch!»

Er hakte den dürren Bruder unter wie vor siebzehn Jahren, als sie von München über das Gotthard-Massiv ins Tessin losgezogen waren, um die Welt zu retten und Gedichte in den Wind zu schreiben.

KAPITEL № 20

Lustheiss begeistert, freundfroh ichvergessen

Der Himmel über dem Lago Maggiore brannte, bevor die Sonne hinter den Bergen verschwand. Der Mond stand schon hoch. Von den erhitzten Wiesen und Kräutern stieg würziger Duft auf. Um das Feuer vor der Lichtlufthütte sassen Gusto und Karl Gräser, seine Frau Jenny, Habakuk und ich.

Ich hatte mich am Bach gewaschen. Jenny hatte mir eine Toga gegeben. Ich war angekommen. Da die Gräsers den Vegetabilismus streng auslegten, gab es auch nicht Käse, Eier, Honig. Dafür Brot, Salat, Pilze, Orangen, Datteln, Nüsse. Nach dem Mahl rauchten die Gräsers eine selbst gebastelte Pfeife mit knorrigem Holzschaft, der Kopf mit Trollgesicht aus Terrakotta. Auch Habakuk rauchte. Aufgrund seiner antiautoritären Gesinnung liess Gräser ihn gewähren. Er und seine Frau Jenny liessen dem Kind die freieste Erziehung angedeihen, das heisst, gar keine. Ihm wurde nichts befohlen und nichts verboten. Er ass, schlief, tollte herum, wo und wann er wollte. Habakuk war nicht dressiert wie das Kind einer Bourgeoise-Familie, das artige Kunststückchen und geziemte Redensarten von sich gibt. Auch wenn Karl Gräser in seiner Jugend ein ungarischer Offizier gewesen war, davon war nichts, aber auch gar nichts haften geblieben. Sein ererbtes Vermögen hatte er unter den Armen verteilt, denn am Geld hängt die Sünde. Jetzt gingen ihn weltliche Dinge nichts mehr an, schliesslich war auch das Kind nicht von ihm. Vielleicht wurden Vegetarier mit der Zeit impotent, oder vielleicht neigten Impotente natürlicherweise zum Vegetabilismus. Man lebte fleischlos, ganz und gar, ein ethischer Grundsatz, der aber den Verdacht nährte, dass aus der Not eine Tugend gemacht wurde. Habakuk war nicht ihr leiblicher Sohn, sondern der einer bekannten sozialistischen Frauenrechtlerin, die plötzlich katholisch geworden war und daraufhin ins Kloster ging, um ihren Eifer nunmehr an der Religion abzuwetzen.

Wenn Karl Gräser sprach, wog er jeden Satz sorgfältig ab, verwarf, setzte neu an, sprach mit Pathos, sodass man staunend glauben mochte, hier werde einem Wahrhaftiges zuteil. Hier trachtete jemand, sein Inneres begreiflich zu machen.

Jenny, die aufmerksam neben ihrem Mann sass, setzte ihm die Worte allerdings vor wie eine Souffleuse im Theater. Sie passte vorzüglich zu ihm, weil sie seine Gedanken mit ganzer Seele und wachem Geist aufnahm und den Kern schon kannte, während er noch schwerfällig darum rang. Man hätte vermuten können, dass sie all seine Reden längst kannte und einfach ein besseres Gedächtnis hatte als er. Während er seine Überlegungen immer aufs Neue nachvollziehen musste, rief sie sie flugs aus der Erinnerung ab. Wenn sie dann vorschnell sagte, was er selbst hätte sagen wollen, brachte sie ihn damit um den verdienten Lohn geistiger Befriedigung, was ihr einen missbilligenden Blick eintrug und in den Bart gemurmelte Verwünschungen. Natürlich liess sie nichts auf sich sitzen, sondern feuerte zurück. Es machte den Anschein, als lebten die Gräsers unter der Oberfläche einer zur Schau gestellten Vergeistigung eine durchaus gewöhnliche Ehe.

«Wie geht es Henri?», fragte Gusto.

Karl wies auf ein Haus, das in der Ferne zu sehen war.

«Er hat den ganzen Berg gekauft und betreibt das Sanatorium um des Profites wegen wie Städter. Er hat unsere Ideale verraten.»

Jenny machte eine abschätzige Handbewegung.

«Von wegen Ideale. In Wahrheit hatte Henri die Syphilis und musste sie irgendwie auskurieren.»

«Er hat das viele Geld von seinem Vater, einem reichen Fabrikanten in Belgien.»

«Auch du hattest Geld, so ein schönes Erbe! Und was hast du damit gemacht? Alles verschenkt an dahergelaufene Bettler!»

«Am Geld hängt die Sünde!»

«Verschenkt hast du es! Arm sind wir nun! Nur deshalb kann sich Henri als Herrensohn aufführen!»

«Ich habe meine Ideale nicht preisgegeben!»

«Ja, ja, du bist rein geblieben. So rein, dass du am Anfang nicht einmal Werkzeug benützen wolltest, als wir die Wege anlegten und die Hütte bauten und die Gemüsebeete beackerten. Weil, die Schaufel ist aus Metall, sagtest du, und das Metall darf man der Erde nicht entreissen.»

«Ich habe eben meinen Standpunkt.»

«Das ist kein Standpunkt, das ist Schwachsinn!»

Er winkte ab, aber Jenny liess nicht locker.

«Jeden Handgriff musst du erst mal hinterfragen, ihn nach seinem Sinn überprüfen, mit dem Ergebnis, dass aus dem Handgriff vor lauter Nachdenken dann nichts wird. Wenn ich verkopft wär wie du, wären wir alle längst verhungert!»

«Der Zweck des Daseins kann unmöglich darin bestehen, dass der Mensch Arbeit tut, die ihm abträglich ist. Man muss sich lösen von den Zwängen der Arbeitswelt.»

«Ha! Du bist auch noch stolz darauf! Aber das ist eine blosse

Ausrede. In Wahrheit bist du einfach faul. Und auch noch frech. Denn du versteckst deine Faulheit hinter einer Philosophie.»

Gräser verstummte. Er war beleidigt.

«Es geht um das Erweckungserlebnis.»

«Henri hat schon recht gehabt, dass er dich aus dem Sanatoriumsgelände verbannte. Er braucht vielmehr tatkräftige Männer. Mittlerweile ist er umgeben nur von Leuten, die tun, was ihnen beliebt, nämlich gar nichts.»

«Er hat uns nicht verbannt. Er ist dem Geld verfallen und ist auf Gewinn aus. Da muss man konsequent sein und gehen.»

«Du hast ihm seine Vorräte weggefuttert!»

«Seine Vorräte? Das sind nicht seine Vorräte. Es gibt kein Eigentum! Was es gibt, gehört allen!»

«Ach, du bist ein hoffnungsloser Fall!»

Jenny erhob sich, strich sich den Rock glatt, griff nach Habakuks Hand.

«Gute Nacht.»

Wir blickten betreten ins Feuer. Ich mochte Karl. Er rang darum, seine Seele rein zu halten, keine Kompromisse einzugehen, auch gegenüber den Notwendigkeiten nicht. Er wollte sich treu bleiben. Es war seine Art von Glück. Und das Glück lässt sich eben nur finden, wenn man sich vom Wollen befreit. Wenn man sich nichts wünscht und nichts erhofft, dann trifft man auf Glück. Doch lange hält das Glück nicht an, denn schliesslich will der Mensch immer etwas.

Karl wandte sich an Gusto.

«Woher kommst du gerade?»

Gusto öffnete die Augen, sammelte sich.

«Ich zog im Eselswagen übers Land von Nord nach Süd, mit Weib und acht Kindern. Ich sprach in jeder Stadt, in jedem Dorf.»

«Und was?»

«Ich lehrte die Menschen Ehrfurcht, und zwar vor dem Unergründlichen, denn dort liegt der Welt Beginn.»

«Und wurdest du wieder verhaftet?»

«Natürlich. In jedem Dorf wies mich die Polizei erst mal aus, wegen mangelnder Unterordnung und Widerstand gegen Kommandoworte, weil Menschen mit überempfindlichem Ordnungssinn Anstoss an mir nehmen.»

«Sie sind jemanden wie dich nur nicht gewohnt.»

«Neidvernarrte Menschelein! Kriechokratie!»

«Sie meinen es nicht böse.»

«Ich weiss. Darum bemühe ich mich ja weiterhin. Jeder trägt die uralte Sehnsucht in sich, der Enge und Gebundenheit zu entfliehen, in die wir hineingesetzt werden. Natürlich gibt das niemand zu. Weil er sich damit selbst infrage stellt. Das hat niemand gern. Besser, man jagt den fort, der den Spiegel vorhält.»

«Dabei bist du gar kein Prediger mit fixer Religion, sondern lässt Worte und Gedanken jedem frei angedeihen.»

«Wahr, wahr, ich tupfe nur hier und dort etwas Weisheit hin.»

«Und verlangst nichts für dein Wirken?»

«Ein Brot hier, eine Rübe dort ist ja nicht zu viel verlangt. Selbstlosigkeit ist das Tor zur Unvergänglichkeit. Der Weise kennt keinen Eigenwillen. Er fragt nicht nach sich und kommt doch zu sich selbst. Wer sich um Einsicht bemüht, bedarf keines Wissens. Der Farben Vielfalt blendet die Augen. Der Töne Fülle betäubt das Gehör. Der Gewürze Reichtum verdirbt den Geschmack. Der Leidenschaft Drang verwirrt das Herz. Die Gier nach Erreichbarem zerstört die Sitten. Der Weise bestimmt seiner Sinne Grenzen.»

«Und wo sind deine Frau und deine Kinder?»

«Sie gingen auf dem Weg verloren.»

«Wie bitte?»

«Wir hatten wenig Geld, eigentlich gar keins, aber grossen Hunger.»

«Was geschah?»

«In jeder Stadt vertraute ich ein Kind einem Freund an, auf dass er es für eine Stunde hüte.»

«Und?»

«Ich holte es nicht mehr ab.»

«Was?»

«Auf diese Weise schrumpfte die Familie auf natürliche Weise.»

«Und deine Frau?»

«Zuletzt blieb auch sie bei einem Freund zurück.»

«Das ist ja eine Geschichte ...»

Ich musste lachen. In Gustos Worten lag so viel Weisheit, auch wenn er etwas seltsam durch die Welt zog. Vielleicht war es ja für Frau und Kinder das Beste, wenn sie irgendwo sesshaft wurden.

«Ich fuhr dann auf die Insel Brioni, wo ich Monate verblieb, weil ich mich in sie verliebt hatte und die Welt in Flammen geriet. Auf Brioni lernte ich, mit den Fischen zu sprechen, die Menschen hatten nur noch Krieg im Kopf. Ich war den ganzen Tag im Wasser. Den Fischen schadet das nicht, aber ich bekam eine Nervenentzündung.»

«Oh!»

«Ich verliess die Insel, ging für einige Zeit nach Rom. Gottlob bin ich so ungebildet, dass mich alles interessiert. Weil ich neugierig bin und mir alles unbekannt ist.»

«Wie war es in Rom?»

«Ein Chaos. Aber das ist hilfreich. Die Italiener wissen mit Krisen umzugehen, ja sie blühen dann erst richtig auf. Sie organisierten einen Schwarzmarkt, der äusserst heilbringend war. Schliesslich hatte jeder eine Cousine auf dem Land, von welcher handelbares Gut zu bekommen war. Das beweist, dass die Menschen einen grossen Fehler begehen, wenn sie denken, sie könnten nur in einem geordneten Staatswesen leben. Man lebt sehr viel besser in einem unordentlichen Staat. Im Englischen gibt es den Ausdruck des ‹give and take›. Ich tue ja auch nichts anderes, allenfalls dehne ich ihn etwas Richtung ‹take› aus.»

Ich konnte mir gut vorstellen, dass Gusto gar nichts gab, aber alles nahm, was er kriegen konnte, und musste lachen.

«Du nahmst dir einfach, was du brauchtest», sagte Karl.

Gusto nickte.

«Darum wurde ich leider wieder verhaftet und sogar in ein Irrenhaus gesteckt.»

«Von wem?»

«Vom italienischen Geheimdienst, der Ovra. Die dachten, ich sei ein Spion. Spionage betreibt man bekanntlich entweder aus finanziellen oder aus ideellen Gründen. Ich brauche aber keine Finanzen, es bleibt also nur ein ideeller Grund. Mir sagt aber auch Politik nichts. Politik langweilt mich, weil eh niemand etwas weiss, und die Gerüchte, die kursieren, sind entweder falsch oder böswillig, meistens beides. Beweisen konnte ich das natürlich nicht, weil man so etwas nicht beweisen kann. Aber man konnte mir auch nicht nachweisen, dass ich etwas Unrechtes getan hatte.»

«Und was hast du jetzt vor?»

«Wissen will die Welt ergründen –
Weisheit gründet tief in ihr.»

Gusto nahm einen tiefen Zug aus der Pfeife und blies den Rauch genüsslich in die Luft.

Karl blickte ungläubig.

«Du kehrst in deine Höhle zurück?»

Gusto nickte.

«Was weisst du vom Geheimbund, den sie den Orientalischen Templerorden nennen?»

«Oh, Bruder, jetzt verstehe ich, du kommst wegen des Sonnenfests.»

Ich spitzte die Ohren. Auch Mignon war wegen des Sonnenfests gekommen. Gusto musste etwas darüber wissen. Ich würde ihn bei nächster Gelegenheit darüber befragen. Vielleicht war das eine Möglichkeit, sie wiederzusehen. Gusto war vergnügt.

«Ist man Ichts,
brennt man zu werden;
Stolz, der sein will –
stürzt ins Nichts.»

«Es ist einer angekommen, den sie den Grossmeister nennen», sagte Karl.

Gusto zog die Brauen hoch.

«Wer ist das?»

«Ich weiss es nicht, aber ich habe kein gutes Gefühl dabei. Er steht diesem Orden vor. Niemand weiss, was Absicht und Ziel sind. Ein tiefes Mysterium.»

KAPITEL № 21

Ein höchst erfolgreiches Raubtier

«Wach auf! Wach auf!»

Die Worte drangen von weit her zu mir vor. Jemand rüttelte an mir. Als Erstes nahm ich den Geruch des verkohlten Holzes wahr, dann Vogelgezwitscher, Blätterrauschen, Sonnenwärme des angebrochenen Tages.

Erneut die Stimme.

«Aufstehen!»

Als ich die Augen öffnete, erkannte ich Habakuk, der über mir stand. Die Wirklichkeit blieb verhangen, doch allmählich erinnerte ich mich.

«Du wirst dich schon noch daran gewöhnen.»

Ich setzte mich auf, hielt mir den Kopf.

«Woran?»

«Ans Rauchen.»

«Mir brummt der Schädel.»

«Das ist nur das Cannabis.»

«Was?»

«Sie mischen es in den Tabak. Das macht fröhlich.»

Ich hätte besser abgelehnt, aber die Gräsers hatten darauf bestanden, die Friedenspfeife mit mir zu rauchen. Das hatte ich jetzt davon.

«Komm jetzt, es wird Zeit!»

Ich blickte zu Habakuk auf, hatte keine Ahnung, was er vorhatte, als er nach meiner Hand griff und mich hochzog. Dann rannte er los, ich stolperte hinterher. Über Stock und Stein fegten wir durch den Wald, bis wir vor einem Bretterverschlag standen.

«Da müssen wir drüber», flüsterte Habakuk.

Flink zog er sich hoch, setzte sich rittlings obenauf, verschwand auf der anderen Seite. Ich brauchte etwas länger, stellte mich unbeholfen an. Schliesslich schaffte ich es.

«Was tun wir hier eigentlich?»

«Wir sind auf dem Sanatoriumgelände. Pass auf, dass du nicht auf einen Kopf trittst!»

Ich kam nicht dazu, ihn zu fragen, was er damit meinte, schon war er wieder fort. Da hörte ich die Stimme. Vor mir ragte ein Männerkopf aus der Erde mit fleischigem Gesicht, Doppelkinn, Schnurrbart, Koteletten, kleinen Schweinsäuglein, in eines ein Monokel geklemmt. Mit seinem Blutdruck stimmte etwas nicht, er war rot, fast wie eine Tomate.

«Das, was den Menschen vom Tier unterscheidet, ist das Bewusstsein. Nur, wenn wir von Grund auf begreifen, was das Bewusstsein ist, sind wir imstande, die Krise des modernen Menschen zu verstehen.»

Tomate sprach aber nicht mit mir, sondern ignorierte mich, stattdessen sah er zu einem weiteren Kopf in der Erde. Der erinnerte an eine Kartoffel, unreine, poröse Haut, schmale Stirn, lange Nase, weit ausladender Kiefer, dünne Lippen. Auch Kartoffel konnte reden.

«Mein Herr, wir sind ein Raubtier. Unsere Spezies hat es erreicht, in der winzigen Spanne von einigen tausend Jahren die uns nächstverwandten Säugetiere auszurotten. Und jetzt haben wir begonnen, dieses höchst erfolgreiche Experiment auf uns selbst auszudehnen.»

Auch er nahm keine Kenntnis von mir. Ich blickte von Kartoffel zu Tomate und wunderte mich, warum sie in der Erde eingegraben waren.

Tomate: «Was Sie erzählen, trifft den Kern nicht. Wir wissen alle, was in der modernen Naturwissenschaft von der Kernphysik bis zur Astrophysik an Wissen gewonnen wurde, welche unfassbare Zeitdimension von Millionen von Lichtjahren, welche Räume, welche Masse wir unserer Vorstellung heute zumuten müssen. Aber wir haben noch nicht begriffen, wie wir dieses Wissen in unser Leben einbinden sollen.»

Kartoffel: «Überall, wo der Mensch offen ist, stösst ihm die Welt als Wunder zu. Aber wir sind dabei, dies Wunder zu vernichten. Sprechen wir es aus: Die Welt ist aus den Fugen. Es herrscht Krieg. Kaiser Wilhelm hat seine Kriegsherren Hindenburg und Ludendorff nicht im Griff. Die Franzosen meutern gegen den Blutsäufer Nivelle, der bei seinen Soldaten nicht an Menschen, aber an Schlachtmaterial denkt. Und die Russen haben die dreihundertjährige Romanow-Dynastie gesprengt, den Zaren eingesperrt und mit ihm die gesamte Familie.»

Tomate: «Das kommt von diesem bolschewistischen Hitzkopf, Wladimir Iljitsch Lenin. Seit er in Zürich in den Zug nach St. Petersburg gestiegen ist, versucht er, in Russland das Proletariat an die Macht zu bringen.»

Kartoffel schüttelte den Kopf, so weit es die Umstände erlaubten.

«Mein Herr, Lenin soll ein Hitzkopf sein? Nein! Er hat hehre Ideale. Er will nicht den Weltkrieg, sondern den Weltbürgerkrieg, das Unterste zuoberst kehren. Sogar der deutsche Kaiser unterstützt ihn dabei. Schliesslich hat er ihn unbehelligt durch Deutschland fahren lassen. Damit er in Russland Revolution macht.»

Tomate: «Sie sind ein verkappter Bolschewist! Der deutsche Kaiser ist doch nicht bei Trost! Hilft einem Revoluzzer auf die Beine? Das kommt auf ihn zurück. Geradeso gut kann er sich ins eigene Bein schiessen.»

Kartoffel: «Ich bin kein Bolschewist, aber Sie sind ein verkappter Zarist. Das ist nämlich gar nicht dumm vom Kaiser! Die Deutschen wissen, dass ihre eigene Armee zu schwach ist, die Russen zu besiegen. Also höhlen sie das Zarenreich von innen aus, indem sie die Bolschewiki fördern.»

Tomate: «Wollen Sie damit etwa zum Ausdruck bringen, dass Lenin sich kaufen lässt?»

Kartoffel: «Aber nein, mein Herr, der verabscheut die kaiserliche Regierung nicht weniger als die zaristische.»

Tomate: «Sie verteidigen Lenin durch dick und dünn. Sie sind eben doch ein Bolschewist.»

Kartoffel: «Es muss sich etwas ändern! Ich wiederhole: Die Welt ist aus den Fugen. Im Deutschen Reich ist der Nahrungsmangel eine Tragödie. Sie haben die Brotration auf hundertsiebzig Gramm pro Tag und die Kartoffelration auf zweitausendfünfhundert Gramm pro Woche gekürzt. In Berlin haben sie im Winter die Schulen schliessen müssen, weil sie zu kalt waren. Es gibt weder Kohle noch Holz zum Feuern. Jetzt tauchen erste Fälle von Pockenerkrankungen und Hungertyphus auf. Den Frauen haben sie verboten, Jammerbriefe an die Front zu schicken, um die Soldaten nicht unnötig zu demoralisieren, die frierend im Matsch der Schützengräben liegen.»

Tomate: «Als ob es ihnen noch dreckiger gehen könnte. Da reden wir von Glück, dass wir hier friedlich in der Erde ruhn, immerhin noch nicht darunter.»

Kartoffel: «Jawohl! Die Erdwärme ist gut gegen Rheuma

und der Monte Verità die letzte Zuflucht in dieser rüden Zeit, die Zuflucht aller, die einen neuen Grundriss der Menschheit im Kopf tragen und sich denselben darüber zerbrechen, wie ihr wieder aufzuhelfen sei.»

Tomate: «Ein Bolschewist! Ich sag es doch. Und du da oben, geh mir endlich aus der Sonne!»

Ich erschrak, er meinte mich. Tomate und Kartoffel blickten mich missbilligend an. Ich begriff, dass ich mich vom Acker machen sollte, grüsste sie, kam mir jedoch gleich blöd dabei vor. Dann rannte ich Habakuk hinterher.

Ich fand ihn auf einem Erdwall liegend, den Blick auf die Wiese darunter gerichtet.

«Das ist die Parsifalwiese. Duck dich! Er hat den Gong geschlagen.»

«Wer?»

«Der Meister! Sie kommen! Schau!»

Ich erkannte den Meister am Turban. Es war der Mann, der Mignon in Ascona abgeholt hatte, Rudolf von Laban.

Da erschienen die Tänzerinnen, zwölf junge Frauen. Sie stellten sich mit einigem Abstand zueinander auf und begannen mit ihren Übungen, hüpften, tippelten, kreisten, sprangen, wirbelten, schlugen Rad, nicht nach einem Rhythmus, sondern ungezwungen nach Lust und Laune.

Ein junger Mann gesellte sich zu dem Reigen. Er war kurzgeschürzt und laubbekränzt und wurde von den Frauen umgarnt, von der einen durch mütterliche, von der anderen durch jungmädchenhafte Instinkte. Er drehte sich wie ein Kreisel, holte zum Sprung aus und landete im Spagat auf der Wiese. Die Frauen klatschten. Ich starrte zu Mignon. Mein Herz pochte. Habakuk merkte es.

«Das ist Labans Liebling.»

«Sie tanzt am Sonnenfest die babylonische Liebesgöttin», sagte ich.

Habakuk war erstaunt.

«Woher weisst du das?»

Es gefiel mir, dem Buben einmal voraus zu sein.

«Sieben Tore führen zur Unterwelt. Vor jedem Tor legt sie ein Kleidungsstück ab, bis sie zum Schluss nackt ist.»

Habakuk schlug die Hände vors Gesicht.

«Meine Güte! Wie unappetitlich.»

KAPITEL № 22

Die rote Peperoni

«He, ihr da oben! Was tut ihr da? Kommt runter, auf der Stelle!»

Aus Labans Perspektive mussten wir auf dem Hügel aussehen wie zwei aus der Erde ragende Köpfe. Nun war das auf dem Monte Verità kein ungewöhnliches Bild, doch auf dem Tanzplatz hatten erstens Kurgäste nichts zu suchen, und zweitens waren wir keine. Die Tänzerinnen blickten zu uns hoch.

«Ah, das ist doch der aus dem Dorf!», rief Laban.

Was musste Mignon von mir denken? Bei der ersten Begegnung lag ich verheddert im Fischernetz am Boden, bei der zweiten als Voyeur auf einem Erdwall. Habakuk krabbelte rückwärts, doch ich packte ihn am Kragen.

«Das hast du mir eingebrockt!»

Ich stand auf, zog ihn hoch, wie er mich hochgezogen hatte. Ihn fest im Griff, ging ich mit ihm hinunter.

Laban lachte mir ins Gesicht.

«Du brauchst dich nicht zu verstecken. Du bist uns willkommen.»

Die Frauen machten einen Knicks, nur Mignon nicht. Sie schämte sich für mich. Der junge Mann, Totimo, löste sich aus der Gruppe und flog auf mich zu, drehte und wendete sich wie eine Ballerina, zwinkerte, klatschte. Die Frauen lachten, der Bann war gebrochen.

«Genug, da ihr nun mal hier seid, müsst ihr euch nützlich machen», sagte Laban.

Ich wusste nicht, was er meinte.

«Muss ich tanzen?»

Die Frauen lachten, ich war es gewohnt.

«Zweifellos wäre das ein Vergnügen der besonderen Art, aber nein, wir benötigen deine Hilfe auf dem Acker und im Haushalt.»

Habakuk geriet in Panik. Praktische Arbeit war nicht sein Ding. Aber an Flucht war nicht zu denken. Laban blähte sich auf, nahm den Habitus eines Feldmarschalls an. Das war einigermassen authentisch, zumal er als Sohn eines tschechischen Feldmarschall-Leutnants einst die Offizierslaufbahn eingeschlagen, sie jedoch bald abgebrochen hatte. Im Befehlston bildete er Gruppen. Eine schickte er in die Beete, zum Umgraben und Pflanzen. Habakuk und Totimo entsandte er in die Nähstube, Tanzkleider und Sandalen machen. Dort gab es zwei Webstühle, die Stoffe stellten sie selbst her. Mignon beorderte er in die Küche – und mich auch. Ob er einen Plan verfolgte oder nicht, konnte ich nicht ermessen.

Mignon ging voraus, ich trottete hinterher, den Saumpfad entlang, zum Küchenhäuschen, stumm. Ich traute mich nicht, das Wort an sie zu richten. Habakuk hatte mich in diese Lage gebracht. Die Küche war karg eingerichtet: vier Stühle, ein Tisch mit Tonkrug, Becher, Schale, Messer, Gabeln, Löffel. An einem Haken hingen Tücher, an der Wand mehrere Kupferkessel. Einen nahm Mignon. Sie ging nach draussen zum Brunnen, Wasser holen. Offensichtlich hatte sie beschlossen, beleidigt zu sein. Sie ignorierte mich. In den Kessel gab sie das Gemüse zum Waschen: Peperoni, Pilze, Fenchel, Tomaten, Rüben, Radieschen, Salat.

«Schleichst du mir nach?», fragte sie nach einer Weile.

Ich hätte in den Boden versinken können.

«Nein.»

«Warum soll ich dir das glauben?»

Ich verwünschte Habakuk, spürte aber, dass sie nicht böse war, sondern mit mir spielte.

«Ich bin nicht so geübt in diesen Dingen.»

«In welchen Dingen?»

«Du weisst schon.»

Sie wandte sich mir zu.

«In welchen Dingen?»

«Mit einer Frau wie dir zu sprechen.»

«Was soll das heissen?»

Mir wurde immer unbehaglicher. Aber dann lachte sie auf. Das wusste ich nicht zu deuten. Lachte sie mich aus? Oder gefiel ihr meine Unbeholfenheit?

«Du magst wohl ältere Frauen?»

«Die Baronin ist viel älter als du.»

Ich weiss, das klang dumm. Es war auch dumm. Ich hätte mich ohrfeigen können.

«Die Baronin?»

«Sie wohnt auf den Brissago-Inseln. Sie war mal in China.»

Ich redete nur Unsinn und wusste es, konnte mir aber nicht helfen. Sie liess mich gewähren.

«Was hat sie in China gemacht?»

«Sie hat geheiratet.»

«Einen Chinesen?»

«Nein, einen Iren, Baron Richard Fleming de St. Léger. Er war ein Gesandter.»

«Und jetzt lebt sie mit dem Baron auf den Brissago-Inseln?»

«Der Baron ist weg.»

«Und was macht die Baronin ganz allein?»

«Sie ist nicht allein.»

«Sie hat einen anderen Mann?»

«Nein, sie hat Yogi.»

«Yogi aus China?»

«Yogi aus Indien. Aber die beiden mögen sich nicht besonders.»

Mignon schüttelte den Kopf.

«Ich gebs auf. Ich komm nicht nach.»

Sie nahm das Gemüse aus dem Kessel, legte es auf den Tisch, zerhackte es. Ich war nervös, wusste, dass ich mich lächerlich gemacht hatte, wollte wissen, was sie dachte, musste irgendwas sagen.

«Tanzen bedeutet dir viel?»

Sie lachte, ohne den Blick vom Gemüse zu nehmen.

«Tanzen ist mein Trost. Wenn ich tanze, fühle ich mich eins mit der Welt. Dann gibt es keinen Zweifel und keine Furcht. Wenn ich tanze, bin ich frei.»

«Woher kommst du?»

«Aus Deutschland.»

«Mignon ist kein deutscher Name.»

«Oh, das weisst du? Meine Eltern mochten Goethe. Mignon ist eine Figur aus seinen Schriften.»

«Wie ist sie?»

Sie wollte antworten, hielt aber inne.

«Beinah wär ich dir auf den Leim gegangen. Du mimst den Naivling, bist aber ziemlich abgeklärt. Du hast Talent.»

Ich wollte nur das Gespräch im Gange halten, war aber froh, dass sie das so sah. Zu dumm waren meine Auftritte gewesen. Sie las meine Gedanken.

«Mignon ist ein junges geheimnisvolles Mädchen. Sie

singt: ‹Kennst du das Land, wo die Zitronen blühn?› – Sie verkörpert die Sehnsucht nach Italien.»

«Was geschieht?»

«Sie verliebt sich in ihren Retter.»

«Was wird daraus?»

«Sie sterben.»

Wir schwiegen, als wäre dies auch unser Schicksal. Dann legte sie das Messer hin, trat auf mich zu, strich mir durchs Haar. In ihrem Blick lagen gleichsam Trauer und Glück.

«Wer hätte das gedacht: In dem kleinen Dorf hinter den sieben Bergen lebt ein waschechter Exzentriker. Das ist ganz nach meinem Geschmack.»

Sie küsste mich auf den Mund. Als sich unsere Lippen berührten, blitzte ein elektrischer Schlag durch unsere Körper. Das verstärkte nur ihre Lust. Das Unangemessene schien sie zu faszinieren, zu tun, was man nicht tun soll. Es war ihre Natur. Aber mir platzte das Herz. Als sie von mir abliess, fiel ihr Blick auf die rote Peperoni. Wie von Geisterhand getragen, schwebte die Peperoni über dem Tisch in der Luft. Betört blickte sie auf die fliegende Peperoni. Niemand sagte ein Wort. Dann war der Spuk vorbei. Die Peperoni fiel auf den Tisch zurück und war wieder das, was sie war: nur Gemüse.

KAPITEL № 23

Über der Landschaft liegt ein Zauber

Ich hätte in der Casa Anatta schlafen können, bei den Tänzerinnen, sie hatten nichts dagegen. Aber ich zog die Casa Centrale vor. Erst musste ich mich orientieren.

In meinem Zimmer standen ein Bett, Stuhl, Schrank, Tisch mit Waschbecken. Was Städter armselig fanden, war mir ein Luxus. Als ich zum ersten Mal seit einigen Tagen in einem Bett aufwachte, blickte ich in das freundliche Gesicht einer Frau. Ich kannte sie nicht. Aber ich mochte sie sofort. Ihr Wimpernschlag war Musik, ihr Duft der von Blumen. Sie hatte Fältchen um die Augen, hohe Wangenknochen, einen vollen Mund. Die Haare waren um den Kopf geflochten. Sie legte eine Hand an meine Wange, mütterlich, aber ich fühlte nicht so.

«Guten Morgen, Christo. Herzlich willkommen auf dem Monte Verità.»

«Sie kennen meinen Namen?»

«Ich bin Ida. Ich leite diesen Laden. Entschuldige, dass ich in dein Zimmer eingedrungen bin.»

Ich setzte mich auf, wickelte die Bettdecke um mich. Darunter war ich nackt.

«Du hast das zweite Gesicht, das sehe ich dir an.»

Sie war nicht jung, doch an ihrer Art war etwas Frisches und Unverdorbenes. Ich fühlte mich sogleich zu ihr hingezogen, aber auf eine seltsame Art; sie war Mutter und Nymphe zugleich, Penelope und Circe in einer Person. Sie stand auf und reichte mir ein säuberlich gefaltetes Bündel Wäsche, eine Toga.

«Ich werde es herausfinden. Du kannst dein Essen entweder hier oder im Speiseraum einnehmen, ganz wie du willst. Deine Privatsphäre wird hier geachtet», sagte sie, die in mein Zimmer eingedrungen war.

«Ich werde dich in unseren Betrieb einführen. Wir leben naturnah. Viel körperliche Bewegung im Freien, Sonnenlicht und, ganz wichtig – gesunde Ernährung: Vollkornbrot, Obst und Gemüse, kein Fleisch, auf keinen Fall Fleisch.»

«Salami?», fragte ich.

Sie schüttelte den Kopf.

«Unser Leben ist einfach. Wir pflegen Mässigung, Körpersinn – Gartenbau statt Tierhaltung. So finden wir Vollkommenheit.»

Ich mochte diese Frau, ob als Penelope oder Circe, wusste ich noch nicht.

«Kein Tier wird für Menschen getötet. Metzger sind bezahlte Mörder. Wir leben in Frieden und Harmonie.»

Ich dachte an Buttiglionis Schlachthaus. Mit beiden Händen strich sie mir übers Gesicht.

«Wir haben keine scharfen Zähne und keine Klauen, um Beute zu machen. Wir haben Hände, um Beeren zu pflücken.»

Sie riss mir die Bettdecke weg und betrachtete mich. Ich konnte meine Erregung nicht verbergen.

«Ganz fleischlos leben wir auch nicht», lächelte sie.

Dann reichte sie mir die Toga, beugte sich vor, sodass ich Einblick in den Ausschnitt ihres Kleids gewann. Darunter war sie nackt. Zufrieden sah sie meinen Blick.

«Wir brauchen kein Korsett und keinen schwedischen Busenheber. So, genug. Zieh dich an. Ich zeige dir das Sanatorium.»

Ich nahm die Toga, umhüllte mich. Ungeniert betrachtete sie mich.

«Du wirst dich schnell an unseren Betrieb gewöhnen. Wir wollen die Einheit von Körper und Geist. An dir gibt es einiges zu tun, ich freue mich darauf.»

In der Casa Centrale befanden sich nebst Schlafräumen Musik- und Aufenthaltsraum, Bibliothek und Speisezimmer. Hier sassen zwei Herren ins Gespräch vertieft vor ihrem Müsli. Als Ida Hofmann und ich eintraten, musterten sie mich.

«Wir kennen uns bereits, oder nicht?», fragte Tomate.

Zarist und Bolschewist, jetzt mit Körper.

Ida flüsterte mir zu: «Unter Männern gibt es mehr Genies als unter Frauen, aber auch mehr Idioten.»

Ich setzte mich zu Tomate und Kartoffel. Ida brachte mir eine Schale mit Datteln, Erdbeeren, Feigen, Nüssen, Sultaninen, Zwetschgen.

«Iss, damit du zu Kräften kommst.»

Ich blickte zu ihr auf, aber sie machte keine Anstalten, sich zu mir zu setzen.

«Milch bekommst du nicht, die Mischung von Obst und Milch ist unverträglich. Und eins noch: kein Kaffee, kein Alkohol, kein Tabak.»

Tomate kannte das.

«Das hemmt die Verdauung.»

Kartoffel kannte das auch.

«Keine gekochte Nahrung, sie behindert die Verdauung.»

Sie waren sich ihrer Sache sicher.

«Isst du Brot?», fragte Ida und stellte mir einen vertrockneten Laib auf den Tisch.

Sie konnte nicht wissen, dass ich Panettiere war.

«Wenn du die Scheibe nicht unbedeckt essen kannst, leg eine Frucht drauf, Butter kriegst du nicht. Aber pass auf: Neulinge essen zu viel, weil sie Angst haben, dass sie nicht satt werden.»

Tomate: «In diesem Punkt stehen wir hinter Ochs und Esel; ihnen sagt die Nase, was bekömmlich ist, uns Menschen hilft hierfür kein Organ.»

Kartoffel: «Nichts wird gekocht und gebraten. Dadurch wird Sonnenkraft zerstört, die in den Pflanzen wohnt. Aus dir wird noch ein Rohkostler, ganz bestimmt.»

Tomate: «Und das beste Gewürz ist ein Lächeln.»

Ida verschwand in der Küche. Hier musste keine Arbeiterschaft gerettet werden, denn es arbeitete eh niemand. Es ging nur darum, was man zu sich nahm.

Kartoffel betrachtete mich erst mal richtig.

«Lass den Bart wachsen. Du musst das unnatürliche Bartabnehmen unterlassen. Der Bart hat positiven Einfluss auf deinen Charakter.»

Ida kam, reichte mir ein Glas Wasser, ging wieder in die Küche.

Tomate: «Wasser ist das beste Getränk, aber du musst Mass halten. Trink vor oder nach dem Essen, auf gar keinen Fall währenddessen.»

Kartoffel: «Keine Unmässigkeit. Keine Vesper nach dem Frühstück. Nebenmahlzeiten stören die Verdauung. Mittagsbrot geht in Ordnung, aber kein Dessert. Langsames Essen, gutes Kauen in ruhiger Gemütsverfassung. Mahlzeiten müssen pünktlich eingenommen werden, um dieselbe Zeit, mit sechs Stunden dazwischen.»

Tomate: «Deine Zeit ist gerade abgelaufen.»

Er griff nach meiner Schüssel. Tomate und Kartoffel machten sich über mein Mahl her. Als Ida zurückkam, stemmte sie die Hände in die Hüften.

«Aber meine Herren, wir wollen doch hier nicht die Sitten strapazieren! Christo, du musst dich wehren.»

Tomate: «Lass dir nur nichts einreden.»

Ich hatte den Verdacht, dass nichts, was die beiden sagten, ihrer wirklichen Gesinnung entsprach.

Tomate: «Die Zeiten der Enthaltsamkeit sind längst passé. Hier hält sich niemand mehr an die Regeln.»

Ida blickte ihn missbilligend an.

«Wir müssen deine Selbstheilungskräfte anregen», wandte sie sich wieder an mich. «Die Krankheit gewinnt nur dann die Macht über deinen Körper, wenn die Harmonie gestört ist.»

Ich war keineswegs krank, widersprach ihr aber nicht, genoss die Fürsorge.

Ida führte mich nach draussen, meinte: «Wir wollen heute gute Menschen sein und das Leben etwas veredeln.»

Auf der Matte war einiges los. Frauen und Männer spazierten barfuss auf Naturwegen. Die Frauen trugen Nachthemden, die Männer weisse oder bunte Togas. Ihre langen Haare flatterten im Wind. Der Lichtluftpark war von Bretterzäunen umgrenzt und durch eine weitere Wand in der Mitte unterteilt, um Frauen und Männer zu trennen. Dort war man nackt.

Ida lachte, schüttelte den Kopf.

«Es gibt immer noch Leute mit Hemmungen, und das in modernen Zeiten.»

Ich ging durch eine Öffnung in den Park. Männer übten sich in Vollatmung, Trockenbürsten, Ganzwaschung, Tautreten. Über einer Holzliege warnte ein Schild vor hoher Sonneneinstrahlung. Einige lagen ohne Unterlage auf dem Boden und hofften auf gesundheitsfördernde Erdstrahlen. Sie trugen ihre Nacktheit wie eine Uniform. Ich legte mich in ein Lehmbad, nur das Gesicht blieb frei.

Das war der Monte Verità!

So also stemmten sich Revolutionäre gegen die Obrigkeit: indem sie zwischen Grashüpfern in der Wiese lagen und kuriose Bewegungen gegen den Himmel vollführten oder im Lotossitz die Sonne anbeteten, die Luft nach Geistern abtasteten und Steine zu geheimnisvollen Zeichen legten.

Das kostete wenigstens kein Blut, nur etwas Schweiss.

Die Bäume rochen nach Vergangenheit, die Wiesen dufteten nach Zuversicht, und über allem stand dieser silberblaue Himmel. Es lag ein Zauber über der Landschaft.

Sie assen Gemüse und Beeren, badeten in der Sonne und diskutierten sich abends auf der Terrasse der Casa Centrale den Mund wund. Die Atmosphäre faszinierte mich, das Gerede über freie Entfaltung des Individuums, kooperative Gesellschaftsformen, Naturheilkunde, gesunde Ernährungsweise, Frauenbefreiung, überhaupt allerlei Reformen ... Hier waren Menschen, die wahrhaftig leben wollten, ohne das lügnerische Gebaren der Geschäftswelt, ohne die Vorurteile der Gesellschaft. Zwar verloren sie unter der Tessiner Sonne mit der Zeit jegliche Ziele aus den Augen, dafür auch ihre Salonblässe.

Die Naturmenschen wandelten mit gedankenverhangenen Gesichtern in Toga auf der Matte und suhlten sich im Dreck in der Überzeugung, dies erhöhe Geist und Gesundheit. Ich hatte den Verdacht, dass sie in Wirklichkeit nur nicht wussten, was sonst tun mit der vielen Zeit.

Ich allerdings langweilte mich bald im Lehmbad, ich hatte ja kein bisschen Rheuma.

KAPITEL № 24

Dann fühle ich, dass ich bin

Die Casa Anatta war der Sitz der Schule für Kunst und Tanz von Rudolf von Laban. Hier wohnten die Tänzerinnen. Das Holzhaus mit acht Zimmern hatte Flachdach, breite Türen, hohe Decken mit Tonnengewölbe, Zentralheizung, Küche. Im Wohnzimmer standen bequeme Sofas. Aussenwände und Fenster waren von Efeu umrankt. Das Haus war in den Hang gebaut, zwischen Rückseite und Felsen nur ein schmaler Gang. Die Vorderseite hatte eine grosse Terrasse mit Seesicht. Ein naher Bach rauschte, ein kaputtes Mühlrad lag herum.

Ich hatte Mignon ein paar Tage nicht gesehen, also ging ich sie besuchen. Mir war etwas flau im Magen, denn ich hatte keine Ahnung, was mich erwarten würde. Längst war mir klar, dass ihre Stimmung schwanken konnte, je nachdem, was ihr durch den Kopf ging. Gerade kam ich um die Ecke, als sie vor die Tür trat. Obwohl sie mich sah, wandte sie sich dem leuchtend gelben Ginster vor dem Haus zu, nahm eine Blüte, zerrieb sie zwischen den Fingern, erfreute sich an dem Blütenstaub auf ihrer Haut.

«Wenn ich irgendwo meiner Schwermut entkommen kann, dann hier», sagte sie. Ich spürte, dass eine Last auf ihr lag und sie bereit war, darüber zu reden, wusste aber nicht, ob ich geeignet dafür war, da ich doch nichts über sie wusste und auch sonst nicht viel.

«Ich habe meinen Lehrer am Konservatorium in Berlin verlassen, Émile Jaques-Dalcroze, aber der Entscheid war richtig.

Eines Tages werden meine Gefühle für ihn abklingen, hier oben vielleicht schneller als erwartet.»

Ich nahm sie bei der Hand und führte sie weg vom Haus, damit niemand zuhören konnte. Wir setzten uns im Wald auf einen Felsbrocken.

«Im Zweifel für die Kunst, das ist mein Credo. Ich bin jung und darf mein Talent nicht an einen Mann verschwenden. Es wird einen neuen geben, schliesslich habe ich schon einmal einen Lehrer verlassen, mit dem mich mehr verband als nur die Kunst.»

«Laban?»

«Und jetzt arbeite ich wieder mit ihm, welche Ironie des Schicksals.»

Ich begriff, was sie sagte, aber es schmerzte ein wenig, dass ich keine Rolle spielte, aber dann – ich spielte ja auch keine.

«Auch wenn mich die Berufung nicht ereilt hätte, wäre ich trotzdem aus Berlin abgereist. Meine Zeit war einfach abgelaufen. Émile nutzte mir nichts mehr. Er forderte Bewegungen von mir, die ich nicht ausführen konnte, einfach weil sie meinem Körper entfremdet waren.»

«Es ist gut, dass du hier bist», sagte ich, kam mir aber blöd vor. Sie hörte mich eh nicht, sondern hing ihren eigenen Gedanken nach.

«Wenn ich improvisiere, braucht es kein Instrument dazu, Musik darf nicht über den Tanz herrschen. Sie schränkt ihn nur ein. Die Bewegung entsteht vom Körper aus, ist in sich selbst begründet.»

«Er war dein Lehrer.»

«Er hat es nicht verstanden, ging auch nicht darauf ein, liess nicht mal mit sich sprechen. Er war ja so ein Diktator! Er liess mich wohl frei gewähren, aber nur so lange, als ich seinen

Idealen folgte. Zwar sprach er von Rhythmus, aber es war nur Takt. Gut, ging ich fort.»

Ich wollte ihre Hand nehmen, sie berühren, da hörte ich Schritte, blickte mich um. O nein! Rudolf von Laban. Schon wieder. Warum tauchte der immer im falschen Moment auf? Er schien ein Sensorium dafür zu haben.

«Hast du dich gut eingelebt?»

Mignon schreckte aus ihrer Versunkenheit, blickte zu ihm auf, sammelte sich rasch, machte wieder auf kokett: «Ich habe sehr wohl erwartet, dass du bei meiner Ankunft etwas Theater für mich machst, aber dass du gleich ganz Ascona erschreckst, ist reichlich übertrieben.»

«Das ist kein Theater, das ist Leidenschaft.»

Sie schenkte ihm einen Augenaufschlag, der Männerherzen brach.

«Oh. Du und Leidenschaft? Das wär mir neu, dass du etwas nicht aus Berechnung tust.»

Aber er kannte sie gut und widerstand.

«Wer von uns beiden der Berechnende ist, ist mir bekannt.»

Sie lachte auf.

«Ausreden! Nichts als Ausreden!»

Laban betrachtete sie nachdenklich.

«Morgen fängst du mit den Proben an.»

«Ich werde mein Bestes geben.»

«Wir werden sehen, ob das genügt.»

«Wie du sprichst; nicht mehr mit Feuer wie in München, sondern wie ein Soldat.»

«Du bist ungerecht, und du weisst es. Eines Tages warst du plötzlich weg, bist einfach nach Berlin abgehauen, ohne mir etwas zu sagen.»

«Wenn ich die schönen Tänzerinnen hier sehe, scheint es mir, du hättest nicht lang um mich getrauert.»

«Sie sind mein Ensemble, ich weiss durchaus zu trennen.»

«Das habe ich aber anders in Erinnerung.»

«Und warum bist du gegangen, Mignon?»

«Ich musste eine Weile für mich allein sein.»

«Du und allein? Nichts hasst du mehr als das. Du brauchst einen Tross von Bewunderern um dich, willst im Mittelpunkt stehen.»

«Du klagst mich an, dabei bist du genau wie ich, umgibst dich mit jungen Mädchen.»

«Ich tue, was ich tue, für die Kunst.»

«Das ist doch nur eine Ausrede, sei ehrlich mit dir selbst!»

«Was bezweckst du mit deinen Kränkungen?»

«Ich mag deine Lügen nicht. Du mimst den Gottvater. In Wirklichkeit benutzt du die Frauen nur.»

«Wie du die Männer.»

«Ich versuche wenigstens, mir nichts vorzumachen. Aber du hast recht. Auch ich versuche, die Umwelt nach meinen Bedürfnissen zu formen.»

«Welch reife Erkenntnis! Warum bist du überhaupt hierhergekommen nach allem, was war?»

Sie legte ihm versöhnlich eine Hand auf die Schulter.

«Weil ich die Ischtar tanzen will – und das mit dem besten Lehrer aller Zeiten. Doch wen treffe ich stattdessen an? Einen Besessenen, der seine Sehnsucht verloren hat.»

«Sofern etwas Grosses dabei herauskommt, ist es in Ordnung.»

«Findest du? So, wie Mozart ein Leben lang Kindskopf blieb und Fratzen schnitt, frivol und unberechenbar? So, wie

Goethe kalt zu seiner Mutter war und sie in den letzten Jahren ihres Lebens nicht mehr besuchte? So, wie van Gogh je grösser desto wahnsinniger wurde?»

«Schöpferische Menschen sind eben Besessene und Zerrissene und Gejagte, die ihr Leiden in Schöpfungskraft verwandeln.»

«Rudolf, und jetzt willst du es ihnen gleichtun? Ist es das wert?»

«Das ist mein Schicksal.»

«Ist es Schicksal, wenn man sich etwas vormacht?»

«Hör auf! Du machst mich irr mit deinen Infragestellungen. Jeder braucht eine Aufgabe. Ob sie nun Ersatz für irgendetwas ist oder nicht. Und meine Aufgabe ist, diese Tanzfarm zu leiten für das Sonnenfest. Und was dich betrifft, bin ich mir nicht so sicher, ob du nicht besser in Berlin geblieben wärst.»

Doch Mignon blieb stur.

«Ich glaube einfach nicht, dass wir in der Lage sind, Grosses zu schaffen aus einem Mangel heraus.»

«Es ist genug!»

«Es ist nie genug! Was soll all dies Bemühen, wenn es nicht um der Liebe willen wär?»

«Um ein Werk zu hinterlassen, darum! Weil man dann unsterblich ist.»

«Wozu willst du unsterblich sein?»

«Weil dann alles einen Sinn hatte.»

«Wenn dir jemand ein Denkmal setzt, dann war es das wert? Was hast du denn davon? Nein! Erfüllung erlangst du nur hier und jetzt und wenn du mit Liebe tust, was du tust. Das Streben nach Ruhm führt in eine Sackgasse.»

Laban drehte sich ab, wollte gehen.

«Rudolf, ich mache dir keinen Vorwurf. Ich kann es auch nicht besser. Auch ich streite um meinen Platz in der Welt. Immerhin weiss ich einzuschätzen, was es bedeutet.»

«Und was?»

«Ich tanze nicht um Ruhm. Wenn ich tanze, dann fühle ich, dass ich bin. Das ist alles. Und mehr gibt es auch nicht zu erreichen.»

KAPITEL № 25

Die Erde stellt ihre Rotation ein

Am nächsten Tag versammelten sich alle wie immer auf der Parsifalwiese. Aber es stand ein ganz anderer Plan auf dem Programm, von dem ich nichts wusste. Laban nickte, dann ging es los. Wir nahmen einen Pfad den Nordostabhang hinab. Unter uns lag die Maggia, die seit Jahrhunderten den Auswurf der Berge zum See trug. Daraus war eine Landzunge entstanden, die dem See immer mehr Raum abtrotzte. Wir hatten eine Stunde zu laufen, bis wir am Lido ankamen, der, umgeben von Schilf, auf einer Seite die weite Sicht auf den Lago Maggiore freigab. Sanfte Wellen strichen über leise klapperndes Ufergestein. Die Luft flirrte vor Hitze, die Blätter hingen schlaff von den Bäumen. Es herrschte Stille. Ich fühlte mich leicht und froh.

Die Tänzerinnen begannen mit Lockerungsübungen. Ich sah ihnen zu. Da stellte die Halborientalin Betty Baaron Samoa sich mir in die Sonne. Sie war eine dunkelhäutige Schönheit mit einer Haut wie Milchkaffee, krausem Haar, festen kleinen Brüsten und jungmädchenhaften Hüften.

Breitbeinig baute sie sich vor mir auf, leckte sich die Lippen, kreiste mit den Hüften, blickte mich fordernd an. Sie legte es darauf an, mich aus der Fassung zu bringen, immer anzüglicher wurde ihr Hüftschwung. Sie spielte mit den Schulterschlaufen ihres Kleides, und als ich begriff, sank es zu Boden.

Da stand sie nun, vollkommen nackt. Das war jedoch nicht etwa ihr peinlich, sondern mir. Sie forderte die anderen auf, es ihr gleichzutun. Eine nach der anderen flog zu mir hin, liess ihr Kleid zu Boden gleiten. Bald waren alle nackt. Als auch Mignon ihr Kleid zu Boden sinken liess, stellte sich Betty mit nach vorn geschobenen Brüsten dazwischen. Ich sah um sie herum zu Mignon, aber Betty beugte sich zur Seite, um mir die Sicht zu versperren. Sie lachte auf.

Am Lido tanzten sie immer nackt, es war heiss und die Tänzerinnen unbefangen. Laban klatschte in die Hände und rief zur Ordnung auf. Alle schüttelten die Glieder: Arme, Hände, Beine, Füsse. Er hatte kein Unterrichtssystem, sondern begann einfach, probierte aus, sah, was funktionierte und was nicht. Es war seine Art, schöpferische Energie freizusetzen. Er verlangte, Denken und Wollen abzulegen, stattdessen aufzugehen in Harmonie und Bewegung. Er inspizierte Figuren, griff ein, wenn ihm etwas nicht gefiel. Mignon packte er an Hüfte und Schulter und korrigierte ihre Haltung. Doch ihr Tanzstil blieb frei. Sie unterwarf sich keinen Regeln, tanzte nur nach Stimmung, blieb unbeweglich stehen, machte schreitende Bewegungen, hielt die Arme über den Kopf wie zur Bekrönung. Ich konnte gar nicht hinsehen. Ihr wogender Busen, ihre schwingenden Hüften machten mich verrückt. Ich zitterte vor Aufregung.

«Geh von deiner Mitte aus, press dich zusammen und reiss dich dann auseinander. Mach deine Bewegung aus dem Zentrum heraus in die Glieder. Spüre die Natur! Dein Körper ist Natur!»

So sprach Laban, und seine Geschöpfe gaben alles unter der Sonne des Tessins, weitab des Krieges in Europa.

Mignon setzte zum Drehsprung an, wirbelte auf, fuhr die Arme aus, vollführte eine rhythmische Geste, sank wieder hinunter und landete mit dem linken Fuss auf einer Wurzel. Sie knickte ein. Ihr Schrei war kurz und schrill. Laban kam herbeigeeilt, betastete ihren Knöchel, wobei sie ihr Gesicht vor Schmerz verzog.

«Für dich ist heute Schluss!»

Bettys Strahlen hätte einen Raum beleuchtet. Sie betrachtete Mignon mit der liebevollen Art einer Hyäne.

«Was starrst du mich an? Kannst du nicht woanders hinsehen?», fauchte Mignon.

Laban wies mich an, sie nach Hause zu bringen, und wir gingen den Pfad zurück durch den Kastanienwald. Ihr Arm lag über meinen Schultern, mein Arm um ihre Taille. So konnte sie das Gewicht auf den gesunden Fuss verlagern.

«Das wird schon wieder.»

«Was weisst du schon? Du bist Bäcker, nicht Arzt.»

Ich fand es ungerecht, dass sie ihre Wut an mir ausliess, aber ich liess sie gewähren.

«Laban sagt, es sei nicht schlimm. Er wird es wissen.»

«Erspar mir deine Belehrungen.»

«Wie kann ich dich trösten?»

«Gar nicht.»

«Warum bist du böse auf mich?»

«Bin ich nicht. Lass mich einfach.»

Ich drückte ihr scheu einen Kuss auf die Wange, so schnell, dass sie ihn nicht abwehren konnte. Meine Unbeholfenheit liess ihre Wut verfliegen.

«Entschuldige, ich bin einfach nur ein Chaos, besonders, wenn ich mit dir zusammen bin.»

Mir wurde heiss im Gesicht, ich sah wohl gerade aus wie Tomate.

«Warum?»

«Ich weiss es nicht. Ich gerate durcheinander, komme vom Ziel ab. Das gefällt mir nicht.»

«Aber ich tue nichts.»

«Das ändert nichts. Wer bist du eigentlich, dass du in mein Leben eindringst und infrage stellst, was mir lieb und wichtig ist?»

«Ich bin doch nur Christo.»

Sie lächelte.

«Aber wer ist dieser Christo?»

Ich geleitete sie zu einem Baumstrunk. Sie setzte sich darauf, um sich auszuruhen. Ich sank auf die Knie, umschloss den verstauchten Knöchel mit beiden Händen, schloss die Augen, gab Energie in meine Hände, liess sie überfliessen auf ihren Fuss, bis er heiss wurde. So massierte ich ihn eine Weile. Ich liess ihn los und wusste, es war gut. Ungläubig starrte Mignon mich an, gab Gewicht auf den Fuss, merkte, er war geheilt.

«Wie hast du das gemacht?»

Sie erhob sich, sprang herum, drehte eine Pirouette, hielt inne, strahlte ungläubig, kam auf mich zu, streichelte mir über die Wange.

«Wer bist du, Christo?»

Ich hielt es nicht länger aus, nahm sie in die Arme. Lange standen wir eng umschlungen da, synchronisierten unseren Herzschlag, unseren Atem, unsere Gefühle. Dann küssten wir uns, so selbstverständlich, als wären wir ein Paar. Ich war im Himmel. Dann plötzlich stiess sie sich von mir ab.

«Ich kann das nicht, tut mir leid.»

Ich wusste nicht, was ich falsch gemacht hatte, fühlte mich aber schuldig.

«Wovor hast du Angst?»

Sie schüttelte den Kopf, verzog das Gesicht zu einer Grimasse.

«Vor allem und jedem.»

Ich zuckte erschrocken zurück.

«Vor mir auch?»

«Ich habe kein Vertrauen, in niemanden, am wenigsten in mich selbst. Bitte versteh! Ich bin nicht hierhergekommen, um mich zu verlieben. Wo immer ich war, hat mir die Liebe nur Leid gebracht.»

«Es ist nichts geschehen.»

«Du hast meine Gefühle geweckt! Das will ich nicht. Ich habe meinen Dämon in die Kiste gesperrt, und dort soll er auch bleiben. Sie soll geschlossen bleiben. Ich werde arbeiten, hart arbeiten! Von früh bis spät, bis es wehtut.»

«Warum muss es wehtun?»

Mignon blickte mir in die Augen.

«Nur, wenn es wehtut, spüre ich mich selbst!»

KAPITEL № 26

Eine Gemeinheit, aber von der Natur so erwünscht

Gusto Gräser hatte sein altes Zuhause bezogen, eine Höhle tief im Wald zwischen Arcegno und Golino. Sie war umgeben von schroffen, spitzkantigen Berggipfeln und steilen Stürzen. Hohe Granitsteinblöcke wachten wie Riesen über der eigentümlichen Gegend. Rundhöckrige, abgeplattete Felsformen, die aussahen wie Termitenhügel, und verwachsene Pflanzen, die sich um alles schlangen, schufen eine Atmosphäre wie im afrikanischen Dschungel. Hünensteine, gewaltige Naturaltäre atmeten die Luft von vorzeitlicher Geschichte. Die Höhle lag am östlichen Absturz des Gebirges. In einer glatten Felswand öffnete sie sich wie das Maul eines Wals. Sie bildete sich aus zwei hausgrossen, gegeneinander geneigten Felsblöcken. Auf einer Seite befand sich die Feuerstelle, auf der anderen die Bettstatt aus Stroh. Nur eine Steinzeitkreatur konnte hier hausen. Unter allen Geistern des Monte Verità war Gusto der unberechenbarste. Er war vollkommen ungebunden, während alle anderen ihr Selbstverständnis an irgendeine Mission knüpften.

Doch als ich ihn an diesem Morgen besuchen wollte, war er nicht da, also setzte ich mich hin und wartete. Ich dachte an Mutter. In meinen Gedanken war sie immer da. Dass auch sie mich von sich gestossen hatte, machte mich traurig. Ich verstand es nicht. Sie hätte früher alles für mich gegeben. Was war geschehen? Aber ich dachte auch an Mignon. Ich spürte ihre

Zuneigung, aber auch sie stiess mich von sich. Was war falsch an mir? Warum war ich schuld an allem und jedem? Warum machte man mich verantwortlich für jegliche Unbill, die den Menschen widerfuhr?

Plötzlich hörte ich Gräsers Stimme.

«Ins Guru der Turteltauben
fällt des Falken Jagdgeschrei.
Friede da – dort Raufen, Rauben –
jah, das ist zu meinem Glauben
grad die rechte Melodei.
Und dazu, bald laut, bald leise, Wald du,
deine ewge Weise.
Hah, ich mach die Augen zu:
Hiah, hiah – guguruh!»

Ich stand auf, blickte in den Wald, sah aber niemanden. Wo versteckte Gräser sich bloss? Dann kam ich auf die Idee, nach oben zu schauen, und dort sass er, frischfröhlich auf dem Ast einer Kastanie. Wer weiss, wie lange schon. Friedlich flocht er an einer Korbschale.

«Guguruh!»

Er kletterte hinab, behände wie ein Affe, wobei er achtgab, dass die Schale keinen Schaden nahm.

«Die ist für die Beeren.»

Ohne Brot und Fleisch, ohne Gemüse und Gewürz, ohne Schüssel und Becher war sein Dasein zwar eingeschränkt, dennoch hatte es sich dadurch erst entfaltet, zumal er in der Leere Fülle fand.

«Was führt dich zu mir?»

Er wartete meine Antwort nicht ab.

«... Liebeskummer, und das in zivilisierten Zeiten.»

Der Begriff «zivilisiert» aus Gräsers Mund machte mich schmunzeln. Es brach aus mir hervor. Ich erzählte ihm alles. Er hörte mir aufmerksam zu, ohne aber seine Heiterkeit zu verlieren. Es gab nichts, was er ernst nahm, schon gar nicht Frauengeschichten.

«Einer Frau musst du nicht mit Forderungen kommen, sie ist es, die sie stellt.»

«Ich habe keine Forderungen gestellt.»

Gusto wischte den Einwand mit einer Handbewegung weg.

«Ach, du hast keine Ahnung. Was du sagst oder tust, spielt keine Rolle. Frauen entscheiden selbst, was sie wahrnehmen wollen.»

«Aber warum wendet sie sich von mir ab?»

«Zu viel Nähe.»

«Zu viel Nähe?»

Gusto liess sich Zeit, Naturdramaturg, der er war.

«Weil es ihr zu schnell geht oder gerade nicht in den Kram passt, wer weiss. Frauen sind vollkommen anders als Männer. Sie sind geradliniger. Sie machen das, was sie tun, mit vollkommener Hingabe. Sie lassen sich nicht ablenken.»

«Und was heisst das?»

Gusto beugte sich vor, blickte sich um, hielt die Hand vor den Mund, als bestünde das Risiko, dass jemand mithörte.

«Das bedeutet, dass Frauen ein wenig unflexibel sind. Wenn sie arbeiten, arbeiten sie. Wenn sie tanzen, tanzen sie. Wenn sie lieben, lieben sie. Alles zu seiner Zeit. Männer dagegen denken auch beim Arbeiten ans Lieben und beim Essen auch, beim Spazieren und beim Sprechen, eigentlich immer. Männer können das, Frauen nicht.»

«Und was soll ich jetzt tun?»

«Warten.»

«Warten worauf?»

«Das ist eine weitere Eigenschaft der Frauen; sie lassen die Männer gern im Ungewissen.»

«Das versteh ich nicht.»

«Du wärst auch der Erste, der das verstünde. Siehe, während Frauen ihren Angelegenheiten nachgehen, beobachten sie scharf, wer des Wegs dahergelaufen kommt, und schnappen sich den, der gerade ins Konzept passt. Frauen wollen die Wahl haben. Es könnte noch etwas Besseres kommen. Das ist zwar eine Gemeinheit, aber von der Natur so erwünscht.»

«Ich kann das nicht glauben.»

«Dann bist du verloren. Aber eins will ich dir noch mitgeben.»

«Und was?»

«Frauen sagen gern das Gegenteil dessen, was sie sich erhoffen.»

Ich war nun völlig verwirrt.

«Warum das?»

Gusto kicherte.

«Weil sie Vernunft über Instinkt stellen und dabei ihre eigentlichen Wünsche unterdrücken. Sie fallen gewissermassen auf sich selbst herein.»

Mir brummte der Schädel.

«Wenn Mignon also sagt, sie denke nur an ihre Tanzkunst, wartet sie insgeheim darauf, dass du sie endlich nimmst!»

Auch wenn ich nichts begriff, so war das doch eine gute Nachricht, beschloss ich.

KAPITEL № 27

Der heilige Koitus und die volle Blase

Einmal mehr war es mir im Lehmbad zu langweilig geworden. Ich wollte mich nützlich machen. Zuerst wurde ich zur Gartenarbeit eingeteilt, dann aber half ich Laban, der ein Dach über einen Abschnitt des Tanzplatzes bauen wollte. Ich war zwar kein Zimmermann, aber auch nicht so vergeistigt wie die Naturmenschen, so kletterte ich auf Bäume, um Bretter zu befestigen. Eines fiel mir versehentlich aus der Hand und hätte beinah Totimo erschlagen. Er konnte gerade noch zur Seite springen. Erst da wurde mir bewusst, dass er mir ständig folgte. Mignon bekam ich nicht zu Gesicht. Hielt sie sich absichtlich fern? Ich vermisste sie, wollte mich aber auch nicht aufdrängen.

Eines Abends versammelte Laban alle vor der Casa Anatta. Eine Verkündigung stand an. Im Entenmarsch gingen wir den Pfad empor zur Casa Centrale. Mignon ging vor mir, beachtete mich aber nicht weiter. Das machte mich traurig, aber ich versuchte, es mir nicht anmerken zu lassen. Wir stiegen die Treppe zur Terrasse hinauf. Auf jeder Stufe leuchteten Kerzen. Weihrauch brannte und sorgte für eine sakrale Atmosphäre. Im Gang sah ich eigenartige Zeichen an den Wänden: Kreise, Parabeln, Pyramiden. Es herrschte andächtige Stille, obwohl auch viele Gäste des Sanatoriums anwesend waren, Frauen und Männer: Anarchisten, Anthroposophen, Astrologen, Buddhisten, Freidenker des Grand Orient, Freimaurer, Geheimschüler von Brahmo Samaj und Arya Samaj, Illuminaten, Indologen, Magier, Mitglieder der Hermetischen Bruderschaft von Luxor, Naturreformer, Orientalische Templer, Parapsychologen, Pendelschwinger, Philosophen, Rosenkreuzer, Satanisten, Sexualbolschewisten, Theosophen, Wahrsager, Wünschelrutengänger.

Ich setzte mich in eine Stuhlreihe hinter Mignon. Ich konnte ihr Haar riechen. Sie schaute sich nicht nach mir um, sondern hielt den Blick streng nach vorn gerichtet. Dort stand ein Dirigentenständer, darauf ein geöffnetes Buch.

Henri Oedenkoven, Eigentümer des Monte Verità, wartete, bis alle sassen, dann machte er eine Ankündigung. Ein Mann würde zu uns sprechen, der Grossmeister des Orientalischen Templerordens. Er hiess Theodor Reuss, aber sein Ordensname war Merlin Peregrinus. Er war von weit her gereist, um uns in Geheimnisse einzuweihen. Dieses Ereignis heute Abend sei von grosser Tragweite für die Entwicklung der Menschheit. Ich muss zugeben, jetzt war ich gespannt.

Oedenkoven nahm Platz, die Bühne blieb leer. Der Grossmeister liess uns lange warten, zweifellos mit Absicht. Das steigerte die Spannung. Als er endlich zur Tür hereinkam, war die Erregung so gross, dass die Leute aufsprangen und applaudierten. Dabei hatte er noch kein Wort gesagt. Ich fand das etwas merkwürdig, muss aber zugeben, dass ich mich auch auf seine Rede freute.

Merlin Peregrinus trug einen gezwirbelten Kaiser-Wilhelm-Oberlippenbart. Sein Haar war mit Brillantine streng nach hinten geklebt. Sein Ausdruck hatte etwas Energisches, beinah Fanatisches. Am Frack waren Abzeichen befestigt. Peregrinus baute sich vor uns auf, liess sich viel Zeit, schien uns mit seinem Blick hypnotisieren zu wollen.

«Meine Damen und Herren, Sie wohnen heute einem Ereignis von historischer Bedeutung bei. Ich überbringe Ihnen das Wort Satans, des Gütigen!»

Das überraschte. Ein Raunen ging durch den Saal.

Peregrinus hob die Arme, als wolle er alle umarmen.

«‹Tu, was du willst› soll sein das Ganze des Gesetzes. Mit redlichem Herzen komme her und lausche, denn ich, Satan, habe das Gesetz jedem gegeben, der sich für heilig hält. Ich bin es und kein anderer, der deine ganze Freiheit will und das Aufgehen des vollkommenen Wissens und der Macht in dir.»

Die Leute wussten nicht recht, wie sie darauf reagieren sollten. Einige waren entsetzt, andere von Ehrfurcht erfüllt. Ich fand das lustig.

«Siehe! Das Königreich ist in dir, ebenso wie die Sonne ewig am Himmel steht. Sie geht nicht auf, noch geht sie unter. Lasst mich euch dies Mysterium erklären, wie es mir an verschiedenen Orten bekannt gegeben wurde, auf Bergen und in Wüsten, aber auch in Städten, und dieses sage ich, damit ihr Trost und Mut findet. Und so sei es für euch alle!»

Ich hatte zuvor viel Wasser getrunken, und das merkte ich jetzt. Die Blase drückte.

«Mein Buch ist die Verfassung, die ‹Constitution of the Ancient Order of Oriental Templars, O.T.O., Ordo Templi Orientis›. Über Freiheit will ich euch berichten. Wenn ihr nicht frei seid, so könnt ihr nicht handeln. Unwissenheit ist eine Fessel. Wie soll ein Mensch frei handeln, wenn er seine Bestimmung nicht kennt? Findet heraus, welcher Stern ihr seid. Jeder hat seine Bestimmung, sein Werk zu vollbringen.»

Ich war beeindruckt von der Vorstellung, verstand aber nicht wirklich, was er da sagte.

«Erkennt, dass ihr unzufrieden seid. Denkt nach! Es klafft eine Lücke zwischen eurem Selbst und der Welt da draussen.»

Meine Blase verlangte immer stärker nach Erlösung.

«Die Brücke über dem Graben heisst Liebe. Wenn zwei in Ekstase entflammen und zu einem verschmelzen, dann entsteht Magie. Denn alles, was durch Trennung in Leid geraten ist, will sich einen. In der Vereinigung von entgegengesetzten Elementen entsteht Strahlenpracht. Denn wisset, dass alle Dinge Symbole der einen Wahrheit sind. Im Werk der Liebe gibt es zwei Prinzipien, das des Bemeisterns und das des Nachgebens. Ihr sollt eure Männlichkeit kühn erhalten, um zu tieferen und heiligeren Ekstasen vorzudringen.»

Ich beobachtete, wie Peregrinus immer unverblümter Mignon ansprach. Das gefiel mir gar nicht.

«Liebe dein Leben, ohne Furcht! Mann und Frau können vor Liebe ausser sich sein, ohne dass ein Wort zwischen ihnen gesprochen wird, durch die Induktion ihrer Seelen. Hier und jetzt begründen wir eine neue Weltordnung. Aber seid gewarnt: Wir werden den ganzen Hass der heuchlerischen und gewissenlosen Machthaber auf uns ziehen. Der Orientalische Templerorden ist eine lebendige Kraft. Helft mit! Jeder von euch hat die Möglichkeit, in die Bruderschaft aufgenommen zu werden. Aber gebt acht! Ihr fangt bei null an. Bei Erreichung des sechsten Grades werdet ihr die erste Offenbarung erleben. Beim zwölften Grad erhaltet ihr geheime Erkenntnisse vermittelt.»

Ich musste jetzt dringend pinkeln.

«Meine Damen und Herren, die Labanschule und der O.T.O. geben heute gemeinsam den ersten internationalen Kongress für neue Lebenshaltung bekannt. Wir werden ihn diesen August durchführen. Ich fordere Sie auf, treten Sie unserem Orden bei. In Planung ist ein höheres Ereignis von universaler Erkenntnis.»

Die Menschen hielt es nicht mehr auf den Stühlen. Sie sprangen auf und klatschten und pfiffen und johlten.

Ich nutzte den Moment, um ins Freie zu schleichen und mich hinter einem Baum endlich zu erleichtern.

Die Zuhörerschaft verteilte sich schwatzend auf Terrasse und Wiese. Der Grossmeister wurde umringt, schüttelte Hände, liess sich feiern. Dann steuerte er direkt auf Mignon zu, machte sich gar nicht erst die Mühe, sein Interesse zu verbergen, sondern nahm sie zur Seite unter eine Kastanie. Man sah ihnen nach.

Mignon war es peinlich.

«Laban sagt, du wirst eine grossartige Ischtar sein.»

«Das hoffe ich doch sehr.»

«Das Weihespiel, der ‹Gesang an die sinkende Sonne›, der Fackelreigen – du wirst uns verzaubern.»

Seine Worte, seine Mimik, seine Gestik waren bis zum Platzen mit Charme angefüllt, einem klebrigen Charme allerdings, da er alles, was er sagte, ein wenig überzog.

Er näherte sich ihr unangemessen, wie um festzustellen, wie weit er gehen konnte, oder vielleicht fühlte er sich derart dominant, dass es ihm egal war, wenn er Grenzen überschritt. Mignon spielte mit, blieb aber standhaft, da sie wusste, solange der Jäger sein Wild nicht erlegt, bleibt es interessant.

«Was willst du mit deinem Templerorden?», fragte sie.

Er lächelte.

«Wir müssen die Welt vom Glauben befreien! Was hat die Kirche nicht alles angerichtet mit ihren Lügen, mit der Lüge des

Sündenfalls. Sie hat damit nur bewirkt, dass sich die Menschen ihrer Lust schämen.»

«Man sollte die Pfaffen beissen», lachte sie.

Aber er meinte es ernst.

«Gott ist ein Heuchler. Er ist eifersüchtig, ungerecht und intolerant. Adam und Eva wurden aus dem Paradies vertrieben, und das nur, weil sie sich liebten? Welch ein Abgrund ist diese Religion, die sich eines sogenannten Sündenfalls bedienen muss. Sie ist nur dazu angelegt, die Menschen zu vergiften.»

Mignon spielte mit.

«Worum geht es ihr dann?»

«Es geht um Macht! Die christliche Religion ist ein Instrument, die Menschen zu beherrschen. Das ist ihr Zweck!»

Peregrinus redete sich so in Rage, dass er darüber sein Werben vergass.

«Diese Frömmigkeit muss fort, dieser falsche Seelentrost! Es wird Zeit, den Schutt wegzuräumen, den die Kirchenväter über die Jahrhunderte aufgetürmt haben. Es gibt keine Hinterwelt, die dem hiesigen Leben einen Sinn verleiht. Wir kommen aus dem Dunkel, und wir gehen ins Dunkel zurück.»

Sie legte ihm die Hand auf den Mund.

«So darfst du nicht reden.»

Er entspannte sich.

«Dabei wüssten die Kirchenväter um die Kraft der Leidenschaft. Warum sonst haben sie das Gotteshaus nach den menschlichen Zeugungsorganen gebaut?»

Sie schnappte nach Luft.

«So ist es. Der Kirchturm ist ein Symbol der Männlichkeit, und das Kirchenschiff ist ein Symbol der Weiblichkeit. Sie wissen um die Sprengkraft der Erotik. Entfesselt, ist sie unkontrollierbar. Deshalb haben sie das Märchen vom Sündenfall erfunden; um die Kontrolle über die Menschen zu behalten. Aber jetzt ist der Zeitpunkt gekommen, da wir die Menschheit erlösen müssen. Wir nehmen nicht mehr hin, dass sich jemand seiner heimlichen Wünsche zu schämen braucht.»

«Das nehmen wir nicht hin», bestätigte sie.

«Wir müssen uns auch nicht gegen unseren Körper wehren, gegen die Begierde, gegen den Trieb – gegen das Fleisch. Wir wollen keine Religionsmärchen mehr. Wir wollen eine neue, reine Religion, eine Religion mit neuer Sittlichkeit, neuer Ethik, einem komplett neuen sozialen Gefüge. Die neue Religion basiert auf dem Prinzip der Freiheit. Vorbei ist es mit dem Joch der Unterwerfung und der Keuschheit. Unsere Religion heiligt den Koitus.»

Das war mein Zeichen. Ich trat hinter dem Baum hervor. Mignon zuckte zusammen.

«Christo, was machst du denn hier?»

Beschämt zuckte ich mit den Schultern. Ich konnte ja nicht sagen, was ich hinter dem Baum gemacht hatte.

«Hast du uns belauscht?»

Peregrinus musterte mich argwöhnisch, dann verabschiedete er sich und schritt in die Nacht.

KAPITEL № 28

Coniglio mit Brandspur

Unter einem Gebüsch im Wald legte ich mich auf den Boden und wartete. Es ging nicht lange, da kam sie von der Anhöhe hinabgeweht. Das weite weisse Kleid flatterte am Leib. Die Konturen ihres Körpers zeichneten sich deutlich ab. Im Gegenlicht der untergehenden Sonne war es beinah durchsichtig. Sie sah verführerisch aus. Gusto hatte es gewusst, sie hielt sich alle Möglichkeiten offen. Sie konnte nicht über längere Zeit mit jemandem verbunden sein, bald schien sie sich zu langweilen. Laban war ihr gewiss ein guter Liebhaber gewesen, aber nun fühlte sie sich von Peregrinus' unheimlicher Schönheit angezogen, recht eigentlich von seiner verführerischen Bösartigkeit. Was sie wohl dabei fühlte? Vielleicht nichts, nur dumpfes Rauschen, dunkle Leere. Sie musste wissen, dass sie nicht den richtigen Weg ging, schien darauf einfach keine Lust zu haben; vielleicht war sie auch zu faul dafür. Sie war keine Heilige, sondern wurde vom Sündhaften angezogen, aus Lust am Abenteuer. Sie nahm, was ihr gefiel, vielleicht fehlte es ihr ganz einfach an Disziplin. Ich machte mir keine Illusionen. Ich spielte keine Rolle in ihren Plänen.

Peregrinus wartete am Waldrand, sah zu ihr auf, mit verzücktem Lächeln. Ich hätte ihm den Schnurrbart stutzen sollen. Wie einfach ihm alles von der Hand ging. Er hatte auf dem Monte Verità eine Gesellschaft vorgefunden, die nach jeder Ablenkung dürstete, wenn sie nur magisch genug war. Es brauchte lediglich ein paar Abzeichen, lange Bänder, schwarze

Kutten, aufpeitschendes Getrommel, Weihrauchdämpfe und geheime Missionen – den üblichen Firlefanz, an dem sich Menschen berauschen, um ihrer Langeweile zu entfliehen. Wie erbauend musste die Verehrung für ihn sein, insbesondere die der Frauen. Mignon war nicht die einzige, die er im Wald traf.

Lächelnd schritt sie ihm entgegen, streckte die Hand aus.

Peregrinus verneigte sich, küsste die Hand. Unverfroren musterte er ihren Körper, machte Komplimente. Er war ja so ein Charmeur! Galant führte er sie zum Tisch, der unter einer Edelkastanie stand, und schob ihr den Stuhl unter. Er setzte sich ihr gegenüber.

Ich musste aufpassen, denn mein Versteck lag nahe des Lagerfeuers, das der «Elvezia»-Wirt, Foresta Scaglia, entfacht hatte. Überdies kannte er mich.

Neugierig beobachtete der, was die beiden machten. Derlei höfisches Gebaren war ihm unbekannt.

Peregrinus hatte offensichtlich schnell herausgefunden, wer den besten Coniglio machte. Ein Essen im Freien war romantisch wie auch diskret. Foresta drehte den Hasen über dem Feuer und verfolgte das Gebaren der Herrschaften – genau wie ich.

Friedlich verschwand die Sonne hinter den Bergen, als ein Donnergrollen die Idylle störte. Ich schaute in den Himmel, da war keine Wolke.

Es war Peregrinus. Das Grollen entstand tief in seinem Bauch, stieg die Lungen empor, liess die Stimmbänder vibrieren, schliff den Gaumensegel entlang, drang schwingend aus dem Rachen hervor als modulierter Bariton. Peregrinus sang. Er sang schön. Ausgestreckte Arme, breitbeinig – so stand er vor Mignon und sang.

Mignon sprang auf, warf sich in Pose mit schwungvoller Geste. Sie tanzte, wenn auch ohne erkennbare Verbindung zum Gesang, vollkommen unabhängig vom Rhythmus, ja recht eigentlich gegen ihn. Auch der Grottowirt verfolgte das Schauspiel. Darüber vergass er den Coniglio. Die Brandspur zog sich über den ganzen Rücken des Tiers. Ich hätte ihn gern gewarnt, aber das ging nun wirklich nicht.

«Du bist wundervoll!», flötete Peregrinus.

«Danke, und du ein hervorragender Sänger.»

«Ich habe nie eine bessere Ischtar gesehen. Du machst der babylonischen Liebesgöttin alle Ehre.»

«Das will ich doch hoffen!»

«Schön, dass du hier bist.»

Sie nickte, doch ein Schatten trübte ihre Züge.

«Woran denkst du?»

«Es ist nichts.»

«Du solltest in Bayreuth auftreten. Ich habe Beziehungen.»

Ihre Laune hellte sich auf.

«Das könntest du für mich tun?»

Er nickte.

«O ja! Tu das bitte! Rudolf hält Wagner für veraltet, aber ich nicht.»

«Bayreuth ist der Olymp!»

«Da gehör ich hin!»

«Da gehörst du hin. Deine Bewegungen sind anmutig, sie lösen Sehnsüchte aus. – Ah, da kommt ja der Hase.»

Wie ein Meister in den feinen Mailänder Hotels schwang der Grottowirt das Messer, schnitt erst Löcher in die Luft, löste dann Stücke vom Spiess, richtete sie auf den Tellern an. Dazu gab es Risotto.

In Erwartung eines Lobes baute Foresta sich vor den Herrschaften auf.

«Du übertriffst alle!», sagte Peregrinus.

«Grazie!»

Foresta verneigte sich.

«Doch nicht du, die Dame!»

Peinlich berührt zog Foresta sich zurück.

«Der Hase ist vorzüglich!», rief ihm Peregrinus lachend hinterher.

«Du bist ein Bösewicht», tadelte Mignon.

«Du willst mir doch wohl nicht ins Gewissen reden?»

«Als ob du eines hättest.»

«Ich habe lange kein Fleisch mehr gegessen. Die Salatisten halten es für sündig, aber an Oedenkovens Ideale hält sich eh niemand mehr. Die Reform ist gescheitert, bald bricht der Laden hier zusammen. Mensch bleibt eben Mensch, und dem Coniglio ist es jetzt auch egal.»

«Du lenkst ab. Ich wollte böse auf dich sein.»

«Ich muss dich enttäuschen, dazu bleibt keine Zeit. Wie läufts mit der Aufführung?»

«Darum geht es dir doch gar nicht.»

«O doch!»

«Dir geht es um den Templerorden. Ich bin nur Kulisse.»

«Es geht um die höhere Wahrheit.»

«Natürlich. Was genau hast du also vor?»

«Du hältst mich wohl für einen modernen Cagliostro?»

«Nun sag schon.»

«Also gut. Vielleicht möchtest du deine erotischen Fantasien an mir ausprobieren?»

Mignon staunte, dann begann sie zu lachen.

«Vielleicht bin ich ja schon vergeben.»

Peregrinus schmunzelte.

«Du bist kein Moralist, der von ewiger Treue schwatzt.»

«Du hältst mich für eine Kurtisane?»

«Nicht doch, aber Treue läuft der menschlichen Natur vollkommen zuwider. Sie ist ein lächerliches Gebot, das mit der Leidenschaft nicht vereinbar ist. Nur Dummköpfe glauben an Treue. Die körperliche Liebe darf nicht allein zur Fortpflanzung betrieben werden, das wäre barbarisch. Wir brauchen einen Kult, der Sex zum höchsten Gut erklärt.»

«Bemerkenswert, wie du es angehst, eine Frau zu erobern. Glaubst du, dass es funktioniert?»

«Treue ist eine unnütze Einrichtung. Sie ruft nur böse Triebe hervor wie Eifersucht. Mir tun die Frauen leid, die dazu erzogen sind, sich nur für einen Mann hinzugeben, ihren kahlköpfigen, dickbäuchigen, schweisstriefenden Ehegatten. Die Folge ist, dass die Frau ihre Schönheit verliert und verfault. Treue ist eine feige Angelegenheit, bei der es nur darum geht, die fähigere Konkurrenz zu beseitigen.»

«Wozu genau brauchst du mich also?»

Für das Ritual, dachte Peregrinus, sagte aber nichts.

KAPITEL № 29

Frieden machen heisst den Tod erwarten

Ein paar Abende später versammelten sich die Leute wieder im Gesellschaftsraum. Aber nicht Peregrinus stand im Mittelpunkt. Vorne stand ein Klavier. Fast alle Plätze waren besetzt, doch in der ersten Reihe wurden zwei frei gehalten. Ich sass ganz hinten, um die Leute beobachten zu können. Laban schwebte in den Raum, zog den Schweif seines Turbans nach sich. Er war in Begleitung, ein Neuankömmling, der einen griesgrämigen Eindruck machte. Er hatte eine gebückte Haltung, liess die Arme baumeln, blickte trüb in die Welt. Die beiden waren unzertrennlich, seit er vor Tagen eingetroffen war. Von morgens bis abends diskutierten sie. Ich zog den Kopf ein, aber der ewig laubbekränzte Totimo entdeckte mich doch, flog zu mir hin, drängte sich neben mich. Er lächelte mich an, ich lächelte zurück, er jauchzte auf.

Da trat Mignon in den Raum. Sie trug ein langes weisses Kleid mit Stola. Sie warf Kusshände ins Publikum – es scherte sie nicht, dass das nicht ihr Abend war. Sie setzte sich in die erste Reihe. Peregrinus enterte den Saal wie ein Feldherr, mit stockgeradem Rücken, Ausschau haltend, bis er Mignon entdeckte. Mit einer höflichen Verbeugung begrüsste er sie und setzte sich neben sie.

Ich konnte ihn nicht leiden, nicht nur, weil er sich an Mignon heranmachte. Er hatte eine vitale Ursprünglichkeit, aber auch etwas Unruhiges. Seine Augen sprangen ständig hin und her, als müsse er die Situation kontrollieren. Er war ständig auf der Hut. Er gab sich zwar Mühe, ruhig und überlegen zu wirken, doch etwas an ihm war überreizt, hochfahrend, grob. Die Intensität seiner Art war grotesk. Er sog die Menschen einfach auf. Genie und Krankheit reichten sich die Hand.

Ida Hofmann trat ein, Applaus erklang. Die Kerzen auf dem Klavier verliehen ihr etwas Sakrales. Dabei trug sie ein Bauerngewand. Als Ruhe einkehrte, begann sie mit dem Spiel: Beethoven. Die Musik floss dahin, ich fing an zu träumen. Erst der Applaus riss mich aus meinen Gedanken. Ida verneigte sich gegen alle Seiten hin. Die Leute gingen nach draussen. Auf der Terrasse stand Obstsaft bereit. Man stand zusammen, lobte das Konzert, diskutierte.

Wider Erwarten rief mich Mignon zu sich.

«Das ist mein junger Freund, Christo.»

Peregrinus musterte mich misstrauisch.

«Das ist doch der hinter dem Baum.»

Laban und der Neuankömmling gesellten sich zu uns. Er wurde mir als Hugo Ball vorgestellt. Ball musterte mich feindselig. Laban war guter Laune.

«Das Spiel war hervorragend. Es gibt keinen besseren Zweck im Leben als die Kunst. Sie ist Ausdruck dessen, was wir fühlen, was wir denken, was wir tun, kurzum: wer wir sind.»

Ball wischte die Bemerkung weg.

«Du redest, als ob wir wüssten, wer wir sind. Ich weiss ganz bestimmt nicht, wer ich bin. Weisst du es etwa?»

Ich brauchte eine kurze Weile, bis ich begriff, dass ich gemeint war. Es war ein Test, das war mir klar.

«Ich weiss es nicht. Niemand weiss es. Jeder sieht etwas anderes in mir.»

Ball nickte zufrieden.

«Und du kannst damit leben?»

«Ich muss wohl meinen Frieden damit machen.»

«Frieden machen heisst den Tod erwarten.»

Laban lachte, versuchte die Situation zu entschärfen.

«Wer hat dir bloss diesen Nihilismus eingeimpft, mein Freund? Ich stimme dir allerdings zu, Frieden kann nicht das Ziel des Menschen sein, sondern Freiheit, und für die Freiheit braucht es Kampf.»

Mignon schüttelte den Kopf.

«Rudolf, so kenne ich dich ja gar nicht. Dein Freund tut dir nicht gut. Du bist Künstler und kein Anarchist.»

«Wir Tänzer sind Anarchisten. Indem wir ohne Musik tanzen, wird das Spiel politisch.»

Wieder wandte sich Ball an mich.

«Und was denkst du?»

«Tanz kann gar nicht politisch sein, denn er steht für sich selbst. Politik steht nicht für sich selbst, es gibt immer eine andere Absicht dahinter.»

Ich war selbst erstaunt über meine Worte.

Peregrinus klatschte in die Hände.

«Köstlich, junger Mann, ganz köstlich!»

«Das ist mir zu sorglos», sagte Ball.

«Machen Sie ihm bloss kein schlechtes Gewissen!»

Ich war überrascht, dass ich über Peregrinus' Lob stolz war. Er schien mich zu akzeptieren. Vielleicht machte es ihm auch bloss Freude, diesen überstrapazierten Ball zu reizen.

«Wer jemandem ein schlechtes Gewissen macht, hat meist unlautere Gründe.»

Kurz herrschte Schweigen, dann brach Peregrinus in Gelächter aus.

Balls Gesicht versteinerte, und er beschloss, mich zu hassen. Er schlug die Hacken zusammen, nickte zum Gruss, verschwand in der Dunkelheit.

«Wo hast du diesen Kerl denn her?», fragte Peregrinus.

«Er gehört zur Dada-Gruppe in Zürich», sagte Laban.

«Dann ist es ja gut. Ich dachte schon, es sei etwas Ernstes.»

«Ball ist ein unverbesserlicher Idealist, der mit einem Sinnenmensch nichts anfangen kann.»

«Wieder einer, der vor lauter Sinnsuche nicht merkt, dass er mitten im Leben steht. Der Berg ist voll davon. Dabei geht es bei jeder noch so gross angelegten Ideologie letztlich immer darum, einer schönen Frau zu imponieren.»

Er verneigte sich vor Mignon.

KAPITEL № 30

Ein schamloses Miststück

Die rote Peperoni lag auf dem Küchentisch und strahlte freche Heiterkeit aus. Ihre Flugkünste hatten sie vor dem Salat bewahrt. In der Küche herrschte Ordnung. Die Kupferpfannen hingen nebeneinander an der Wand, die Becher standen im Schrank, das Besteck lag in der Holzschachtel, die Arbeitsflächen waren sauber. Ich mochte es so.

«Die Peperoni ist runzlig. So wird es uns auch gehen – das heisst: wenn alles gut geht.»

Ich drehte mich um.

«Hallo Betty. Ich habe dich nicht erwartet.»

Sie machte einen Schmollmund.

«Ist es dir unangenehm, dass ich hier bin?»

«Warum sollte mir das unangenehm sein?»

«Vielleicht wär es dir lieber, jemand anders wäre hier.»

«Aber nein.»

Die Halborientalin trat lächelnd auf mich zu, streckte eine Hand aus, berührte, streichelte mich.

«Schön, dass wir mal unter uns sind.»

An ihrem Verhalten merkte ich, dass es kein Zufall war, dass sie hier aufkreuzte.

«Ich glaube, du kannst ein echter Kavalier sein. Willst du das sein – ein Kavalier?»

Sie hatte etwas vor, das war ihr anzumerken.

«Frauen mögen Kavaliere. Weisst du das?»

«Ich glaub schon.»

Sie schlang ihre Arme um meinen Hals, drückte sich an mich, sodass ich ihre Brüste spürte, hauchte ihren heissen Atem an meinen Hals, nicht ohne Erfolg; mir wurde schwindelig. Lachend stiess sie sich von mir ab. Ich war verwirrt.

«Findest du mich attraktiv? Du hast mich nackt gesehen.»

«Natürlich.»

«Bin ich die erste Frau, die du nackt gesehen hast?»

«Alle waren nackt.»

«Aber ich war die erste, Mignon die letzte. Ich bin im Vorteil.»

Sie setzte sich auf den Küchentisch, spreizte die Beine. Sie hatte nichts unter ihrem Kleid an. Ich musste mich beherrschen.

«Na komm. Niemand wird es erfahren.»

Ich zögerte, wusste, dass sie mit mir spielte, aber der Reiz war da.

«Du weist mich doch nicht etwa ab?»

Sie sprang vom Tisch, ging giftig lächelnd auf mich zu.

«Vielleicht willst du dich ja lieber an Totimo gütlich tun? Soll ich ihn für dich besorgen?»

Mir war unwohl. Wohin sollte das führen?

«Es ist besser, wenn ich jetzt gehe.»

Betty schüttelte ablehnend den Kopf.

«Ich weiss schon, wen du vermisst, aber dort erwartet dich nicht so viel Hingabe.»

«Lass gut sein, Betty.»

«Oho! Glaubst du tatsächlich, dass du in der Lage bist, mich abzuweisen?»

«Ich bitte dich.»

Vorsichtig bewegte ich mich Richtung Ausgang, befürchtete, gleich würde sie mir die Augen auskratzen.

«Was hat Mignon, das ich nicht habe? Kann sie etwa besser tanzen?»

«Das kann ich nicht beurteilen.»

«Ich bin mindestens so gut wie sie, ich bin sogar viel besser!»

«Gewiss, Betty.»

«Peregrinus macht einen Fehler, wenn er sie zur Ischtar macht. Ich sollte Ischtar sein.»

«Gewiss, Betty.»

«Aber er bevorzugt Mignon, und weisst du auch, warum?»

Jetzt wusste ich, worauf das hinauslief. Ich wollte es nicht hören, aber sie war nicht mehr zu stoppen.

«Weil er diesem Miststück verfallen ist, genau wie du, und sie nutzt es schamlos für sich aus.»

«Das ist Unsinn, Betty!», hörte ich mich sagen und wusste doch, dass sie recht hatte.

«Mignon ist eine erbärmliche Tänzerin, aber sie weiss, wie man Männer um den Finger wickelt.»

Ihre Züge wurden weich, sie warf sich mir wieder um den Hals.

«Diesem Miststück verzeihst du, aber die arme Betty lässt du vertrocknen.»

Ich erwachte aus meinem Delirium und stiess sie erschrocken weg. Ich wollte nicht länger mit mir spielen lassen. Ihr Ausdruck verfinsterte sich, wurde zur Grimasse.

«Weisst du, dass Mignon über dich spottet, dass sie dich verhöhnt?»

Sie wusste, dass sie die Kontrolle über mich verloren hatte, jetzt zeigte sie ihr wahres Gesicht.

«Glaubst du wirklich, dass sie sich mit einem Grünschnabel wie dir begnügt, wenn sie den Grossmeister haben kann?»

KAPITEL № 31

Flametti

Hugo Ball sass auf dem Balkon eines Mietshauses im Hügel von Ascona und blickte ins Abendrot, das sich im Lago Maggiore spiegelte. Seine schlechte Stimmung trug er wie ein Amulett. So viele schafblöde Naturmenschen in Sandalen und römischer Toga, keine Unterhaltung, nur schönes Wetter. Leichtigkeit hing über der Gegend wie ein Leichentuch. Das machte ihn nervös. Er hatte nicht den weiten Weg von Zürich über die Alpen gemacht, um nun dahinzuvegetieren. In seinen Adern pulste Auflehnung. Er wollte leiden, an der Gesellschaft und an sich.

Gut so! Ein Künstler muss das Leiden zur Philosophie erheben, damit er über sich hinauswachsen kann, kämpfen gegen den Materialismus in den Industriestaaten, der zur Staatsreligion geworden ist, gegen Maschinen, gegen Profit, gegen Heuchelei, gegen Krieg. Er konnte hassen, innig. Die Welt war sinnlos. Man musste diesem Chaos den Spiegel vorhalten, mit Unsinn und Versponnenheit, damit Menschen endlich aufwachten, erkannten, was geschah. Aber es machte keinen Sinn. Wer nicht verstehen will, kann nicht verstehen.

Ball erhob sich vom Holzstuhl, dessen Sitzfläche unter den Arkaden des Palazzo Papio mit Strohflechten bespannt worden war, von Alfredo. Den Nostrano bezog er von Foresta, dem Wirt des Grotto Elvezia. Als er ihn vorbeigebracht hatte, trug er einen Coniglio bei sich, für ein Essen auf dem Monte Verità. Da wusste Ball, Vegetarier sind auch Heuchler. Er hatte nichts anderes erwartet. Er schenkte sich ein Glas ein, trank es bis zur

Hälfte aus. Seine Nerven flatterten wie Palmwedel in der «Inverna». Es gelang ihm nicht, sich von seinem Zusammenbruch zu erholen. Er war krank, die Zivilisation war krank. Sogenannter Fortschritt war nur eine Degradierung des Menschen zur Maschine. Das Nützlichkeitsdenken zerstörte alle Spiritualität. Wohin hatte es geführt? In die Schützengräben.

Ich sass bei ihm auf dem Balkon und wusste noch immer nicht, warum er mich hasste. Ich hatte ihm Ziegenmilch gebracht, erkannte aber, dass es sinnlos war.

«Ich mag keine Ziegenmilch.»

«Sie ist aber gesund.»

«Sie macht mich krank. Ich trinke lieber Wein. Trink mit mir.»

«Besser nicht. Schlechte Erfahrungen.»

«Ich bin übrigens nicht wütend auf dich. Es ist einfach so, dass ich diese Tessiner Schrebergartenidylle nicht aushalte.»

«Wo kommen Sie her?»

Ball zögerte, als wäge er ab, ob er sich auf ein Gespräch einlassen sollte, doch er war zu lang allein gewesen.

«Ich bin vor zwei Jahren von Deutschland nach Zürich emigriert. Ich hätte eine glänzende Theaterkarriere machen können, wenn mir der Krieg nicht in die Quere gekommen wäre. Stattdessen spielte ich nächtelang Piano. Was sonst tun, wenn man kein Geld hat?»

«Sie sind Theatermann?»

«Ich bin nur Künstler im Kleinen, landete in einem Cabaret. Wir hatten Schlangenmenschen, Feuerfresser, Drahtseilkünstler, Schwertschlucker, Entfesslungskünstler, alles, was man sich wünschen kann. Aber ich wollte kein Tingeltangel, sondern künstlerische Unterhaltung und geistigen Austausch. Als ich durchs Zürcher Vergnügungsviertel spazierte, fand ich diese kleine Weinstube. Sie schien mir geeignet, hier ein Cabaret zu gründen, das Cabaret Voltaire.»

«Ich mag Zirkus. Ich habe eine Magierin hypnotisiert!»

Ball war plötzlich hellwach. Er hatte einen Instinkt für Absonderlichkeiten. Zum ersten Mal im Tessin liess er sich zu einem Lächeln hinreissen.

«Das gefällt mir. Ich liebe Wilde, Ausgestossene, Opfer der Verhältnisse. Du gehörst zu dieser Sorte, nicht wahr?»

«Ich weiss es nicht. Alle reden hier oben von mystischen Dingen. Aber mir stossen sie zu.»

«Das ist abstrakt! Du solltest bei uns auftreten.»

«Was macht ihr?»

«Wir laden junge Künstler ein, die irgendwas vortragen, Musik oder Gedichte, ganz so, wie ihnen der Geist und das Talent steht. Wir machen Laut- und Klanggedichte, Verse ohne Worte, Satzbau und Wortwahl halten sich an keine Regel. Ob tragisch oder komisch, egal, am besten beides zusammen.»

«Wie hört sich das an?»

Ball warf sich in Pose.

«gadji beri bimba glandridi laula lonni cadori
gadjama gramma berida bimbala glandri galassassa laulitalomini
gadji beri bin blassa glassala laula lonni cadorsu sassala bim
gadjama tuffm i zimzalla binban gligla wowolimai bin beri ban
o katalominai rhinozerossola hopsamen laulitalomini hoooo
gadjama rhinozerossola hopsamen»
bluku terullala blaulala loooo»

Machte Ball sich über mich lustig? Er sah mir meine Verwirrung an.

«Ich liebe die Groteske, übersteigerte Dialoge, aber meine Metaphern versteht niemand.»

«Warum machen Sie es Ihrem Publikum nicht leichter?»

«Man kann die Welt nur retten, wenn man ihr Primitivismus entgegenhält, Ablehnung aller Bequemlichkeiten und Selbstironie, damit man nicht selbst einer Ideologie anheimfällt.»

«Aber sind Sie das nicht bereits? Ich glaube, Sie sind den Naturmenschen ähnlicher, als Ihnen lieb ist. Auch diese sind voller Unmut gegenüber dem Bürgertum und sind dabei ganz und gar intolerant und ideologisch geworden, rechthaberisch, eifersüchtig und auf den eigenen Vorteil bedacht.»

Ball brach in schallendes Gelächter aus, aber er lachte nicht über mich, sondern über sich selbst.

«Christo, du hast den Nagel auf den Kopf getroffen. Wohl bin ich infantil und in der Nähe eines Geisteskranken. Weisst du was? Ich werde aus unserem Gespräch einen Roman machen, der diesen Zwiespalt zum Thema hat. Stoss mit mir an, wenn es nicht anders geht, mit Ziegenmilch.»

KAPITEL № 32

Ein tanzender Tisch und ein gewaltiger Busen

Ich musste unbedingt herausfinden, ob Betty recht hatte. Also schlich ich kurz vor Mitternacht zur Casa Anatta. Es ging nicht lange, da sprang die Tür knarrend auf. Mignon trug ein weisses Nachthemd. Sie rannte plötzlich los, Richtung Parsifalwiese. Ich nahm die Verfolgung auf. In der Dunkelheit befürchtete ich, sie zu verlieren, aber dann leuchtete ihr Nachthemd zwischen den Bäumen stets wieder auf. Ich musste aufpassen, dass sie mich nicht entdeckte, spurtete von Baum zu Baum, so dass ich mich verstecken konnte. Sie blieb jäh stehen, drehte sich um, schien Verdacht geschöpft zu haben. In der Ferne hörte ich das Rufen einer Eule.

«Wer ist da?», rief sie in die Stille.

Ich beschloss, mich zu erkennen zu geben.

«Ich bins!», rief ich und trat hinter einem Baum hervor.

Mignon erschrak, war aber nicht empört, sondern besorgt.

«Was tust du denn hier?»

«Das frage ich dich auch.»

«Du solltest nicht hier sein.»

Sie wirkte nicht wie jemand, der bei einem heimlichen Stelldichein erwischt worden war. Etwas ganz anderes lag in der Luft.

«Das ist kein Ort für dich.»

«Was ist das für ein Ort?»

Erst jetzt sah ich das Rustico im Wald. Die Läden waren

geschlossen, durch die Ritzen fiel aber etwas Licht nach draussen.

«Ach, Christo. Warum tust du mir das an? Jetzt wird es sich nicht vermeiden lassen.»

Ich war ratlos, auch etwas verängstigt, aber ich folgte ihr. Die Neugier war stärker als die Angst. Mignon klopfte dreimal an die Tür, wartete einen Augenblick, dann nochmals. Die Tür ging auf, Licht schnitt in die Dunkelheit.

«Wer da?»

Die Stimme hatte einen ganz und gar merkwürdigen Akzent, und sie musste von einem jungen Mann stammen.

«Ich bins. Und ich bin nicht allein.»

Eine kurze Pause entstand.

«Wer mit dir?»

«Ein Freund.»

«Warum du mitgebracht?»

«Er ist mir gefolgt.»

«Du weisst, das verboten.»

«Ich kann nichts dafür.»

«Du warten.»

Der Junge entfernte sich, kam aber gleich darauf wieder zurück. Er hatte lange schwarze Haare bis zu den Schultern, Mittelscheitel, wuchtige Augenbrauen, eine lange Nase, einen sinnlichen Mund. Er trug eine weisse Toga mit goldenem Band. Er hielt eine Kerze an mein Gesicht, musterte mich.

«Das ist Jiddu Krishnamurti. Du musst keine Angst vor ihm haben», sagte Mignon.

Ich hatte keine Angst, ein anderes starkes Gefühl kam auf. Jiddu Krishnamurti hatte etwas Ehrwürdiges, fast Sakrales an sich. Er gab mir die Hand.

«Ich freuen, deine Bekanntschaft machen.»

«Vor dir steht eine jahrhundertealte Seele», sagte Mignon ehrfürchtig.

«Aber er ist jung», sagte ich und bereute es sofort.

Krishnamurti lachte.

«Körper jung, Seele alt.»

«Was tust du hier?»

«Missionieren. Aber ohne Religion, will keine Jünger, keine Anhänger. Jeder sein Leben selbst entdecken. Wenn jemand folgen, dann nicht Wahrheit folgen.»

Aus dem Rustico erscholl eine volle weibliche Stimme.

«Was ist da los?»

Eine Frau erschien unter der Tür und mit ihr eine dichte Weihrauchwolke. Ich musste niesen.

«Gesundheit.»

«Grazie.»

«Ich bin Annie Besant.»

Mignon küsste ihr die Hand.

«Wer ist das?»

«Christo», sagte Mignon.

«Sieh an, der Panettiere. Es ist nicht die richtige Zeit und nicht der richtige Ort. Aber ich will grossmütig sein. Wen du mitbringst, Mignon, muss von Gutem sein. Der Mensch ist ein Magnet. Gedanken, die er aussendet, ziehen Menschen von gleicher Art an.»

Sie hatte schlohweisse dichte Haare, trug sie streng hinter dem Kopf zusammengebunden. Ihr Gesicht hatte etwas Mütterliches, aber auch Entrücktes. Ihre Augen stachen hell aus dunklen Höhlen. Um ihren Leib hatte sie in mehreren Schichten zwiebelartig ein weisses Tuch geschlungen, das aber vor dem gewaltigen Busen schier kapitulierte. Sie roch etwas seltsam, vielleicht war es nur der Weihrauch.

«Es ist kein Zufall, dass du hier bist. Jede gestreute Saat reift zur rechten Zeit heran und kann geerntet werden. Von welchem Stern stammst du?», fragte sie mit einer Theatralik, die jedem Regisseur Tränen in die Augen getrieben hätte.

«Ich komme aus Ascona.»

«Das ist jetzt. Ich spreche nicht vom Jetzt, sondern von deinem vorirdischen Leben. Das Dasein ist ausserhalb des irdischen Leibes von viel grösserer Dauer als innerhalb. Du hast ein langes vorirdisches Leben gelebt, das sehe ich dir an.»

Ich erinnerte mich nicht.

«Kein Mensch kann aufwärtsstreben, wenn er nicht eine Vorstellung von Wahrheit in sich trägt. Das Wirkliche, das Wahre ist nicht in der Materialität zu finden. Der Mensch lässt sich gern täuschen, weil er nur an das glaubt, was er sieht. Doch hinter jedem kosmischen Körper existiert eine leitende Intelligenz und ein führender Wille.»

Ich nickte.

«Die schrecklichen Dinge, die Menschen tun oder die ihnen widerfahren, entstehen nur, weil sie keine richtige Anschauung haben. Es mangelt an Lebensführung. Alles schwafelt von Wissenschaft. Unfug! Wissenschaft begreift nichts. Sie weigert sich, die Wahrheit zu erkennen. Es gibt Welten, von denen sie keine Ahnung hat. Dabei müsste sie die Lehre von der Umwandelbarkeit der Kräfte eigentlich kennen. Sie weiss, wie man mechanische Kraft in elektrische Energie umwandelt. Und doch will sie nicht anerkennen, dass der Mensch nach demselben Prinzip von einer Ebene des Seins auf eine andere Ebene übergehen kann.»

Mignon fing an zu tanzen. Ich hatte mich noch nicht entschieden, ob ich mich wohlfühlen oder ängstigen sollte. Normal war diese Dame nicht, das stand fest.

«Eine andere Ebene?»

«Es ist ganz einfach. Natürlich braucht es Geduld und Erfahrung. Du musst dich entleeren, alles Wertlose, Trügerische, Argwöhnische entfernen, musst deinen inneren Tempel reinigen, dann strömt Licht in deine Seele.»

Ich versuchte es auf die pragmatische Art.

«Wer sind Sie?»

Sie breitete die Arme aus.

«Ich bin eine Spiritistin. Der Spiritismus ist die Lehre von den Geistern. Ich kann mit ihnen in Kontakt treten.»

«Aha. Mit Geistern.»

«Ich brauche nur ein Instrument dazu – einen Tisch.»

«Einen Tisch?»

Besant nickte wohlwollend.

«Ein Tisch ist beweglich und bequem. Ich kann erwirken, dass ein Tisch nach allen Richtungen springt.»

«Warum sollte er das tun?»

«Weil jede Wirkung eine Ursache hat, eine geistige Ursache.»

«Der Tisch tanzt, weil er sich etwas dabei denkt?»

Annie Besant seufzte.

«Nicht der Tisch, der Geist, der im Tisch ist.»

Mignon tanzte.

«Geister machen sich durch Klopfen bemerkbar. Einmal klopfen heisst ‹ja›, zweimal klopfen heisst ‹nein›.»

Ich staunte.

«Wer ist der Geist im Tisch?»

«Die Seele eines Verstorbenen. Der Geist hat die körperliche Hülle des Menschen verlassen und wandelt nun im Raum. Du musst dir vorstellen, der Mensch besteht aus Körper und Seele – aber nicht nur das, sondern er hat auch eine fluidale Hülle, die alles zusammenhält. Wenn der Körper tot ist, wird die Seele immer noch von der fluidalen Hülle umfasst. Sie ist für uns unsichtbar.»

«Wissen Geister mehr als wir?»

«Nein. Die meisten sind dumm.»

«Oh.»

«Sie sind so dumm wie wir. Es gibt auch beredte und weise Geister, aber die meisten sind niedrig und gemein – wie wir Menschen eben.»

Sie zuckte mit den Schultern.

Annie Besant war eine aussergewöhnliche Gestalt. Als erste Frau studierte sie in London an einer Universität, wurde Mittelpunkt jedes Debattierklubs und Anführerin einer linken Bewegung, die sich nicht vor der Staatsgewalt scheute. 1887 wurde sie berühmt, am sogenannten Blutigen Sonntag. Sie liess ihre Anhänger am Trafalgar Square Wagenbarrikaden errichten, um gegen die regierenden Tories zu demonstrieren, zusammen mit ihrem Freund, dem verarmten Schriftsteller George Bernard Shaw. Der Aufstand wurde von zweitausend berittenen Leibgardisten und Grenadieren niedergeschlagen. Besant verlor diese Auseinandersetzung und auch den Freund, der sie für humorlos hielt und ohne erotische Ausstrahlung. Sie wollte ihr platonisches Zusammenleben durch einen Vertrag besiegeln, aber es kam nicht zur Unterzeichnung, weil Shaw sich aus dem Staub machte. Neuen Lebensmut fasste Annie Besant, als sie auf die Russin Helena Blavatsky traf, die Gründerin der Theosophischen Gesellschaft und Verfasserin einer

Geheimlehre. Diese übersetzte Annie Besant in viele Sprachen. Die Geheimlehre führte sie nach Indien, wo sie in Benares das Central Hindu College gründete und am Strand ihren Messias fand, den theosophisch-hinduistischen Jesus Christus – Jiddu Krishnamurti.

Ich fand mich an einem ovalen Tisch wieder und blickte ins Licht einer Kerze. Weihrauch vernebelte den Raum. Am Tisch sassen Rudolf von Laban, Merlin Peregrinus, Annie Besant, Jiddu Krishnamurti, Mignon, Hugo Ball.

Wir reichten uns die Hände, bildeten eine Kette. Mir war nicht wohl in dieser Runde. Ich hatte keine Ahnung, was vor sich ging. Alle hielten den Kopf gesenkt, blickten nieder, also tat ich das auch. Sichtlich war Annie Besant ein Medium, das Kontakt zu Geistern suchte. Sie atmete schwer, sonst geschah nichts. So verging eine ganze Weile. Mir wurde es langsam langweilig. Den anderen offenbar nicht. Sie kannten das Ritual. Dabei war es offensichtlich, dass die Geister keine Lust hatten, sich zu melden. Doch dann sackte Besants Oberkörper plötzlich vornüber, und ihr Kopf schlug fast auf der Holzplatte auf. Sie stöhnte, drückte meine Hand fest, schnellte wieder auf, drückte den grossen Busen nach vorn, fiel wieder in sich zusammen. Das tat sie noch ein paarmal. Die anderen fanden das faszinierend, mir war es peinlich. Dann spürte ich, wie etwas mein Bein berührte. Was immer es war, es kroch hoch, immer weiter, drückte gegen meinen Schritt. Da war ein Geist unter der Tischplatte! Doch als ich Mignons Blick begegnete, wusste ich es besser. Es war ihr Fuss. Frech zwinkerte sie mir zu.

Da fuhr ein Ruck durch den Tisch. Die Besant hielt mit ihrer Übung inne und verharrte erschrocken. Offensichtlich hatte sie am wenigsten damit gerechnet, dass etwas geschehen würde. Gebannt blickten alle auf den Tisch. Ein Klopfgeräusch ertönte, dunkel und scharf. Merkwürdig war, es kam nicht von unterhalb oder überhalb des Tisches, sondern aus ihm selbst. Als ob jemand aus dem Tisch herauswollte. Furcht griff um sich. Besant war kreidebleich. Laban unterbrach die Kette, doch das Klopfen hielt an. Es gab keine Erklärung. Sogar Peregrinus war beeindruckt. Misstrauisch blickte er in die Runde. Er glaubte nicht an Geister, aber an einen talentierten Konkurrenten. Dann geschah das Unglaubliche, ausgelöst durch ein deutlich wahrnehmbares Krachen. Der Tisch erhob sich wie von Geisterhand einen halben Meter vom Boden.

Alle waren entsetzt.

Krishnamurti wimmerte, Besant stöhnte, Laban keuchte, Peregrinus hielt sich schützend die Hände vors Gesicht.

Der Tisch trotzte jedem physikalischen Gesetz, schwebte frei in der Luft, dann schien er es sich anders zu überlegen und knallte wieder zu Boden, mit solcher Kraft, dass ein Fuss abbrach. Er stand wieder dort, wo er sich zuvor befunden hatte, nur die Tischplatte war etwas schief. Misstrauisch blickte Peregrinus zu mir hinüber. Offensichtlich hielt er mich für den Urheber dieses Ereignisses. Ich hatte das Gefühl, dass er etwas mit mir im Sinn hatte.

KAPITEL № 33

Tremolieren in weiträumigen Läufen

Peregrinus stand in Unterhemd und hängenden Hosenträgern bei einem Baum und blickte in den Spiegel, der in die Astgabel geklemmt war. In der Hand hielt er eine Rasierklinge, liess sie knisternd über die eingeschäumten Wangen gleiten. Dann öffnete er den Mund. Peregrinus, während er sich rasierte, sang. Er liess die Stimme in weiträumigen Läufen tremolieren, liess sie allmählich an- und abschwellen, verzierte den Gesang mit der Fertigkeit des Heldentenors, erst piano, dann forte. In der Koloratur der Stimme spiegelt sich die Erregung des ausser sich geratenen Menschen. Als erfahrener Künstler sang er nicht mit viel, sondern mit wenig Stimme. Dabei ruderte er dezent mit den Armen vor einem imaginären Publikum. Ein Schwarm Vögel stieg von den Bäumen auf.

Rudolf von Laban flog aus dem Dunkel des Walds, in scharlachroten Tüchern und Turban mit Schweif. Da stand er, in der Pose eines griechischen Gotts, nur die herumirrenden Augen zeugten von einem lebenden Organismus. In seinem innern Gefüge suchte er nach dem Quell der Musik und wurde fündig. Was ihm die Sinne betörte, war die Partitur aus Richard Wagners Oper «Parsifal». Parsifal, der nach dem Sinn der Existenz sucht.

Peregrinus sang den Ritter Gurnemanz. Das machte Laban leuchten, und aus der Erstarrung formte sich eine Bewegung. Mit schwungvoller Geste stieg er in die Legende ein, tanzte, wenn auch ohne Verbindung zum Gesang, nicht der Oper verhaftet, in eigener Interpretation, in der Schönheit des Augenblicks. Dieser sang den Gurnemanz, jener tanzte den Parsifal, ein unverhofftes Weihespiel in der morgendlichen Sonne auf der Parsifalwiese. Als die Partitur zu Ende war, verbeugten sich die Männer voreinander.

«Mein Herr, ich verneige mich vor ihrer Kunst», sagte Laban.

«Danke. Vielleicht interessiert es Sie, zu erfahren, dass meine Wenigkeit eine nicht unerhebliche Karriere in der Oper hinter sich hat.»

«Oh! Sie überraschen mich immer wieder aufs Neue.»

«Ich war ein lorbeergeschmückter Bariton in Bayreuth. Der grosse Richard Wagner persönlich entdeckte mein bescheidenes Talent.»

«Die Parsifal-Legende! Welche Wonne! Parsifal wird in abgelegener Waldeinöde geboren, wohin ihn seine Mutter verschleppt hat, da ihr Mann, der König, in der Schlacht im Morgenland gefallen ist und sie nun ihren Sohn vor demselben Schicksal bewahren will. Aber das nützt nichts, denn Parsifal wächst heran und zieht trotzdem in die Welt hinaus, wo er allerlei Schönes und Scheussliches erlebt, aber nicht erwachsen wird. Da trifft er auf den alternden Ritter Gurnemanz, der ihn unter seine Fittiche nimmt.»

Peregrinus hob die Rasierklinge in die Luft wie der Dirigent den Taktstock.

«Und nun willst du also ein Ritter sein, Parsifal! Aber unter dem roten Samtmantel und dem glänzenden Harnisch trägst du noch immer das Torenkleid, und darunter bist du nichts anderes als ein grosser törichter Knabe. Du weisst es nur nicht!»

Laban verneigte sich.

«Langsam und schmerzvoll geht sein Lernprozess voran, und er macht sich auf die Suche nach dem Heiligen Gral, einem Sinnbild der Erkenntnis des eigenen Selbst. Er wird in die Gralsburg eingeladen, aber es fehlt ihm die geistige Reife, und er wird ausgewiesen. Er erlangt sie erst nach weiterem Umherirren in der Welt – erst dann wird er zum neuen Hüter der Gralsburg.»

Peregrinus verneigte sich seinerseits. Laban brauchte nicht zu wissen, dass Wagner ihn lediglich als Ersatz für die erste Besetzung aufgeboten und nie zum Einsatz hatte kommen lassen. Dafür hatte er immerhin eine Aufenthaltsentschädigung von hundertachtzig Mark und eine Reiseentschädigung von fünfunddreissig Mark bekommen, genug für ein paar warme Mahlzeiten. Als er wieder die Klinge für die Rasur ansetzte, sah er mich im Spiegel. Ich stand schon eine ganze Weile hinter ihm.

«Ah! Da ist ja mein Parsifal.»

«Sie haben nach mir rufen lassen?», fragte ich.

Er reichte mir die Hand. Ich zögerte, da er darin die Rasierklinge hielt.

«Schön, dass du gekommen bist. Rudolf war so nett, dieses Treffen zu arrangieren. Wir haben uns ja unter einigermassen speziellen Umständen kennengelernt.»

Ich hatte keine Ahnung, was er von mir wollte, war aber neugierig.

«Es war unhöflich, in Ihren geheimen Zirkel einzudringen, verzeihen Sie bitte.»

Er beugte sich vor, musterte mich eindringlich.

«Guter Freund, nichts ist zu entschuldigen, du hast unsere Runde bereichert.»

Ich ahnte, worauf er anspielte, ging aber nicht in die Falle.

«Ich kann mir nicht erklären, was geschehen ist.»

«Natürlich nicht», lächelte er vergnügt. «Ich frage mich, warum wir an Geister glauben. Das Unfassbare scheint eine magische Anziehung auszuüben.»

«Jeder braucht etwas, woran er glauben kann.»

Peregrinus lachte. Er genoss es, sich an mir zu reiben. Ich war keiner dieser ausgemergelten Naturmenschen, die ihre Geisteskraft an der Aufzucht von Radieschen verschwendeten. Er hatte noch nicht entschieden, ob er mich als Freund oder Gegner betrachten sollte, faltete die Hände hinter dem Rücken, umkreiste mich forschend.

«Und jeder hat Wünsche. Vielleicht lebt er sie nicht aus, vielleicht kennt er sie nicht mal.»

Mir wurde mulmig zumute.

«Wir brauchen das Gefühl der Zugehörigkeit zu einer Gemeinschaft. Zu einer, die sich an der Vorstellung von einer höheren Macht orientiert, die uns vorgibt, wonach wir streben sollen. Daraus schöpfen wir Kraft für unser täglich Werk. Die Religion macht sich dieses Bedürfnis zunutze.»

Jetzt kommt wieder dieses Religionsgeschwurbel, dachte ich, war aber froh, so war ich wenigstens aus der Schusslinie.

«Ich erkenne daran nichts Schlechtes.»

«Dann lass mich verdeutlichen: Die Religion sagt, du kommst ins Paradies, wenn du ihren Kodex lebst. Aber ein Paradies gibt es nicht. Es gibt auch keine Hölle. Es gibt nur den Augenblick, und in jedem Augenblick hast du die Möglichkeit, dein Leben zu leben. Ist er aber vorbei, ist er vorbei. Eine ehrliche Religion kann deshalb nur im Augenblick ansetzen und nicht in der Zukunft und noch weniger in der Vergangenheit.»

«Kann sein. Aber warum bin ich hier?»

Er richtete sich auf, blickte mich eindringlich an.

«Ich möchte, dass du unserer Bruderschaft beitrittst. Deine Fähigkeiten wären hilfreich. Überleg es dir.»

Jetzt begriff ich.

«Ich fürchte, Sie täuschen sich in mir.»

«Das glaube ich nicht. Aber du musst deine Fähigkeiten entwickeln und zum Wohl der Menschheit einsetzen. Ich könnte dir dabei helfen.»

Das klang schon gut. Natürlich hatte ich den Wunsch, etwas zu leisten, Gutes zu tun. Etwas, wonach ich streben konnte, was nicht ist, was aber sein sollte. Wenn ich den Wunsch verinnerlichen und umsetzen würde, wäre ich nicht länger ein Tatenloser, ein von den Umständen Getriebener, sondern könnte wertvolle Dinge vollbringen, die eigene Bestimmung selbst in die Hand nehmen, Einfluss ausüben.

«Was soll ich tun?»

Peregrinus lächelte zufrieden.

«Zunächst trittst du unserem Orden bei. Der O.T.O. ist in einem weltweiten Netzwerk organisiert. Unsere Geheimgesellschaft war noch nie so stark wie heute. Wir werden die herrschende Moral vernichten und verändern die Welt zum Guten, bauen Brücken von der hiesigen in die unsichtbare Welt. Wir unterdrücken nicht, wie die Religion es tut, sondern helfen, Geist und Seele zu entfalten.»

Väterlich legte er mir den Arm über die Schultern.

«Wenn du dich dafür entschliesst, mache ich dich zum Diakon des Ancient Order of Oriental Templars, O.T.O., Ordo Templi Orientis. Ich, als Souveräner Patriarch und Primat der Gnostisch-Katholischen Kirche, Vicarius Solomonis und

Caput Ordinis O.T.O., ich ernenne dich zu meinem Gehilfen.»

Beeindruckt über seine eigene Rede, kratzte Peregrinus sich am Kinn und war überrascht, dass noch überall Schaum war. Er griff zur Klinge, drehte sich dem Spiegel zu und vollendete die Rasur. Mit sich zufrieden sang er den Gurnemanz.

KAPITEL № 34

Weihrauch für die Nase, Trommeln für die Ohren

«Brauchst du keinen Stock? Ich nehm immer einen Stock. Der ist praktisch. Man kann sich beim Gehen darauf stützen. Und man kann dem eins über die Rübe ziehen, wer partout nicht aus dem Weg gehen will.»

Peregrinus stand, majestätisch auf seinen Stock gestützt, vor der Casa Centrale. Sein frisch gefettetes Haar glänzte in der Sonne. Er trug leichte Kleidung für einen Spaziergang. Ich suchte mir auch einen der Stöcke aus, die zum Gebrauch an der Hauswand lehnten. Ein früherer Gast hatte einen ganzen Sommer damit zugebracht, Gehstöcke zu produzieren, was ihn von seinen Neurosen geheilt hatte. Laban war es egal, wenn ich heute fehlte. Es hatte sich herausgestellt, dass ich handwerklich nicht sehr begabt war. Ausserdem übte ich einen schlechten Einfluss auf die Tänzerinnen aus. Wenn ich zusah, provozierte mich Betty und bald auch die anderen. Sie machten sich ein Spiel daraus und lachten, wenn ich aus der Fassung geriet. Ich muss zugeben, dass nackte Frauen Eindruck auf mich machten.

Nur Mignon hielt sich zurück. Laban hatte den Verdacht, sie hätte die Verstauchung nur gemimt, um mit mir allein zu sein. Das hätte mir gut gepasst, leider entsprach es nicht der Wahrheit.

In München hatte sie Jaques-Dalcroze mit ihm betrogen, jetzt war er der Betrogene. Diese Rolle behagte ihm sichtlich weniger gut.

Peregrinus forderte mich auf, und los gings. Nach einigen Tagen hatte ich noch immer nicht begriffen, worum es beim O.T.O. eigentlich ging. Ich vermutete, die anderen auch nicht. Vielleicht war gerade das Sinn und Zweck: dass alles im Dunkeln blieb. So musste Wissen erworben werden. Erst im sechsten Grad durfte ich einige Offenbarungen erwarten und im zwölften schon sehr heikle Erkenntnisse. Wie viele Grade es gab, wusste niemand. Manche sprachen von fünfzehn oder achtunddreissig oder vierundneunzig. Ebenso blieb Mysterium, wer den letzten Grad innehatte. Peregrinus hielt sich bedeckt, wollte nur ein weit fortgeschrittener Adept sein, Abgesandter einer höheren Macht, die entweder in London beheimatet war oder aber direkt im Himmel. Doch machte es irgendwie Spass, und ich war stolz, der Auserwählte zu sein. Schliesslich hatte sich nie jemand um mich gekümmert.

Wir gingen auf dem Sentiero Romano, einem vor Jahrhunderten von den Römern errichteten Weg der Bergkette entlang mit Blick auf den Lago Maggiore.

Munter marschierte Peregrinus vor mir her, schwang den Stock. Er hatte gute Laune. Es war ein prächtiger Sommertag. Wir gingen durch die Kastanien, an einem Wasserfall vorbei, betrachteten den See und die Brissago-Inseln, den Monte Tamaro. Grillen zirpten, Eidechsen huschten über Felsen, ein Specht hämmerte. Wir erreichten Ronco sopra Ascona, ein Labyrinth von Stiegen, Gassen, Durchgängen, zwischen denen wie zum Kirchenfest geschmückt bunte Wäsche zum Trocknen hing.

Schwarze Balkone richteten sich gegen den Lago Maggiore. Kuhställe, Heuschober, die Kirche neben einer Rosskastanie, eine Ruine ohne Dach, aus der ein Feigenbaum ragte. Frauen trugen die Gerla mit Reisig und Ästen. Männer sassen auf Granitsteinbänken. Auf der Terrazza des einzigen Grotto sassen erste Gäste vor ihrem Boccalino. Das Panorama des in einen steilen Abhang gebauten Gebäudes war überwältigend.

Peregrinus liess sich auf eine Steinbank nieder, wischte sich mit einem Tuch den Schweiss von der Stirn. Ich setzte mich ihm gegenüber. Der Wirt kam aus dem Haus, und als er Peregrinus erkannte, verwarf er überschwänglich die Hände. Es war Foresta. Abends wirtete er im «Elvezia», mittags half er hier oben seinem Bruder aus.

«Signor Peregrinus! Magnifico! Das ist ja eine grosse Überraschung! Wie schön, Sie zu sehen!»

Peregrinus nickte anerkennend.

«Grüssen Sie die gnädige Frau von mir!»

Verschwörerisch neigte sich Foresta Peregrinus zu.

«Die Dame tanzt wie ein Engel.»

Peregrinus beobachtete gespannt meine Reaktion. Ich gab mich überrascht.

Mit gespielter Erschrockenheit hielt sich Foresta die Hände vor den Mund.

«Entschuldigen Sie, das ist ja ein Geheimnis.»

Erst jetzt erkannte er mich.

«Christo? Bist du das? Du siehst ja aus wie ein Rübenfresser!»

Peregrinus klopfte auf den Tisch.

«Zwei Boccalini bitte!»

Foresta zuckte zusammen, zog beleidigt ab. Bevor er im Haus verschwand, beugte er sich über die anderen Gäste, flüsterte ihnen etwas zu, worauf sich alle Blicke auf mich richteten. Peregrinus griff in die Jackentasche nach einer Packung Brissago-Zigarillos, zündete einen an.

«Gar nicht schlecht, die Dinger, schmecken nach Honig und Gewürzen.»

Genüsslich rauchte er den Zigarillo, stiess den Rauch aus.

«Sie ist zu hart mit sich selbst. Meinst du nicht auch?»

Ich hätte mich verstellen können, so tun, als wüsste ich nicht, wovon er sprach, hatte aber keine Lust dazu.

«Ich kenne sie nicht so gut wie Sie.»

Peregrinus lächelte in der Art des Herrenmenschen. Er hatte keine Eile, genoss den Augenblick.

«Eifersüchtig?»

Ertappt schüttelte ich den Kopf. Er schien enttäuscht zu sein, hatte auf Gegenwehr gehofft. Foresta kam zurück und stellte zwei Boccalini auf den Tisch.

«Der Coniglio war vorzüglich, die Signora ist voll des Lobes», sagte Peregrinus.

Jetzt war Foresta verwirrt. Was war nun mit dem Geheimnis? Wortlos zog er sich zurück.

Mir war plötzlich nicht mehr so wohl. Was hatte Peregrinus vor?

«Salute!», sagte er.

Wir stiessen an.

«Es ist schön, dass wir mal ungestört reden können. Du hast Talent, das ist mir gleich aufgefallen. Doch Talent nützt nichts, wenn es nicht weiterentwickelt wird.»

Dass unser Spaziergang nicht Selbstzweck war, wusste ich, doch worauf lief das hinaus?

«Alle haben sich gegen dich verschworen, sogar der Pfarrer. Doch Selbstmitleid bringt nichts.»

Ich horchte auf. Woher kannte er Don Mondini? Woher wusste er, dass er mich plagte?

«Du bist mutlos und willst deinen Ängsten entfliehen. Aber das kannst du nicht. Sie begleiten dich, wohin du gehst. Du musst dich deinen Ängsten stellen, sonst graben sie sich in deine Seele ein und behalten dich im Griff.»

Er wusste offenbar, was in Ascona geschehen war. Ich war fassungslos.

«Wut und Ärger rauben dir die Kräfte. Bleib gelassen. Behalt die Fäden in der Hand.»

«Und wie?», hörte ich mich fragen.

«Du musst die Menschen begreifen lernen, ihre Motive, Absichten, Schwächen. Beschuldigungen sind fast immer nur vorgeschobene Gründe. Meist verbirgt sich etwas anderes dahinter. Wenn du die Menschen erkennst, erhältst du Macht über sie.»

«Das ist gewiss nicht meine Absicht.»

«Warum nicht?»

«Ich will nichts Böses.»

Peregrinus lächelte nachsichtig.

«Wenn du stets nach dem Guten strebst, gehst du daran zugrunde. Jemand strebt immer nach der Macht. Niemand kann sich aus dem Spiel heraushalten. Entweder du übst die Macht aus, oder du wirst von ihr beherrscht. Entscheide dich, auf welcher Seite du stehen willst.»

«Was ist denn Ihr Motiv des heutigen Spaziergangs?»

Peregrinus lehnte sich lächelnd zurück.

«Du lernst schnell. Aber das sage ich dir nicht. Enthülle niemals den Zweck deines Handelns. Solange du nicht weisst, was ich vorhabe, kannst du dich nicht auf die Verteidigung vorbereiten. Ich führe dich lieber auf die falsche Fährte. So erkennst du meine wahre Absicht nicht, und wenn doch, ist es zu spät.»

Foresta tuschelte wieder mit den Gästen. Sie blickten ständig zu mir herüber. Vielleicht hatte Peregrinus recht. Ich wollte nicht länger Prügelknabe sein, sondern musste mich zur Wehr setzen. Zu lange hatte ich mich herumstossen lassen.

«Bitte bringen Sie mir alles bei.»

«Nun gut, dann lehre ich dich über die Macht. Aber du musst subtil vorgehen, heimlich, leise, mit scharfem Verstand. Nach aussen strahlst du Ruhe, Anmut, Nonchalance aus. Es kommt nicht darauf an, was du tust, sondern darauf, wie du wirkst.»

Ich hörte aufmerksam zu. Es war mir klar, er war sich seiner Sache sicher.

«Du wirst die Regeln schon noch lernen. Rede nicht viel. Je mehr du redest, desto bedeutungsloser wirkst du. Mach nur Andeutungen, lass den Schluss immer offen, bleib geheimnisvoll. Das verunsichert und schüchtert ein.»

Foresta kam an den Tisch.

«Wünschen die Herren noch etwas?»

«Noch zwei Boccalini, wir haben etwas zu feiern. Und bringen Sie uns eine Platte mit der vorzüglichen Salami und etwas Käse.»

Foresta nickte, blickte mich missbilligend an. Der Wein stieg mir zu Kopf, ich hatte seit dem Unwetter keinen mehr getrunken. Aber er hob auch meine Stimmung. Die Aussicht auf Geheimnisse steigerte noch mein Hochgefühl. Peregrinus blieb mein Gemütswandel nicht verborgen.

«Menschen suchen das Vertraute. Solange du vorhersehbar handelst, nehmen sie dich nicht ernst. Du musst das Blatt wenden; sei unberechenbar! Das verunsichert. So übernimmst du Kontrolle.»

«Aber ich bin so, wie ich bin.»

«Eben nicht! Gestalte deine Identität selbst. Erschaffe dich neu. Sie sollen Angst vor dir haben!»

Mir gefiel das wirklich. Niemand würde mich künftig mehr verspotten. Ich war plötzlich ganz aufgekratzt. Das zweite Boccalino war leer.

«Sogar für das Unwetter geben sie mir die Schuld!»

«Perfekt! Tu so, als wärst du tatsächlich dafür verantwortlich. Das Geheimwissen wird dir natürlich erst mit der Zeit zuteil. Aber mach dich auf den Weg, die Leere mit Sinn zu füllen. Hier musst du ansetzen. Der Schlüssel heisst Fantasie. Damit weckst du Sehnsucht. Alle wollen grosses Theater, das die Sinne kitzelt. Da helfen Weihrauch für die Nase, Trommeln für die Ohren, bunte Kostüme für die Augen. Mach Versprechungen, sei verführerisch. Die Versprechungen können nicht gross genug sein. Bleib aber unklar, dadurch werden eigene Vorstellungen geweckt. Sehnsucht nach der Ferne, nach Erotik. Schon hast du eine Gefolgschaft beieinander. Wie sieht es mit deiner erotischen Erfahrung aus?»

Er las in meinem Blick, nickte mitleidig.

«Das wird sich ändern. Als Diakon bekommst du so viele Frauen, wie du willst. Sie tun alles für dich.»

Wahrscheinlich glänzten meine Augen, denn Peregrinus lachte.

«Du siehst, es wirkt. Du musst ins Herz treffen und noch etwas tiefer.»

KAPITEL № 35

Demian

Ich machte mich zu Gusto Gräser auf, um ihm von den Neuigkeiten zu berichten, aber als ich die Höhle erreichte, war er nicht allein. Ein Fremder sass bei ihm. Er war hager und knochig. Seine blonden, kurz geschorenen Haare deuteten auf einen Nordländer hin. Die Kleider waren weit und ausgetragen. Er führte einen Spazierstock mit sich. In seinem faltigen Gesicht standen schwere Gedanken und Kummer.

«Christo, wie schön, dich zu sehen», sagte Gusto erfreut, «setz dich zu uns. Das ist Hermann Hesse, Wandersmann, Dichter und ein guter Freund. Möchtest du Tee? Nichts geht über Tee. Das ist die einzige Sitte, die ich pflege.»

Hesse sass versunken vor der Höhle und schnitzte an einem Spazierstock. War er der geheimnisvolle Spazierstock-Schnitzer? Er redete mit sich selbst.

«Sitten sind wichtig. Sie sind das Erbe von Generationen. Auch wenn sie zuweilen einfältig wirken, so haben sie doch Tradition.»

Ich nippte am Teebecher.

«Christo kommt aus Ascona. Aber er hat seine Welt verlassen und lebt jetzt auf dem Monte Verità.»

Hesse nahm keine Notiz von mir, sondern konzentrierte sich auf die Schnitzerei.

«Geht es dir gut, mein Freund?», fragte Gusto besorgt.

Hesse liess sich Zeit, suchte nach Worten, nahm einen Schluck Tee. Worte waren ihm wichtig, sein Elixier.

«Ich ringe um meine seelische Wiedergeburt. Ich passe nicht recht in diese Welt. Sie hat mir ihre Abneigung reich erwidert und vergolten.»

Gusto legte die Stirn in Falten.

«Das tut mir leid zu hören.»

Wieder wartete Hesse, bevor er antwortete. Vielleicht ging es ihm um Dramatik.

«Ich gehe durch eine Phase der Depression. Immerhin betrachte ich sie als notwendig, als Vorbote des Durchbruchs, also zerschelle ich nicht daran.»

«Schreibst du?»

«Ich suche noch nach einem geeigneten Thema, es fällt mir keines ein. Ich bin leer – ausgebrannt. Dabei brauche ich die Kreativität. Sie ist mir Ventil, das Linderung verschafft.»

«Kreativität ist ein gutes Heilmittel.»

Hesse rang sich ein Lächeln ab.

«Zu lang bin ich geflohen, aber wo immer ich hinkam, war es dasselbe. Bis ich merkte, dass ich vor mir selbst fliehe.»

«Und nun bist du zurückgekehrt, nach so vielen Jahren.»

«Nachdem ich bei dir versuchte, der Knechtschaft meiner selbst zu entkommen, durch Denken, Warten, Fasten, kehrte ich zurück in mein bürgerliches Leben, um mich an etwas festzumachen. Vergebens. Ich machte Therapien in Kliniken. Nichts nützte.»

«Gut, dass du wieder hier bist.»

«Nun habe ich den Bruch mit Heimat, Familie, Beruf vollzogen und bin ganz in den Dienst des Geistes getreten. Endlich bin ich so weit. Man dringt immer über Umwege in das eigene Selbst vor.»

Gusto erhob sich.

«Schiele nit nach vollen Trogen, neidvernarrtes
Menschelein
hier wo Leid und Freuden wogen,
wags vergnügt zu sein!
Hier ist Hülle und Fülle –
was willst du haben?
Verwende – verwandle!
Fluss ist Genuss – Hab ist Verdruss.»

Hesse lächelte.

«Schön, dass ich dich aufheitern kann.»

«Ach, wir alle leiden an der Welt. Die Gegensätze in uns machen das Leben schwer, aber kein Pol ohne Gegenpol, so ist die Welt nun mal aufgebaut. Wir Künstler müssen leiden können, um unsere Begabung zu finden und zu verwirklichen, und das bedeutet grösste Strapaze und Qual. Darum zelebriere ich mein Leiden, denn ich weiss, dass ich mein Talent nur hochspannen kann, wenn ich die Gegensätze in mir auf die Spitze treibe. Ich zelebriere meine innere Zerrissenheit. Sie ist mir Antrieb, ein Werk zu schaffen, das über allem steht.»

«Es ist nicht gut, wenn man sich ständig auf sich selbst bezieht», sagte Gusto.

Hesse blickte sich in der Höhle um.

«Du hast nichts verändert, alles ist an seinem Platz – wie vor all den Jahren.»

«Ich habe ja nicht viel, und die Felsen lassen sich nun mal nicht verrücken.»

«Und doch scheint mir der Berg verändert. Andere Menschen sind dort, nicht mehr nur Idealisten, sondern absonderliche Gestalten mit Flausen im Kopf.»

Gusto schenkte Tee nach.

«Es hat sich tatsächlich viel verändert. Damalige Ideale haben sich aufgelöst, andere Anschauungen sind an ihre Stelle getreten.»

Hesse blickte Gusto eindringlich an, als prüfe er, ob auch dieser sich verändert habe, war erleichtert, entspannte sich.

«Was geht hier vor sich?»

«Der Monte Verità wird von Mitgliedern einer Loge bevölkert, die sich der Orientalische Templerorden nennt.»

Ich fühlte mich angesprochen.

«Ihr Grossmeister nennt sich Merlin Peregrinus, ein kluger Mann.»

Gusto wunderte sich über meine Bemerkung, suchte in meinem Ausdruck nach der Ursache, wandte sich dann an Hesse.

«Die Freimaurer gingen vor Jahrhunderten aus den Steinmetz-Zünften hervor. Die Meister schlossen sich zusammen, um das Wissen der Baukunst in ihren Reihen zu erhalten. So entstanden die grossen Kirchen in der Welt. Doch im Laufe der Zeit ging es nicht mehr ums Bauen, darum das Wort ‹frei› in der Bezeichnung. Die Ideale der Freimaurer waren, die Menschen moralisch zu vervollkommnen und zu bessern. Sie betrachteten nicht mehr das Bauwerk als Tempel, sondern den Menschen selbst. Um sich zu organisieren, schufen sie eine Hierarchie: den Lehrling, den Gesellen, den Meister.»

«Wer ist dieser Merlin Peregrinus?», fragte Hesse.

Gusto beobachtete mich aus den Augenwinkeln.

«Er ist ein Tyrann.»

Das konnte ich nicht so stehen lassen.

«Er ist ein Wohltäter! Er bringt uns Freiheit, Wissen, Macht.»

Gusto seufzte, blickte mich aus zusammengekniffenen Augen an.

«Ein Tyrann weiss, wie man Menschen manipuliert. Ein Tyrann ist kein Holzklotz, sondern ein ausgezeichneter Kenner der menschlichen Psyche. Er tritt immer als Wohltäter auf, gibt an, Gutes zu tun. Damit schmuggelt er sich in die Herzen der Menschen. Er ist intelligent genug, nicht durch Druck zu bewegen, sondern durch Einsicht und Anreiz. Er belohnt und bestraft, dadurch bekommt er die Gedanken unter Kontrolle. Dich hat er scheints bereits unter Kontrolle, Christo.»

Gusto war völlig intolerant, das machte mich wütend. Trotzig starrte ich ihn an.

«Die Freimaurerei ist eine Religion, welche die Menschen nicht unterdrückt. Das ist Fortschritt!»

Gusto schüttelte den Kopf, was mich wütend machte.

«Die Freimaurerei ist eben keine Religion. Sie hat keinen philosophischen Geist, sie ist eine Gesinnungsgemeinschaft. Nichts ist öffentlich, nicht die Einrichtungen, nicht die Organisation, nicht mal der Inhalt ist bekannt, alles bleibt geheim.»

Hesse kratzte sich am unrasierten Kinn.

«Eine religiöse Weltanschauung versucht, eine höhere Wahrheit zu erlangen, um das Sein zu vervollständigen. Hingegen gibt es tatsächlich eine Geistesverwandtschaft von Religion und Freimaurerei. Alle Gesellschaften, die versuchen, die Idee der Bruderschaft zu bilden und fortzutragen, haben im Grunde dieselbe Wurzel. Es ist der Wunsch, zurückzukehren, von wo wir ausgegangen sind.»

Gusto blickte ins Feuer.

«Die Freimaurer gehen davon aus, dass wer alle Grundsätze

verstehe, auch den Kosmos begreife. Der erste Grundsatz ist, dass alles Lebendige der Veränderung unterworfen ist: Werdung, Umwandlung, Auflösung. Nichts ist von Ewigkeit, das Rad des Lebens dreht unentwegt.»

«Eben!», sagte ich.

Gusto liess sich nicht beeindrucken.

«Der zweite Grundsatz bezieht sich auf die Polarität. Alles existiert als polare Kraft. Der Mensch existiert als Mann oder Frau. Kein Tag ohne Nacht, kein warm ohne kalt. Die Pole bedingen einander, sie müssen zu einem Gleichgewicht geführt werden. In der chinesischen Lehre des Tao kennt man die Gegensatzpaare als Yin und Yang. Die Vielzahl der Dinge in der Welt entstehen durch Verschmelzung der polaren Kräfte, daraus entsteht immer etwas Neues. Doch stehen die Kräfte stets im Kampf miteinander, ihre Balance ist somit labil.»

Mich ärgerte, dass er mich belehren wollte. Ich hatte das Gefühl, er nehme mich nicht ernst.

«Es gibt irreguläre Abspaltungen, der Orientalische Templerorden ist so eine Abspaltung. Er pflegt uralte Riten, Lingam-Yoni, einen Geschlechtskultus. Er verehrt männliche und weibliche Geschlechtsteile als Basis der Religionen aller Kulturvölker. Er glaubt, das Christentum habe die menschlichen Triebe zugeschüttet, und wenn man den Schutt wegräume, erhebe sich daraus der neue Mensch. Die Ordensbrüder verstehen den sexuellen Akt als Yoga-Übung der höheren Art zum Zweck der Transmutation der Reproduktionsenergie. Der Liebesakt unter Kontrolle des Willens ist eine heilige Handlung, eine mystische Hochzeit mit ihrer Gottheit, ein Sichvereinen. Die heilige Messe dient der zeremoniellen symbolischen Darstellung.»

Hatte Peregrinus das gemeint, als er davon sprach, ich bekomme so viele Frauen, wie ich wolle?

«Was hast du mit denen zu schaffen, Christo?», fragte Hesse.

«Peregrinus macht mich zum Diakon.»

Gusto seufzte.

«Was hat er dir bloss zu trinken gegeben?»

«Nostrano.»

«Und nicht zu wenig, wie mir scheint.»

«Es ändert nichts. Ich bin entschlossen, dem O.T.O. beizutreten. Nie mehr soll mich jemand herumstossen. Ich will mein Los selbst bestimmen.»

«Ich will dir nichts ausreden, kann es auch nicht. Aber ich warne dich. Es wird übel ausgehen.»

Ich wurde noch wütender. Warum masste Gusto sich an, über alles und jedes zu urteilen, er, der für nichts die Verantwortung übernahm, nicht mal für Frau und Kind?

Hesse schnitzte weiter an seinem Spazierstock.

«Menschen wollen lieben und geliebt werden. Nur erlaubt es ihnen die Erziehung nicht, dem Wunsch freien Lauf zu lassen. Also sucht sich der Wunsch einen anderen Weg. Es ist wie gestautes Wasser, das mit der Zeit ein neues Bachbett findet.»

«Ich mach das doch nicht wegen des Geschlechtskultus. Ich halte meine Triebe im Zaum.»

«So sieht es aber nicht aus», sagte Gräser. «Die mystische wollüstige Stimmung weckt in dir unerfüllte Sehnsüchte und Gelüste, die nach Erlösung drängen. Peregrinus bringt dich in einen fiebrig angespannten Zustand. Doch wenn du die angeregten Wünsche auskosten möchtest, musst du zunächst einen höheren Ordensgrad erringen. Auf diese Weise macht er dich abhängig. Hast du dir überlegt, warum er gerade dich ausgewählt hat?»

Da sprang Hesse wie von der Biene gestochen auf. Er verschränkte die Hände hinter dem Kopf, legte die Stirn in Falten, blickte in den Himmel. Es war ihm anzusehen, dass er vor Erregung schier platzte. Er vibrierte geradezu.

Ich blickte ihn verdutzt an.

«Meine Herren, ich habe mein Thema gefunden. Dank euch! Ihr sollt mein Thema sein. Der Lehrer und sein Schüler. Ein Entwicklungsroman. Konfrontation mit dem Bösen. Verlassen der vertrauten Welt. Suche nach sich selbst. Polarität. Der Protagonist kann nicht nur in der lichten Welt leben, er hat auch das Böse in sich. Der Weise hilft dem Protagonisten, zu reifen und seinen Platz in der Welt zu finden.»

KAPITEL № 36

Dirigieren zu einer unhörbaren Musik

Vögel flatterten von den Bäumen auf, als ich den Schlägel gegen den Gong schlug. Laban hatte an diesem Morgen das Kommando mir übertragen. Die Tänzerinnen gehorchten, das gefiel mir. Sie machten Übungen, hüpften, kreisten, sprangen. Ich dirigierte statt mit Taktstock mit dem Schlägel zu einer unhörbaren Musik. Zwar hatte ich keine Ahnung, was ich tun sollte, aber das hatte ich ja sonst auch nicht.

«Es kommt nicht darauf an, was du tust, sondern darauf, wie du wirkst.» Ich war ein guter Peregrinus-Schüler und würde ein noch besserer Diakon sein. «Wenn du die Menschen erkennst, erhältst du Macht über sie.» Peregrinus hatte mir eine Perspektive gegeben. Das würde ich ihm nicht vergessen. «Bleib geheimnisvoll, handle unvorhersehbar, sei unberechenbar!» Ich schlug den Schlägel auf den Gong, viel zu früh am Tag. Verwundert hielten die Tänzerinnen inne, aber ich hatte die Autorität. Ich teilte sie in Gruppen ein für Küche, Nähstube, Acker, Dachbau. Sie gehorchten. Ich bin der geborene Führer, dachte ich zufrieden. Mignon schickte ich zur Küchenarbeit. Ich folgte ihr. Mit verschränkten Armen stand ich nun hinter ihr, während sie das Gemüse wusch und rüstete: Radieschen, Fenchel, Pilze, Petersilie, Tomaten, Gurken, Peperoni, Karotten. Frisches, saftiges, buntes Gemüse voller Vitamine.

Dann platzte Mignon der Kragen.

«Hast du das wirklich nötig?»

Sie drehte sich nicht mal zu mir um.

«Du führst dich auf wie ein Gefängniswärter!»

Ich war irritiert, wollte meine neu gewonnene Autorität aber nicht untergraben lassen.

«Du sollst arbeiten, nicht reden!»

Es tat mir sofort leid. Mir war schon klar, wie dumm ich mich verhielt, konnte aber nicht aus meiner Haut. Mignon arbeitete zunächst ruhig weiter am Gemüse, dann drehte sie sich um.

«Der Berg hat dich geholt, dieser gottverdammte Berg!»

«Ich habe eine Mission zu erfüllen», stammelte ich.

«Die Propheten sind immer auf einen Berg geklettert, aber du bist keiner, du hast hier nichts zu suchen!»

Ich wollte mich nicht einfach so abkanzeln lassen.

«Ich würde lieber vom Berg springen, als ihn wieder zu verlassen.»

Mignon schüttelte den Kopf.

«Christo, du hast dich irgendwo verfangen. Natürlich bist du auf der Suche nach deinem Platz in der Welt wie wir alle hier, aber Peregrinus hat dir den Kopf verdreht.»

Sie redete ja genau so wie Gusto! Hatten sie sich etwa abgesprochen?

«Du hast dich ebenso auf Peregrinus eingelassen!»

Ein gequältes Lächeln.

«Eifersüchtig?»

«Liege ich falsch?»

«Aber nicht wegen einer Mission. Nur auf diese Weise kann ich mein Ziel erreichen. Ich sehe wohl deinen Tatendrang, du willst Gutes tun, eine Perspektive haben, aber du bist naiv und deshalb offen für abstruse Anschauungen.»

Das ging mir nun ganz gegen den Strich.

«Ich bringe Ordnung in die Dinge!»

Sie lachte.

«Du solltest dich mal hören. Trotz Schwärmerei für schöne Theorien: Hör bitte nicht auf, du selbst zu sein.»

Jetzt war ich beleidigt. Sie traute mir nichts zu.

«Du hast mit Peregrinus Coniglio gegessen!», sagte ich trotzig und bereute es sofort.

«Du spionierst mir also nach!»

Sie war empört, wandte sich dem Gemüse zu, zerhackte Karotten, als sei ich unter dem Messer.

«Wir alle sind hierhergekommen, um uns von Zwängen zu lösen, und was tust du? Du schaffst neue!»

«Welche denn?»

«Es ist zwecklos. Du begreifst es nicht.»

Ich war ratlos. Warum sprach sie in Rätseln?

«Du willst frei sein, aber Peregrinus macht dich nicht frei. Er macht dich abhängig, und du merkst es nicht einmal.»

Genug der Vorwürfe. Ich wollte nichts mehr hören. Niemand konnte sich in meine Lage versetzen. Vor Kurzem noch ging Gino Wetten ein, dass kein Mädchen mit mir tanzen würde, jetzt durfte ich die Menschheit retten helfen. Warum sah das niemand ein? Warum mischte sich plötzlich jedermann in meine Angelegenheiten?

«Bald erhalte ich Zugang zum geheimen Wissen der Bruderschaft!»

Ich drehte mich um und verliess die Küche.

KAPITEL № 37

Nehme dich, o Jungfrau, rein und unbefleckt

Der Monte della Trinità leuchtete kobaltblau, und der Lago Maggiore glitzerte smaragdgrün. Die Nacht war mild. Die Sterne funkelten lustvoll, und der Mond tauchte das kleine Ascona in silbernes Licht. Die Fischerboote schaukelten gut vertäut am Gestade vor sich hin.

Ich schaute wehmütig von der Wiesenterrasse auf das Dorf hinab. Dann ging ich zur Casa Centrale, stieg die Treppe empor, die Fischblasenmuster im Geländer betrachtend, die Ruhe und Geborgenheit symbolisieren sollten. Ich war alles andere als ruhig. Ich öffnete die Tür, blickte nochmals zurück, ging dann ins Haus hinein. Brennende Kerzen warfen ihr Licht auf die Zeichen an den Wänden; grüne Kreise, Parabeln, Pyramiden, Spitzen. Es kam mir vor wie im Geisterhaus.

Den Gang entlang bis zur letzten Zimmertür. Wie abgemacht, klopfte ich zweimal kurz, einmal lang, hielt das Ohr ans Holz, lauschte. Nichts geschah. Noch einmal klopfte ich: zweimal kurz, einmal lang. Wieder hielt ich das Ohr an die Tür. Jetzt regte sich etwas, Schritte. Knarrend ging die Tür auf. Ich konnte nicht fassen, was sich mir darbot. Vor Schreck sprang ich zurück, knallte an die gegenüberliegende Wand, verharrte, versuchte, mich zu sammeln. Das Wesen mit weisser Fratze hatte wenig Menschliches an sich. Anstatt der Augen sah ich nur dunkle Löcher. Das Kerzenlicht machte einen Totenkopf daraus. Das Ungeheuer legte die Stirn in Falten, Risse entstanden, Farbelemente bröckelten ab. Die Maske drohte auseinanderzufallen.

«Das ist Algenschlamm, hält die Haut straff», lächelte Peregrinus.

Im Zimmer war es düster. Nur drei Kerzen im Kandelaber spendeten Licht. Über der geöffneten Tür des Schranks hing der schwarze Talar der Satanischen. Auf dem Sekretär lagen Einladungskarten zum Congrès Coopératif Anational.

«Setz dich!»

Ich sah zu, wie Peregrinus uns Tee aus einer Porzellankanne einschenkte. Mein Herz pochte.

«Ist es so weit?»

Peregrinus lächelte, wobei wieder Stücke seiner Algenschlamm-Maske abbröckelten, zum Teil in meinen Tee.

«Heute ist die Nacht der Nächte, deine Nacht!»

«Was wird geschehen?»

«Die Menschheit ist an ihr Ende gelangt! Sie ist zerfressen von Bosheit, Heuchelei, Neid, Gier. Dahin hat sie die christliche Kirche gebracht... Die jahrhundertealte Pfaffen-Regentschaft ist in ihrem Kern verfault. Die Menschheit braucht eine neue Zivilisation und einen neuen Glauben. Draussen in Europa tobt Krieg. Alle kämpfen und sterben. Die leutseligen Staatsherren lassen ihre Söhne im Kugelhagel verrecken und versklaven ihre Völker, und wofür? Für Gedankenspiele. Sie ziehen politische Grenzen nach ihrem Geschmack und lassen nach Lust und Laune meucheln. Aber uns hilft es nicht weiter, wir werden versklavt! Diesem Tun muss ein Ende gesetzt werden! Das ist unsere Aufgabe! Wir wollen auf dem Trümmerhaufen der Zivilisation eine neue Welt errichten, eine Welt, die frei von diesem bösen Erbe ist!»

Verängstigt, aber auch beeindruckt, sah ich ihm zu, wie er auf und ab ging, den einen Arm hinter dem Rücken, den andern zur Faust erhoben.

«Staatsherren sind blind gegen Empfindungen von Menschen. Ihnen ist jeder Sinn abhandengekommen. Sie setzen sich über alles hinweg. Eigene Schuld anerkennen sie nicht. Sie sind durchdrungen von Selbstsucht, dem Kern alles menschlichen Leids. Aber wir wollen kein Leben in Lüge und Heuchelei mehr. Anstand, das wollen wir! Jeder Mensch hat einen angeborenen Sinn für Sittlichkeit und einen freien Willen. Doch der geht im Lauf des Lebens verloren, weil so viel Ungerechtigkeit vorherrscht. Deshalb müssen wir den Menschen von Grund auf erneuern. ‹Tu, was du willst› ist das ganze Gesetz!»

Peregrinus griff nach dem Talar, zog ihn sich über, setzte sich einen Spitzhut mit Löchern für die Augen auf den Kopf, der bis zu den Schultern reichte.

Ich weiss nicht, was gruseliger war, sein Algenschlammgesicht oder der Satanistenhut. Er gab mir dieselbe Ausrüstung, und ich zog sie an. Das war mir ganz recht. So konnte mich niemand erkennen.

«Bist du bereit?»

Ich nickte, wusste aber nicht, ob das unter der Verkleidung zu erkennen war.

«Dann soll es sein!»

Peregrinus ging voraus, ich hintendrein. Diesmal führte er keinen Spazierstock mit sich. Trotzdem wirkte er bedrohlich. Wir gingen in den Wald, und je tiefer wir eindrangen, desto unbehaglicher wurde mir. Mir war klar, hier überschritt ich eine Grenze, betrat einen Ort, von dem es kein Zurück gab. Bis dahin war alles nur Geschwätz gewesen, jetzt würden Taten folgen. Doch welche, konnte ich nicht wissen. Mir war bange zumute, gleichzeitig verspürte ich auch eine unerklärliche Kraft. Ich würde die Chance bekommen, endlich meiner kleinen Existenz zu entfliehen und stattdessen Wahrhaftiges, Grosses zu tun. Ich war bereit dazu. Ich würde sie nutzen, egal, was von mir erwartet wurde. Der Gedanke stürzte mich nachgerade in Euphorie. Ich war noch nie so entschlossen, so ohne Zweifel gewesen. Ich fühlte mich unbezwingbar.

Ein Dutzend Satanische in Talar und Spitzhut standen im Halbkreis. Fackeln brannten. Ein Holzkreuz stak in der Erde, aber umgekehrt, mit dem kurzen Schaft nach unten.

Peregrinus trat vor seine Schar, breitete die Arme aus. Eine Litanei wurde angestimmt. Sie konnten mich nicht erkennen, wussten aber irgendwie, dass ich es war, vielleicht trug ich irgendwo ein Merkmal auf dem Tuch mit mir herum. Jedenfalls schloss sich der Halbkreis zu einem Kreis mit mir in der Mitte. Spätestens dann hätte ich Verdacht schöpfen sollen.

«Lieber Neophyt, als Grossmeister des Orientalischen Templerordens grüsse ich dich und reiche dir meine Hand, um dich heute durch die Stationen der Weihe zu geleiten.»

Was hatten sie mit mir vor? Wer steckte hinter den Masken?

«Ich bitte dich um Hingebung und Vertrauen, auf dass sich deine Einführung in den Heiligen Orden in Frieden und in innerer Erleuchtung vollziehe. Zünde die Kerze an!»

Ich hob die Kerze vor dem Kreuz auf, entzündete sie an einer Fackel. Das zog wieder eine Litanei nach sich.

«Sprich mir nach: ‹Segensreiches Licht, du Sinnbild der Erleuchtung, lasse deine Strahlen leuchten in der Dunkelheit und erleuchte meinen Pfad.›»

Ich wiederholte die Worte. Jetzt wusste anhand meiner Stimme auch der Letzte, dass ich es war. Da riss mir Peregrinus die Kapuze vom Kopf. Verängstigt blickte ich in die Runde. Dies hier war kein Zirkus. Jemand näherte sich von hinten, verband mir die Augen mit einem Tuch.

«Bist du bereit für die Prüfung?»

Welche Prüfung denn? Und mit verbundenen Augen? Meine anfängliche Euphorie schmolz wie das Wachs meiner Kerze, das mir auf die Hand tropfte und höllisch schmerzte. Aber ich spürte, dies war nicht der Augenblick für Wehleidigkeit.

«Bist du bereit, dich in den Dienst der Menschheitsidee zu stellen?»

Ich nickte. Was blieb mir denn anderes übrig?

«Dann knie nieder und erhebe deine Hände!»

Ich kniete nieder, was gar nicht so einfach war im Tuch des Talars. Fast riss es mich zur Seite. Irgendwie kam ich ins Gleichgewicht. Die Litanei wurde lauter. Ich war schutzlos und erwartete einen Ritterschlag. Vielleicht nicht einen Ritterschlag, aber doch einen Schlag. Das Wachs versengte mir weiter die Haut.

«Das ist der Weg der Selbstbeherrschung. Heil dem Feuer! Gelobst du, dem Allmächtigen zu gehorchen? Dann sprich mir nach: ‹Ich gelobe und verspreche feierlich vor dem Schöpfer der Welt, die Geheimnisse des Ordens zu wahren und die Gesetze zu achten.›»

Ich setzte an, brabbelte ein paar Worte, meine Stimme war brüchig.

«So nehme ich dich auf, im Namen des allmächtigen Schöpfers aller Welten, Kraft meines Amtes als Grossmeister des Orientalischen Templerordens.»

Wars das? War ich jetzt Mitglied der Bruderschaft? Das kam mir dann doch etwas profan vor. Ich war regelrecht enttäuscht. Ich stand auf. Man nahm meine Hände und drückte mir etwas in die Hand, einen Kelch.

«Trink!»

Ich hob den Kelch an und trank. Das Gebräu war dickflüssig und warm, schmeckte etwas nach Eisen. Blut! Wie eklig. Ich versuchte, den Würgereiz zu unterdrücken.

«Ich begrüsse den neuen Bruder!»

Die Augenbinde wurde mir abgerissen. Vor mir stand eine Kreatur, halb Mensch, halb Tier – eine Mutation aus Ziege, Hund, Esel –, die mir den Kelch abnahm. Ein Bockskopf mit Hörnern. In seinen gelben Augen blitzten schlitzartige Pupillen, die mich musterten.

Schwefelgestank. Litanei. Der Wahnsinn war mit Händen zu greifen. Ich hätte Angst haben sollen, Panik sogar, aber ich blieb gelassen. Das kam mir jetzt zu gestellt vor. Wie am Carnevale von Ascona. Was bezweckten sie mit dieser Aufführung? Sollte ich niederknien? Das hatte ich doch schon getan. Fast wurde mir etwas langweilig.

Da öffnete sich der Kreis, und mein Blick fiel auf einen nebelumhüllten Stein. Im Quadrat um ihn herum standen Kupferkessel am Boden, in welchen Hunderte von Weihrauchstäbchen brannten. Man sah den Stein kaum, der Rauch stieg zum Himmel. Mir ging auf: ein Altar wie in der Kirche Pietro e Paolo.

Auf dem Altar lag eine Frau.

Die Frau war nackt. Es war Mignon! Der Kopf auf einem Kissen, der Körper auf roter Seide mit goldenen Lilien, die Arme am Körper. Zu ihren Seiten am Boden rote Rosen. Einer reichte mir Gong und Schlägel. Ich nahm die Utensilien entgegen, ohne zu wissen, was ich damit machen sollte.

«Begrüsst Satan!»

Bockskopf schritt auf Mignon zu.

«In Nomine Magni Dei Nostri Satanas. Im Namen unseres allmächtigen Gottes Satan. Ich trete an den Altar des Herrn der Hölle!»

Die Satanischen wogten.

«Wir versammeln uns im Namen des Herrn der Hölle!»

«Satan, du veränderst unser Leben. Gib uns deine Kraft. Nimm dieses Opfer an, Satan, das dir dein würdiger Diener anbietet, mein lebendiger und wahrhaftiger Gott.»

Vier Satanische lösten sich aus dem Halbkreis, schritten zu den Kesseln, hoben sie an Ketten hoch, schwenkten sie Richtung Mignon. Sie verschwand noch mehr im Rauch.

«Der Herr der Hölle sei mit euch!»

«Wir sind mit dem Herrn der Hölle!»

Bockskopf zeigte auf mich.

Instinktiv schlug ich den Gong.

«Heil Satan!»

Bockskopf schritt zum Altar, stellte sich zu Mignon.

«Dich, den wir verehren, rufen wir somit an, durch die Kraft der erhobenen Lanze! Ich, Priester und König, nehme dich, o Jungfrau, rein und unbefleckt. Ich erhebe dich; ich setze dich auf den Gipfel der Erde!»

Mignon wachte auf, stöhnte, warf den Kopf hin und her. Bockskopf hob den Kelch über sie, goss ihr das Blut über Hals, Brüste, Bauch, Scham, Schenkel.

«Schlag den Gong!»

Ich schlug den Gong.

Die Litanei wurde lauter. Bockskopf stellte sich vor ihre Füsse, hob die Arme an.

«O Ewige des Himmels! Mich zu lieben ist alles! Für einen Kuss wirst du alles geben. O Wonne! Ich bin die nackte Strahlenpracht des wollüstigen Nachthimmels. Schlag den Gong!»

Ich schlug den Gong.

Was jetzt? Gerade noch hatte Mignon mir ins Gewissen geredet, nun lag sie da. So also sah ihre Loslösung von Zwang und Abhängigkeit aus.

«Ich bin die Flamme, die in jedem Herzen brennt! Ich bin das Leben und der Tod!»

Ich schlug den Gong, bevor Bockskopf einen Befehl an mich richten konnte, vielleicht etwas zu früh, denn die gelben Schlitzaugen funkelten mich böse an. Mir dämmerte langsam, was bevorstand, und ich muss sagen, das gefiel mir gar nicht. In diesem Punkt hatte Mignon wohl recht gehabt; ich war da in etwas hineingerutscht, das mir die Freiheit nicht gab, sondern nahm. Mist, auch Gusto hatte mich gewarnt. Ich war ja ein solcher Narr!

«Lasst uns das Fest der Nacht feiern, das Ritual für das Kind des Propheten. Ein Fest für die Götter! Ein Fest für das Leben und den Tod!»

Bockskopf hob den Talar hoch. Da war sie, die erhobene Lanze. Die Litanei wurde richtig laut. Bockskopf spreizte Mignon die Beine, betrachtete sie innig. Die Transmutation stand unmittelbar bevor.

Ich schlug den Gong wieder und wieder.

Es war meine Art des Protests. Ich war wütend. Stets hatte ich mich zurückgehalten, nachgegeben. Missstand hielt ich aus, aber nur so lange, wie ich selbst betroffen war. Aber jetzt ging es um Mignon. Ich weiss auch nicht, was mit mir geschah; ich tickte völlig aus.

Während Bockskopf sich zum Zweck der Transmutation über Mignon beugte, schritt ich auf ihn zu, hob den Gong über seinen Kopf und schmetterte ihn mit aller Kraft auf ihn nieder. Der Klang war ohrenbetäubend, hallte von den Felsen wider, bis ins Dorf hinab. Die erhobene Lanze schrumpfte augenblicklich auf Raupengrösse. Bockskopf sank zu Boden. Ich griff nach der nackten Mignon, warf sie mir über die Schulter und rannte los. Überrumpelt liessen mich die Satanischen passieren. Bevor ich den Wald erreichte, blickte ich nochmals zurück.

Bockskopf versuchte, sich aufzurichten, besann sich, dann zeigte er auf mich: «O höllische Majestät! Schicke ihn ins Verderben, auf dass er in Ewigkeit unaufhörliche Qualen erleide! Schlage ihn mit deinem Zorn, o Prinz der Finsternis, und zerschmettere ihn, auf dass er das Ausmass deiner Wut zu spüren bekomme! Ihnen nach!»

Ich rückte Mignon auf meiner Schulter zurecht und rannte um mein Leben.

KAPITEL № 38

Satan im Keller

Im goldenen Licht der sinkenden Sonne glitt einsam ein Ruderboot über den Lago Maggiore Richtung Brissago-Inseln. Darin sassen zwei dunkle Gestalten. Bolongaro sass am Ruder, Don Mondini am Bug. Er hielt Ausschau wie ein Indianer, die Hand über den Augen.

Das Boot an einem Ring in der Mauer befestigt, schritten sie alsbald durch den verwunschenen Garten, vorbei an Zimtbaum, Eukalyptusbaum, Ur-Mammutbaum, an Gladiolen, Orchideen, Bougainvilleen, Bananenstauden. Don Mondini schob die Pflanzen zur Seite, um den Palazzo mit den Terrakotta-Panthern vor dem Portal zu sehen. Sie begaben sich zum Tor und klopften an. Nach einer Weile sprang es knarrend auf.

Yogi erschien, mit einem Kandelaber und missmutigem Gesicht. So spät noch Gäste, das hasste er. Das bedeutete Lärm und Ungemach. Ausserdem war schon ein Gast da. Welch ein Durcheinander! Er bemerkte angewidert den Blick des Pfarrers, der an seinem nackten Körper klebte. Es würde schwer werden mit der Meditation diesen Abend.

Ein Feuer knisterte im Kamin. Davor im Sessel sass in sich versunken ein Fremder. Er war Mitte dreissig und hatte ein nordeuropäisches Gesicht. Es war etwas Strenges an ihm. Die Haare waren mit Brillantine an den Kopf geklebt. Er trug Schnurr- und Kinnbart. Auf der Nase klemmte schräg eine Lesebrille, die er abnahm und mit einem Tuch sorgsam putzte.

Zwanzig Minuten vergingen. Niemand redete. Baronin Antonietta St. Léger liess gern auf sich warten, insbesondere Würdenträger. Zwar hielt sie es fast nicht aus, trat in der Küche von einem Fuss auf den anderen, konnte das Gefecht kaum erwarten, lud innerlich die Kanonen. Dann kippte sie ein Glas Grappa in sich hinein, strich die Kleidung glatt, nahm Haltung an und marschierte in den Salon. Don Mondini war schläfrig geworden – das Warten, die Wärme –, jetzt schreckte er auf.

«Sieh da, hoher Besuch! Was verschafft mir die Ehre zu so später Stunde?»

«Vielen Dank für den Einlass, Frau Baronin, und Ihren prompten Empfang.»

Das war natürlich eine Provokation. Das gefiel ihr. Lautes Schnarchen zerschnitt die Stille, Bolongaro war im Sessel eingeschlafen. Don Mondini verpasste ihm eine Kopfnuss, Bolongaro schreckte verstört auf.

«Diese Methode wende ich auch gern an», lächelte die Baronin.

«Zu liebenswürdig. Wir sind gekommen, Ihren Rat einzuholen», sagte Don Mondini eisig.

«Welchen Rat könnte meine Wenigkeit den hohen Herren erteilen?»

«Wir benötigen Ihren Rat», stammelte Bolongaro.

«Das hatten wir bereits», sagte die Baronin.

Don Mondini sandte Bolongaro einen bösen Blick.

«Zur Sache.»

«Ausgezeichnete Idee.»

«Sie sind mit Christo befreundet?»

Daher weht der Wind, dachte die Baronin.

«Was soll das werden? Ein Verhör?»

«Natürlich nicht», beschwichtigte Bolongaro.

Die Baronin ignorierte ihn.

«Warum kommen dann Pfarrer und Bürgermeister und nicht der Capitano?»

«Aber es ist ja kein Verhör!»

Don Mondini verschränkte die Hände.

«Wir wollen ihn nur sprechen. Wissen Sie, wo er ist?»

«Sie haben ihn aus dem Dorf gejagt, warum sollte er mit Ihnen sprechen wollen?»

«Ascona ist seine Heimat», beschwichtigte Bolongaro.

Don Mondini zog die Augen zu Schlitzen zusammen.

«Es handelt sich um eine heikle Angelegenheit.»

«Welche denn?», flötete die Baronin.

«Das ist geheim», flüsterte Bolongaro.

Sie verwarf die Hände.

«Sie sollten erwägen, ins Polizeifach zu wechseln.»

«Ich muss doch sehr bitten, Baronin.»

«Wenn er was ausgefressen hat, dann ist das Sache der Polizia. Oder leben wir wieder in Zeiten der Inquisition?»

«Es geht ums Sonnenfest», erklärte Bolongaro.

«Aha. Wir kommen der Sache näher.»

«Auf dem Monte Verità braut sich etwas zusammen. Man spricht von satanischen Ritualen. Sie üben für ein Sonnenfest. Christo lebt schon einige Zeit dort. Er könnte uns behilflich sein.»

«Als Denunziant?»

«Frau Baronin, wir müssen wissen, was über unseren Köpfen vor sich geht, das sehen Sie doch ein?», meinte Bolongaro.

«Es ist Ihre Pflicht als gläubige Katholikin, uns zu sagen, was Sie wissen», fuhr Don Mondini dazwischen.

Dieser arrogante Rappelkopf, dachte die Baronin.

«Hochwürden, ich kann Ihre Aufregung gut verstehen, wenn ich bedenke, was in Planung ist.»

«Was ist denn in Planung?», fragte Bolongaro.

«Alles soll umgestürzt werden, Ernährung, Siedlungswesen, Gesellschaftsordnung, auch das Christentum.»

«Sie wissen also davon!», stellte Don Mondini fest.

«Ich bitte Sie! Sie doch auch.»

«Da macht Christo mit?», staunte Bolongaro.

Die Baronin lachte auf.

«Wer weiss?»

«Christo ist dem satanischen Orden beigetreten», sagte Don Mondini.

«Der Monte Verità war schon immer ein fruchtbarer Boden für Andersdenkende.»

«Das ist Anarchie!»

Die Baronin machte eine abschlägige Handbewegung.

«Papperlapapp! Ich muss mich nun entschuldigen, meine Herren, ich habe noch zu tun.»

Da rumpelte es im Keller. Don Mondini blickte zur offenen Kellertür.

«Was ist das?»

Die Baronin fasste sich schnell. Natürlich ahnte sie, wer sich da wieder an ihren Puppenköpfen zu schaffen machte.

«Ratten.»

«Keine Ratten, Puppenköpfe!», rief Yogi, dieser Spielverderber.

Don Mondini war verwirrt.

«Puppenköpfe?»

Die Baronin blickte ihn entspannt lächelnd an.

«Es sind Ratten! Wollen Sie nachsehen? Vielleicht wollen Sie sich die Pest holen?»

Don Mondini zuckte unmerklich zusammen, dann fasste er sich, drückte den Rücken durch, hob den Kopf, grüsste mit einem Nicken, dann verliess er mit Bolongaro das Haus.

«Ooomh!», machte Yogi.

Der Fremde in der Stube lächelte. Alles hatte er mitbekommen, alles würde er verwenden, für seinen Roman, an dem er schrieb.

«Yogi, wir sprechen uns noch», sagte die Baronin scharf, während sie den Kandelaber in den Keller hielt.

«Na, komm schon rauf!»

Da zuckte nun die Baronin zusammen, als nicht Christo die Treppe emporstieg, sondern eine junge Frau – Mignon. Misstrauisch musterte sie sie. Gleich hinter ihr kam ich die Treppe empor.

«Ich fürchte, die Puppenköpfe liegen wieder überall über den Boden verteilt.»

KAPITEL № 39

Ulysses

Wir sassen alle ums Feuer, die Baronin, Yogi, Mignon, der Fremde und ich. Die Erzählung über meine kurze Laufbahn als Diakon des Orientalischen Templerordens amüsierte sie. Mir war es recht, sie taugte wenigstens für gute Stimmung, auch wenn die Baronin und Mignon sich argwöhnisch belauerten. Wir lachten über Bockskopf, Don Mondini und Bolongaro.

Jetzt weckte der Fremde mein Interesse. Wenn immer er Mignon ansah, beschlugen seine Brillengläser, und er putzte sie. Sein Name war James Joyce. Er hatte das Geschehen mit dem feinen Gespür des Schriftstellers verfolgt, es in der Erinnerung gespeichert für eine Szene, die er vielleicht schreiben würde. Leider hatte er keine guten Augen. Das war schlimm, ein blinder Schriftsteller ist wie ein tauber Komponist. Mit geputzten Gläsern sah er ein wenig besser. Aber sie beschlugen gleich wieder. Wie war er hierhergeraten?

Dem Rat seines Arztes folgend, war er in den Süden gereist, auf der Suche nach einem Ort zum Überwintern. In Wahrheit war er vor den Zürcher Betreibungsbeamten geflüchtet. Das milde Klima im Tessin behagte ihm. Der Himmel war verzaubert, der See lag verwunschen zwischen den Bergen, sodass er sich eingeredet hatte, hier leben zu können, fernab des gesellschaftlichen Lebens der Grossstädte. Schliesslich benötigte ein Schriftsteller nur einen Schreibtisch. Er fand einen schönen alten Palazzo in Locarno. Im Oktober würde er seine

Familie nachholen. Diesen Luxus konnte er sich zwar nicht leisten: kein Geld, hohe Schulden. Die letzten Ersparnisse hatten die Behandlungen und Kuren verschlungen, die wegen seines Augenleidens notwendig waren, das er sich in Triest zugezogen hatte, wo er mal als Lehrer tätig gewesen war.

Unter dem Tessiner Himmel arbeitete er nun an seinem Roman. Es fehlte ihm jedoch die zündende Idee für die Struktur. Sie wollte ihm nicht einfallen. Er war leer, ohne Inspiration. So hatte ihn die Einladung der Baronin gefreut. Sie versprach Abwechslung. Er wollte den Wandteppich sehen, der in ihrem Palazzo hing, auf dem Odysseus und die Sirenen abgebildet waren. Er hoffte, dass ihn die Besichtigung anregen würde.

Während er in Gedanken am Gestade von Ascona vor sich hin getrottet war, war sein Blick auf die Barke gefallen, die sich von den Brissago-Inseln näherte. Die Frau am Bug trug Strohhut und Sommerkleid. Zwei Männer sassen auf der Mittelplanke an den Rudern.

«Sie müssen Signor Joyce sein!», rief die Baronin.

Er kniff die Augen zusammen. Sie hatte etwas Herrisches an sich. Man sagte, sie habe sieben Ehemänner begraben, ohne eine Träne zu vergiessen. Dass sie so viele Ehemänner abbekommen haben sollte, erschien nicht nur ihm unglaubwürdig. Dass sie keine Träne vergossen hatte, konnte er sich allerdings vorstellen. Als er später erfuhr, dass es lediglich drei Ehemänner gewesen waren, war er enttäuscht.

«Sie sind kein Engländer!»

Er hob den Hut zum Gruss.

«In der Tat.»

«Sie sind Ire.»

«Daran erkennt man die Frau von Welt, dass sie einen Iren von einem Engländer zu unterscheiden vermag.»

«Sie schmeicheln mir, mein Herr. Ich kann nicht sagen, dass mir das missfällt.»

Er küsste ihre Hand.

«Danke für die Einladung. Ich freue mich, Ihren berühmten Wandbehang zu sehen.»

«Etwas Kunst im Haus kann nicht schaden.»

«Odysseus ist mein Lieblingsheld. Er ist die menschlichste unter den grossen Gestalten der Antike und die humanste in der ganzen Weltliteratur. Er zieht die List der Schlacht vor. Er handelt mit Fantasie und Schlauheit und besteht dadurch seine Irrfahrten. Deshalb bin ich besonders neugierig auf die Darstellung.»

«Sie werden enttäuscht sein.»

Die Baronin sollte recht behalten. Joyce war enttäuscht, als er schliesslich vor dem Wandbehang stand. Die Sirenen waren schlecht getroffen, ohne Inspiration. Nur Odysseus war interessant, weil er auf eine unerwartete Art dargestellt war, nicht als Held, sondern schlaff und erlahmt.

«Ich habe Sie gewarnt!»

«Trotzdem gefällt mir das Bild. Normen mag ich nicht. Ich hasse das Berechenbare. Ordnung macht steril. Sie ermüdet mich, und ich verliere den Zauber im Kopf.»

Die Baronin war amüsiert.

«Ah, Sie sind ein Mann des Lasters. Wie sympathisch! Ich hole uns etwas zu trinken.»

Durchs Fenster hatte sie Don Mondini und Bolongaro über die Terrasse kommen sehen und sich in die Küche verzogen, um Kräfte zu sammeln.

Ich legte noch ein Scheit aufs Feuer. Die Wärme schläferte auch mich ein. Die Strapazen der letzten Nacht waren vergessen. Ein Anflug von Glückseligkeit durchflutete mich.

Die Baronin nippte an einem Grappa, schwelgte in Erinnerungen, wandte sich dann an Joyce.

«Auch mir ist die Liebe widerfahren.»

Joyce sah sie überrascht an.

«Das ist mir bekannt.»

«Ich spreche doch nicht von meinen Ehemännern.»

«Natürlich nicht.»

«Kommt alle mit! Ich muss euch etwas zeigen.»

Sie schnellte aus dem Sessel, strich den Rock glatt, griff nach dem Kandelaber.

«Mir nach!»

Die kleine Gesellschaft folgte der Baronin durchs Foyer, die Treppe empor, am schlaffen Odysseus vorbei, zu den Gemächern.

Nur Yogi blieb im Salon zurück.

«Ooommmhhh!»

Vor der letzten Tür blieb sie stehen, kramte aus der Rocktasche einen Schlüssel hervor.

«Hier drinnen halte ich mein Herz verborgen.»

Langsam öffnete sie die Tür. Das Kerzenlicht flackerte. Dann raste aus dem Dunkel ein Gespenst auf uns zu.

Mignon schrie und sprang mich an. Joyce reagierte nicht. Er konnte ja nicht gut sehen. Die Baronin lachte, ihr Körper bebte. Mignons Fingernägel hatten sich in mein Fleisch gegraben, ich löste sie. Das Fenster stand offen. Der Durchzug hatte den grossen weissen Vorhang gebläht, beleuchtet vom Mond.

Die Kammer des Schreckens war beherrscht von einem

grossen Himmelbett. Die Baronin betrachtete es mit wehmütigem Blick.

«Hier habe ich eine schöne Zeit mit einem jungen Griechen verbracht.»

Ich sah mich um, Joyce putzte seine Brillengläser. An den Wänden hingen Fotografien. Ein Bild zeigte einen hübschen Burschen mit schwarzem Bart.

«Ist er das?»

«Das ist er, Tsiko.»

Joyce beugte sich so weit vor, dass seine Nase fast das Glas des Rahmens berührte.

«Er sieht wild aus unter der Gesichtshaut.»

«Er war sogar sehr wild, aber auch einfühlsam, voll Fantasie und Freiheit.»

An der Wand gegenüber stand eine alte Eichenholztruhe. Die Baronin öffnete den Deckel, holte ein Bündel Briefe heraus, das sie an den Busen presste.

«Ich sammelte sie über viele Jahre seines Vagabundenlebens. Wenn er von einer Reise zu mir zurückkam, ass und trank er, als hätte er in den vergangenen Monaten nichts zu sich genommen. Er kam darüber so in Stimmung, dass er seinen weiteren Appetit an mir stillte.»

Eine Träne lief über ihre Wange.

«Männer ...!», sagte Mignon abschätzig.

«Wenn er dann seine Wünsche befriedigt hatte, stand ihm der Sinn nach einem Gespräch. Er sprach nicht viel, eigentlich gar nichts, aber in gewisser Weise eben doch. Ach, er sprach ruhig und schön, erzählte von seinem Dorf und den Olivenhainen, von seinem Bruder oder Cousin, vielleicht war es auch nur ein Bekannter, der kam dann von weit her oder von nah, er konnte sich nie für eine Variante entscheiden. Jedenfalls wurde er immer rührselig, dann sagte er: ‹Die gute alte Zeit, die gute alte Zeit›. Dabei war er erst zweiundzwanzig.»

«Männer …!»

«Ach ja, so war er, mein Tsiko. Einmal, wir waren im Garten, und die Sonne schien, da wollte er mir die Kehle durchschneiden.»

«Männer …!»

«Es war ein Scherz. Er schächtete stattdessen ein Schaf, er hatte schon wieder Hunger.»

Joyce hing an den Worten der Baronin. Es war ihm anzusehen, er war begeistert.

«Darum der Wandteppich! Tsiko war Ihr Odysseus.»

Das war die zündende Idee! Er würde die Odyssee als Grundstruktur für seinen Roman nehmen. Er musste nur die Motive aufgreifen. Ein moderner Zeitgenosse würde die Irrfahrten Odysseus' noch einmal erleben. Die Geschichte würde nicht vor Jahrtausenden spielen, sondern im Jetzt. Und die Irrfahrten des Helden sollten nicht Jahre beanspruchen, sondern nur achtzehn Stunden. Er wollte Rätsel und Anspielungen in die Geschichte packen, dass die Professoren Jahrhunderte brauchten, um herauszufinden, was er damit gemeint hatte. Er würde unsterblich. Weil ich gerade neben ihm stand, packte er mich an den Ohren, zog mich heran, küsste mich auf die Stirn. Seine Brillengläser beschlugen sich.

KAPITEL № 40

Yogi, Übermensch

Yogi schlief im Dachstock, auf einem Kartoffelsack. Sein Körper war steif wie ein Brett. Ächzend streckte er erst den linken Arm aus, dann den rechten, das linke Bein, dann das rechte. Ungelenk stellte er sich auf Knie und Hände, drückte den Rücken durch. Es krachte.

Gemütlich war es nicht, aber das sollte es auch nicht sein.

Von weltlichen Bedingungen hatte Yogi sich längst losgesagt. Er war in Einklang mit sich selbst. Seine Triebe waren überwunden. Man hätte ihn pfählen und braten können. Er hätte es ertragen. Yogi war nicht mehr im Fleische, sondern im Geiste. Er war die höchste Wohlgeratenheit, halb Heiliger, halb Genie. Als wunderbare Seinserhöhung, die er war, liebte er die Vorstellung vom Übermenschen. Ja, wenn er an sich hinuntersah, musste er sich eingestehen – er war vollendet.

«Was ist der Affe für den Mensch? Ein Gelächter oder eine schmerzliche Scham. Und eben das soll der Mensch für den Übermenschen sein: ein Gelächter oder eine schmerzliche Scham.»

Yogi liebte Nietzsche. Der Mensch ist etwas, das überwunden werden soll. Zarathustra hatte ihn ins Reich der Wolken katapultiert, weg von den rohen und niedrigen Massen. Yogi hatte den Drang, über sich selbst hinaus zu gehen.

Ja, er war vollendet. Dass niemand seine Genialität bemerkte, war ihm egal. Niemand ahnte nur ein Stück davon. Es war sein Geheimnis, seins allein.

Ha!

So geschickt versteckt hielt er sein Genie, dass nicht einmal die Baronin etwas davon ahnte. Das waren Yogis Überlegungen, als ihm einfiel, dass die schöne Tänzerin in der Griechenkammer unter dem Dachstock schlief. Das traf sich gut. Die Balken hatten Astlöcher. Er krabbelte zum grössten Loch, hielt ein Auge dicht ans Holz. Da lag sie nackt im Bett. Das Laken bedeckte nur ein Bein. Yogi spürte, dass er doch noch im Fleische war, als draussen jemand seinen Namen rief.

Bette, der Postino. Der kam täglich von Brissago herübergerudert, brachte Briefe und eine Giesskanne Trinkwasser. Aber heute musste Yogi ihm einen wichtigen Brief mitgeben. Er richtete sich auf, da knackste es laut in seinem Rücken, und ein stechenden Schmerz durchfuhr ihn. Er heulte auf. Vielleicht sollte er doch wieder in einem Bett nächtigen.

Mit Nietzsche in der Brust und Hexenschuss im Rücken schleppte er sich zur Falltür der Dachkammer, öffnete sie, kletterte mühsam die steile Holztreppe hinab. Als er das Portal öffnete, strahlte ihm Bette entgegen. Hinter ihm sah er die Baronin, sie kommandierte laustark die Gärtner herum. Bette staunte Yogi an. Er war lang und dürr, stand etwas schief in der Landschaft, trug die Uniform des Grossvaters, den Hut schräg auf dem Kopf. Er glaubte, das mache ihn interessant. Er bückte sich zum Gruss, dabei vergass er die Giesskanne in der Hand. Sie geriet in Schräglage, Wasser ergoss sich genau über Yogi. Gegen weltliche Bedingungen war er gefeit, aber gegen kaltes Wasser nicht. Was Weihwasser dem Teufel, war Kaltwasser dem Übermenschen. Yogi heulte auf und schnellte hoch. Es knackste im Rücken, und er stand wieder gerade.

«Grazie», keuchte er.

«Prego», sagte Bette ratlos.

«Hier ist der Brief.»

Yogi flüsterte Bette ins Ohr.

Der machte grosse Augen, dann richtete er sich auf, grüsste wie ein Soldat, drehte sich um und eilte zum Boot, hielt dabei seinen Hut, damit er nicht vom Kopf herunterfiel. Die Baronin beobachtete, wie Bette nach Brissago ruderte. Ihr kam die Hast seltsam vor.

«Was hast du Bette gesagt?»

Yogi verschränkte die Arme vor der Brust und presste die Lippen zusammen.

«Du konspirierst doch, das seh ich dir an!»

Elf Gärtner zogen in Kolonne an der Baronin vorbei und salutierten. Die Baronin nahm die Parade ab.

«Wenn du Christo verrätst, lasse ich dich pfählen und in der Sonne schmoren, bis deine niedere Gesinnung aus dir hinaustrieft wie schwarzes Spinnenblut!»

KAPITEL № 41

Ein seltsamer Liebesbrief

Ein Postino befördert gewissenhaft Briefe an ihren Bestimmungsort. Aber seine Verantwortung ist weit höher als ein blosses Befördern an sich. Indem er Nachrichten überbringt, beeinflusst er Glück oder Weh des Empfängers, denn ohne Nachricht weiss der ja von nichts. Also wird der Postino selbst Teil der Nachricht.

So dachte Gino. Also musste er darüber Bescheid wissen, was er beförderte. Ausserdem wurde er dafür bezahlt. Einleuchtende Argumente, um Briefe zu öffnen und sie zu lesen, fand er, insbesondere die vom Monte Verità. Die verschickten Botschaften in der ganzen Welt herum, an ihm völlig unbekannte Orte wie Moskau, Berlin, Toronto, Buenos Aires, Rio de Janeiro. Er war einmal bis nach Lugano gekommen, das war ihm weit genug entfernt.

Es gab eine schöne Kastanie auf dem Weg nach Losone, unter die er sich für die Inspektion jeweils setzte. Natürlich durfte er sich nicht erwischen lassen, und Bolongaro würde jegliche Beteiligung leugnen. Dafür bekam er einige Rappen, Risikobonus.

Gino leerte die Posttasche, verteilte die Briefe auf dem Waldboden. Wenn die dreckig wurden, war das eben auf der langen Reise passiert. Eine schön geschwungene Schnurschrift weckte sein Interesse. Er schnupperte an dem Umschlag, hielt ihn gegen das Licht, las: ‹New York, USA›. Ein hässlicher Name, lächelte er, kaum auszusprechen. Er öffnete ihn. Auf dem Blatt war einiges los. Er strich es glatt, legte es sich auf die angezogenen Beine, folgte mit dem Finger Buchstaben um Buchstaben.

«S-i-n-k-e-n-d-e S-o-n-n-e».

Aha! Ein Liebesbrief.

Blöde Art, sich einer Dame schmackhaft zu machen. Warum nicht direkt sagen, was man will?

«D-ä-m-o-n-e-n d-e-r N-a-c-h-t».

Hoppla! Gino war verwirrt.

«P-a-n-t-o-m-i-m-i-s-c-h-e-s T-a-n-z-s-p-i-e-l».

Vielleicht machte er einen Denkfehler. Da waren jede Menge Uhrzeiten. Vielleicht doch kein Liebesbrief. Ein Programm? Da legte sich ein Schatten über Gino, der merkte aber nichts.

«Das ist übrigens mein Brief, den du da liest.»

Gino zuckte zusammen, blickte auf. Da er gegen die Sonne blickte, sah er den Mann nur als Silhouette. Also sprang er auf. Der Mann war gross, trug Anzug und einen weit ausladenden gezwirbelten Schnurrbart. Das Haar klebte ihm am Schädel. Er war keiner dieser Rübenfresser, das stand fest. Er fuchtelte bedrohlich mit dem Spazierstock.

«Ich bin Postino!», protestierte Gino.

«Ist es hier üblich, dass der Postino die Post öffnet?»

«Nicht wirklich, Signor.»

«Warum tust du es dann?»

«Es wurde mir befohlen.»

«Soso. Von wem?»

«Das ist geheim!»

«Verstehst du wenigstens, was drinsteht?»

Gino nickte zögerlich.

Der Mann reichte Gino die Hand.

«Dann hätte ich vielleicht Verwendung für dich. Gestatten, Merlin Peregrinus.»

«Nicht ohne meinen Kollegen Jampa!»

«Zwei kluge Köpfe sind besser als einer.»

KAPITEL № 42

Das zerbrochene Monokel

Ich betrachtete die Gestalt im Salonfenster mit skeptischem Blick. Die Haare des jungen Mannes waren durch eine halbe Dose Brillantine gezähmt. Ein strenger Scheitel sorgte für Ordnung auf seinem Schädel. Er trug ein elegantes schwarzes Jackett, vorn taillenkurz, hinten Schwalbenschwänze. Das spitze Revers war mit glänzendem Seidensatin geschmückt. Darunter trug er ein weisses Frackhemd mit gestärkter Pikeebrust, Stehkragen, weisse Fliege, weisse Weste. Die schwarze Hose hatte an den Seitennähten Seidenbänder.

Der Mann im Fenster, das war ich. Auch wenn der Anzug ausgetragen wirkte, sah ich darin gut aus, besser als in der Toga, beschloss ich. Allerdings war die Bewegungsfreiheit arg eingeschränkt. Gegen jede Bewegung lehnte sich der Frack auf. Mein Schritt war kürzer, die Arme waren nicht anzuheben. Am Rücken spannte das Jackett, schnitt mir in die Achselhöhlen. Am schlimmsten jedoch war der Stehkragen, ich konnte kaum atmen. Es war offensichtlich, dass ich anders gebaut war als der irische Baron Richard Fleming de St. Léger. Ich war weder sonderlich gross noch muskulös, der Baron aber musste ein Zwerg sein. Kein Wunder, hatte sich die Baronin auf Tsiko eingelassen. Aber sie hatte sich von ihrem Vorhaben nicht abbringen lassen.

«Papperlapapp! Etwas Form steht deiner fahrigen Art gut an.»

Ich stand also da, versuchte, vor Atemnot nicht das Bewusstsein zu verlieren, und betrachtete das Eintreffen der Gäste.

Zwei Dutzend kamen mit Barken von Brissago auf die Insel und flanierten jetzt über den knirschenden Kies. Zu den Seiten der Terrasse brannten Fackeln. Weiss gekleidete Diener standen Spalier und verteilten Champagnergläser. Sie trugen weisse Handschuhe, damit man ihre schwarzen Gärtner-Fingernägel nicht sah. Die männlichen Gäste trugen Frack, die Damen waren in glanzvoller Aufmachung und mit Edelsteinen behangen. Im Fenster spiegelte sich jetzt eine rote Gestalt, die weibliche Konturen annahm, je näher sie kam. Ich drehte mich um, vor mir stand Mignon. Der Kragen raubte mir schon den Atem, jetzt blieb er ganz weg. Sie sah umwerfend aus!

Sie trug das Haar hochgesteckt, und an der linken Seite ihres Kopfs war eine Rose befestigt. Eng am Hals anliegend ein dünnes schwarzes Lederband mit einem kleinen Edelstein.

Das knallrote Kleid hatte ein weit ausladendes Dekolleté, das den Brustansatz enthüllte. Um den Saum bis über die Schultern flatterten Rüschen. Um die Taille war das Kleid wespenhaft eng, was die Hüften betonte. Eine solche Erscheinung war mir noch nicht zu Gesicht gekommen.

«Du bist eine Prinzessin!»

Sie lächelte.

«Und du mein Prinz.»

«Du bist so unglaublich schön.»

«So, fass dich wieder. Bist du bereit? Dann auf in den Kampf!»

Sie hakte sich unter und führte mich in den Salon. Gäste standen in Gruppen zusammen, nippten Champagner, diskutierten über den Krieg, die darbende Wirtschaft, das blühende Tessin, die Baronin.

Einmal im Jahr hielt sie Hof. Der Stil ihrer Feste war wie sie selbst – exzentrisch, übersprudelnd, pompös.

Wer eingeladen wurde, durfte etwas auf sich halten.

Die Baronin war eine Art gesellschaftliches Barometer, das angab, wer en vogue war und wer nicht. Niemand scheute den Weg von Zürich, München oder gar Berlin. Nicht einmal der Krieg bewog die Hautevolee, die Einladung zum Sommerfest auszuschlagen. Ansonsten geriet man in die Gerüchteküche. Wer nicht da war, war entweder unwichtig oder pleite oder beides.

Hier standen der Kaufhauskönig, der Ölbaron, dort der Industriemagnat. Man sah Ruggero Leoncavallo, den italienischen Komponisten und grössten Librettisten nach Arrigo Boito. James Joyce war da und die Malerin Marianne von Werefkin, eine Malerin aus Litauen, der Vater General in St. Petersburg, die ernsthaft in Erwägung zog, sich dauerhaft in Ascona niederzulassen. Ehefrauen und Geliebte, schmuckbehängt wie Weihnachtsbäume, tauschten Nettigkeiten aus und hielten sich gleichzeitig in Schach. Champagner floss, edle Speisen wurden aufgetragen, im Hintergrund spielte ein Quartett Bach.

Als Mignon in den Salon trat, kippte die Stimmung.

Leichtigkeit wich knisternder Anspannung. Männer wurden von einer unbestimmten Sehnsucht ergriffen, Frauen von Neid. Wie auf der Piazza, dachte ich.

«Woher kommt diese Frau?», flüsterte der Kaufhauskönig Max Emden der Baronin ins Ohr, während er am Monokel zupfte, damit er Mignon besser sehen konnte.

«Das ist die Eigenart dieser Gegend. Jemand kommt von irgendwo, und jeder birgt sein Geheimnis.»

«Das Geheimnis dieser jungen Frau würde ich allerdings gern kennenlernen.»

«Das ist ja abstrakt!», sagte Marianne von Werefkin, die sich dazugesellt hatte.

«Ah, da ist ja der russische Rembrandt», lächelte die Baronin.

Werefkin war keine Konkurrenz, auch wenn gut gekleidet und perlenbehängt. Aber keine Schönheit, nicht im Mindesten.

«Wann ziehen Sie endlich nach Ascona?»

«Im nächsten Frühjahr.»

«Überlegen Sie es sich gut. Bislang sind alle in dieser Gegend vor lauter Idealismus verarmt.»

«Gilt das auch für Sie?»

Die Baronin hob eine Augenbraue.

«Wie kommen Sie darauf?»

Werefkin lächelte.

«Das kann mir nicht passieren. Mir fehlt Idealismus ganz und gar», sagte Emden.

«Auch Herr Emden will sich hier niederlassen, um genau zu sein, auf meiner Insel. Aber da wird er sich gedulden müssen, bis ich unter der Erde bin.»

«Warten wirs ab, werte Baronin, warten wirs ab!»

Er wandte sich Werefkin zu.

«Sie sind Malerin?»

«Die grösste Expressionistin unserer Zeit», erklärte die Baronin.

«Diese Malerei ist mir fremd. Der Umgang mit Farbe und Form ist mir zu frei. Ich befürworte klare Strukturen.»

«Abstrakt bedeutet geistig durchdrungen. Dagegen können Sie nichts haben, oder doch?», fragte Werefkin.

«Wie kamen Sie dazu, Malerin zu werden?»

«Ich male um des Malens willen. Alle meine Freunde malen, Alexej Jawlensky, Wassily Kandinsky.»

Doch es stand dem Kaufhauskönig ins Gesicht geschrieben, dass er mehr von der Welt der Wühltische verstand als von den schönen Künsten.

Was schöne Frauen betraf, kannte er sich jedoch aus.

Mit einem Seitenblick verfolgte er Mignon. Dass sie mit mir Umgang pflegte, behagte ihm offensichtlich nicht.

«Wo kommt dieser Kasper her? Jacke und Hose sind zu kurz, das Hemd zu eng. Da stimmt nichts zusammen.»

«Keine Beleidigungen bitte! Der Frack gehörte meinem Gatten.»

«Hoho! Dass Sie die Hände im Spiel haben, Baronin, hätte ich mir denken können. Wer ist der Bursche? Ein verarmter russischer Prinz?»

«Ein Bäcker aus Ascona.»

«Hoho! Ein Bäcker! Das ist ja köstlich. Ihre Gästeliste ist exotisch, das muss man sagen. Und was hat er hier zu suchen?»

«Was ein Bäcker eben macht: Er bringt das Brot», log die Baronin.

«Er bringt nicht nur, er holt auch ab, wie man sieht.»

Versteht sich von selbst, dass ich den Alten nicht leiden konnte. Natürlich war er mir die Begleitung neidig, das stand in seinem Blick. Ich hatte alles mitgehört, stand ja nicht weit weg. Das scherte den Mann nicht im Geringsten, er sprach laut. Ich drehte mich um, die Baronin stellte uns vor.

«Ich habe von Ihnen gehört, Christo», sagte Werefkin.

«Umso erstaunlicher, dass Sie mit mir reden.»

Werefkin lachte, ihre Halsketten rasselten.

«Im Dorf sind Sie berühmt, wie mir scheint.»

«Auf diese Ehre würde ich gern verzichten.»

«Ascona ist ein seltsamer Ort. Er verfügt über die Eigentümlichkeit, die dort Lebenden entweder grenzenlos glücklich oder aber grenzenlos unglücklich zu machen.»

Wie wahr, dachte ich. Die Malerin musterte mich eindringlich, als plante sie ein Porträt.

«Mich hat Ascona gelehrt, nichts Menschliches zu verachten, sondern beides gleich zu lieben – das Glück des Schaffens und die Armseligkeit der Existenz.»

«Hoho! Sie sollten Gedichte schreiben. Die würden sich gut verkaufen», sagte Emden, rückte das Monokel zurecht, wandte sich an Mignon.

«Guten Abend, meine Teure, ich freue mich, Ihre Bekanntschaft zu machen.»

Dabei verbeugte er sich so tief, dass seine Nase beinah in ihrem Dekolleté stecken blieb. Mignon liess es geschmeichelt geschehen.

«Hocherfreut!»

«Ihre Schönheit ist überwältigend! Sie sollten für meine Kaufhäuser Modeschauen machen.»

Das machte mich wütend. Der Alte gab ihr nebenbei zu verstehen, dass er reich war. Mich würdigte er keines Blicks. Die Baronin und Werefkin verabschiedeten sich mit einem Lächeln und zogen weiter.

«Und was tun Sie in der Gegend, schöne Dame?»

«Ich bin Tänzerin.»

«Wie entzückend! Eine Tänzerin. Der Tanz ist Ausdruck übersinnlicher Existenz.»

Ich hätte ihn schütteln mögen.

«Der Tanz ist eine Konfitüre», sagte Mignon.

Emden geriet ein wenig aus dem Konzept.

«Äh, pardon?»

«Schön, schmackhaft, aber aufwendig herzustellen.»

Emden hielt sich den Bauch vor Lachen.

«Hoho! Das ist ja köstlich! Aber als Künstlerin stünde Ihnen etwas mehr Ernsthaftigkeit an. Können Sie Beethoven tanzen?»

Mignon neigte den Kopf.

«Beethoven kann man nicht tanzen. Seine Musik ist eine eigene Kunst wie der Tanz. Er besticht nicht durch Melodie, vielmehr durch Rhythmik und Dynamik, durch Sehnsucht und Glut.»

«Wie das aus Ihrem Mund klingt, das macht mich ganz nervös, werte Dame.»

Vielleicht war schütteln zu milde, dachte ich, vom Felsen werfen wäre effektvoller. Jetzt flüsterte er ihr auch noch ins Ohr.

«Ich habe gute Beziehungen zum berühmtesten aller Tanzmeister, auf dem Monte Verità. Vielleicht kann ich ein gutes Wort für Sie einlegen.»

Mignon spielte mit.

«Oh, das würden Sie für mich tun?»

Emden nickte eifrig.

«Aber auf dem Monte Verità gibt es satanische Rituale!», sagte sie verängstigt.

Emden war so von sich überzeugt, dass er die Ironie nicht bemerkte.

«Behalten Sie es für sich: Ich bin Würdenträger des Orientalischen Templerordens. Der organisiert ein grosses Sonnenfest. Ich könnte dafür sorgen, dass Sie dort tanzen.»

«Nicht doch!»

«Ich bin in heikle Erkenntnisse eingeweiht und habe deutliche Offenbarungen.»

«Sie machen mir Angst.»

Emden winkte ab.

«Sie machen mir einen stabilen Eindruck, deshalb kann ich es Ihnen guten Gewissens anvertrauen. Es geht um ein tiefes Mysterium.»

Mir wurde es nun zu bunt, ich legte einen Arm um Mignons Schultern, grinste Emden an. Emden rümpfte die Nase.

«Das ist mein guter Freund Christo. Er ist absolut verschwiegen», sagte Mignon mit Verschwörermiene.

«Der Bäcker?»

«Er hat mir das Leben gerettet!»

«Wie denn? Hat er den Drachen mit einem Baguette erlegt?»

Mignon kicherte.

«Nicht den Drachen, den Grossmeister.»

Emdens honigsüsser Charme war wie weggeleckt. Nervös zupfte er am Monokel.

«Sie kennen den Grossmeister?»

Emden starrte sie misstrauisch an, dann hellte sich seine Miene auf.

«Wie kann ich nur so dumm sein! Sie gehören zur Laban-Tanzfarm. Sie haben mich ganz schön vorgeführt. Oh, Sie sind eine ganz gerissene Zeitgenossin. Sie sind die Ischtar, die babylonische Liebesgöttin, das sind Sie!»

Mignons Lächeln erstarb. Alle Farbe wich aus ihrem Gesicht. Ihr war klar, dass nicht mehr sie, sondern Betty die Ischtar tanzen würde.

Da gab es einen dumpfen Knall. Emden hielt sich starr vor Schreck die Hände vors Gesicht. Für einen Moment sah es aus, als sei sein Gesicht zerbrochen, aber es war nur das Monokel. Das Glas zerbarst in hundert Teile. Kurz blieben die Scherben in der Fassung hängen, dann prasselten sie zu Boden.

KAPITEL № 43

Mit der Leichtigkeit derjenigen ohne Zweifel

Plötzlich war Mignon verschwunden. Hatte Emden sie geschnappt? War sie freiwillig mit ihm mitgegangen? Aber nein, da stand Emden, mit Leoncavallo ins Gespräch vertieft. Wo war sie hin? Ich eilte durchs Haus, suchte sie, wobei mich die engen Kleider zwickten. In der Bibliothek war es ruhiger, obwohl der Festlärm bis hierherdrang. Die vielen Bücher schluckten den Schall. Sie standen in Gestellen an drei Wänden, an der vierten hing ein Bild von Marianne von Werefkin, der Malerin, die ich vorhin kennengelernt hatte.

Es berührte mich.

«Le Chiffonier». Ein schwarz gekleideter, dürrer Lumpensammler mit Zylinder, die Kiepe auf dem Rücken, vor kobaltblauen verfremdeten Bergen, smaragdgrünem See, ockerfarbenen Wolken. In einiger Entfernung am Wasser eine winzige, gebückte Wäscherin, auf ihre mühselige Arbeit konzentriert. Die Szenerie war düster und leuchtete zugleich. Die Figuren erinnerten mich an Don Mondini und die Boresco.

Im Teezimmer standen Barockmöbel; Sofa, Sessel, Tisch, Kommode, darauf eine reich verzierte chinesische Porzellanvase. Das Gemälde darüber zeigte einen Mann an der Handkurbel eines Kranauslegers. Gebeugte Arbeiterkreaturen verschwanden im Schlund des Tors der Fabrik mit schwarz rauchendem Schlot. Über den Bergen erstes Morgenlicht zwischen Rosé und Zartviolett.

«La Peine». Es liess mich an den Padrone denken.

Im Arbeitszimmer stand ein Sekretär, mit Briefen und Schreibutensilien übersät. Darüber ein Gemälde.

«Feux sacrés». Ein schwarzer Berg im Zentrum. Am Gipfel drei rote Leuchtfeuer der Hoffnung. Über den roten und ockerfarbenen Bergen tat sich der Himmel auf, ein Zyklon aus Eisblau, mit glitzernden Sternen. Am unteren rechten Bildrand ein Haus. Eine Frau lugte aus der Tür. Sie erwartete jemanden. Eine rote Laterne wies den Weg. Links zwei von weissen Tüchern verhüllte geisterhafte Wesen, die nicht auf die Leuchtfeuer der Hoffnung schauten.

Ich dachte an Mignon. Ich sah in den Bildern meine eigene Welt widergespiegelt. Ist das das Siegel grosser Kunst? Dass man durch sie sich selbst näherkommt?

Marianne von Werefkin war grossartig. Ich musste diese Frau kennenlernen, ihre Gedanken, ihre Empfindungen. Ich spürte, dass ich viel von ihr lernen konnte. Aber wo war Mignon? Die Tür zur Terrasse stand weit offen. Der Vorhang wehte im Wind. Hatte man uns verraten? Hatten die Satanischen uns entdeckt? Waren sie gekommen, Mignon zu holen? «Schlage ihn mit deinem Zorn, o Prinz der Finsternis, und zerschmettere ihn, auf dass er das Ausmass deiner Wut zu spüren bekomme!»

Ich bekam es mit der Angst zu tun. Vorsichtig ging ich nach draussen in die Dunkelheit. Der Lärm drinnen war so laut, man würde mich nicht schreien hören. Ich war auf mich allein gestellt. Kies knirschte unter meinen Füssen. Ich begann zu rennen, in den verwunschenen Garten, atmete schwer. Hinter dem Eukalyptusbaum wucherte der aus aller Welt eingeführte Dschungel. Ich rannte immer schneller. Nur einem gewogenen Waldgeist war es zu verdanken, dass ich nicht in einen sturen Baum knallte.

Ich hörte die Litanei! Ich roch Weihrauch! Dann fand ich das rote Kleid. Es lag auf dem Boden. Ich hob es auf, roch Mignons Parfum. Emden war Mitglied des Ordens, fiel mir ein. Sie waren sicherlich mit den Booten gekommen. Mich traf der Schlag. Ich sank zu Boden, sah den Bockskopf. Aber es war nicht der Bockskopf.

Mignon stand über mir, breitbeinig, die Hände in die Hüften gestemmt.

«Hab ich dich erschreckt?»

Nur in Büstenhalter und Höschen stand sie vor mir. Nicht lange. Sie setzte sich auf mich, knöpfte meine Kleider auf.

«Es ist heiss, nicht wahr?»

Ich begriff noch immer nicht.

«Verstecken spielen kannst du nicht, du Pfeife. Dein weisses Hemd leuchtet von Weitem. Und nun raus aus den Klamotten!»

«Ich hatte Angst um dich.»

«Das war auch die Idee.»

«Mit so was spielt man nicht.»

«Mach dir nicht in die Hose, wenn du schon mal eine anhast.»

Wir lachten.

«Emden wird uns verraten.»

«Selber schuld, hast ihm das Monokel gesprengt. Wie bist du nur in diese Kleider reingekommen, ich brauch ja ein Brecheisen.»

«Was machst du da?»

«Ich spiele.»

«Warum?»

«Ich mach dich von mir abhängig.»

«Wozu?»

«Weil du dann nicht mehr von mir loskommst.»

«Das will ich gar nicht.»

«Ich geh auf Nummer sicher. Frauen sind Schlangen. Merk dir das, dann erlebst du keine Enttäuschungen.»

«Das glaube ich nicht.»

«Dann bist du verloren.»

«Ich bin gern verloren.»

«Dann werde ich dich jetzt leiden lassen.»

Sie beugte sich über mich, küsste mich, legte die Hand an mein Geschlecht, mir wurde anders. Unversehens sprang sie auf, lachte, rannte los. Ich nahm die Verfolgung auf, rannte in Unterhosen durch den Dschungel. Wenigstens leuchtete ich nicht mehr. Mignon war Tänzerin, sie konnte sich lautlos bewegen. Ich versteckte mich hinter Bäumen, lauschte, stürzte voran. Ich sah sie nicht. Ich schaute sogar die Bäume empor, aber Mignon war nicht Gusto. Ich erwartete, dass sie mich jeden Moment von irgendwo anspringen würde. Eine Mischung aus Erregung und Angst erfasste mich. Diese Schlange! Ich rannte zum Ufer. Da war sie!

«Komm rein! Das Wasser ist wunderbar!»

Ich stieg über die Steine ins Wasser, schwamm zu ihr hinaus. Das Mondlicht erweckte das Wasser, das Wasser verlieh dem Licht seinen Sinn. Es gab keine scharfen Konturen mehr, keine Sorgen noch Furcht, keine Vergangenheit noch Zukunft, alles floss ineinander, wurde eins. Aus Mondlicht und Wasser entstand eine sich selbst erneuernde Wirklichkeit. In der Trunkenheit des Augenblicks liebten wir uns mit der Leichtigkeit derjenigen ohne Zweifel.

KAPITEL № 44

Die Salami, der Verräter

Als ich spät in der Nacht im Griechenzimmer erwachte, war ich allein. Mignon lag nicht mehr neben mir im Bett. Der Geistervorhang wehte friedlich im Wind. Sie hatte mich verzaubert, ich war noch ganz betört. Ich war so verliebt, dass es schmerzte. Die Baronin hatte mir zwar verboten, im selben Zimmer wie sie zu schlafen. Aber mir stand der Sinn nach Revolution. Das zaristische Regime der Baronin war abgesetzt. Aber wo war Mignon? Ich stand auf, blickte aus dem Fenster in den Garten. Alles schien friedlich. War das ein neues Spiel? Doch in meinem Herzen begann es zu brodeln, ein dunkles Vorzeichen. Ich warf mir die Toga über, ging auf den Gang. Nach dem lauten Fest herrschte jetzt gespenstische Stille. Nur der Geruch erinnerte daran, ein Gemisch aus Zigarrenrauch, Parfum, Essen. Als ich die Treppe hinabstieg, schien mich Odysseus warnen zu wollen. Die Sirenen kicherten. Da hörte ich die Stimmen. Unter der Küchentür drang Licht in den Gang. Ich lauschte: Geschwätz, Gelächter. Ich kannte diese Stimmen, aber ich brachte sie nicht mit der Insel in Verbindung. Ich stiess die Tür auf. Auf dem Küchentisch waren Speisen ausgebreitet: Salami, Prosciutto, Parmesan, Maggiabrot und Nostrano.

«Ciao, Christo! Ich dachte schon, du kommst nicht.»

Jampa schob sich mit dem Messer Käse in den Mund. Gino leerte ein Boccalino und grinste übers ganze Gesicht.

«Was macht ihr hier?»

«Wonach sieht es denn aus?»

«Wie seid ihr ins Haus gekommen?»

«Durch den Keller. Da liegen überall Puppenköpfe auf dem Boden herum.»

«Die feine Gesellschaft bekommt einen guten Happen, warum nicht auch wir?»

«Ihr seid Diebe!»

Jampa schnitt vom Parmesan ab.

«Das darfst du nicht so eng sehen.»

Erst jetzt sah ich sie, auf einem Stuhl in der Ecke.

«Mignon?»

Sie starrte zu Boden.

«Ich hätte etwas mehr Wiedersehensfreude erwartet», sagte Jampa.

«Wir haben uns lange nicht gesehen», bestätigte Gino.

Er hielt mir die Salami entgegen.

«Beiss rein, ist gut fürs Herz.»

Ich schlug sie wütend weg. Gino verzog das Gesicht.

«Warum habt ihr mich in der Kirche allein zurückgelassen?»

«Du bist der geeignete Sündenbock, das siehst du doch ein?», grinste Jampa.

«Ich dachte, wir sind Freunde.»

«Freunde vielleicht, aber ganz sicher deine Nachfolger.»

«Was soll das heissen?»

Gino und Jampa grinsten sich an.

«Du solltest froh sein. Besser, wir sind hier und nicht die Satanischen. Sie sind sehr böse auf dich.»

«Was habt ihr mit denen zu tun?»

«Du fragst mir noch Löcher in den Bauch.»

«Iss erst mit uns!», beharrte Gino.

Wieder lag eine Gemeinheit in der Luft. Dass Mignon so ruhig blieb, machte mich misstrauisch. Sie war stumm, ich erkannte sie nicht wieder. Die ungezügelte Leidenschaft war vollkommen weg.

«Was machst du hier?»

«Ach, hab ich das nicht gesagt? Sie kommt mit uns mit», sagte Jampa.

Es war, als hätte mich der Esel getreten.

«Sag, dass das nicht wahr ist!»

Sie vermied Blickkontakt.

«Bleib bei mir!»

«Ach, wie süss!», sagte Gino.

«Mignon, bitte!»

«Das muss sie selbst entscheiden», sagte Jampa.

Mignon zitterte. So hatte ich sie noch nie gesehen.

«Es ist besser so, Christo. So geht es nicht weiter.»

«Warum nicht?»

«Es gibt hier keine Zukunft für mich.»

Ich zeigte auf Jampa.

«Ist der etwa Zukunft?»

«Na, na, immer höflich bleiben!»

«Kommt sie mit, tanzt sie die Ischtar, wenn nicht, dann Betty. So einfach ist das.»

Ich begriff immer noch nicht, was Gino und Jampa mit all dem zu tun hatten. Mignon schluchzte.

«Christo, was wir erlebten, war einmalig. Nie mehr werde ich so glücklich sein. Aber ich bin Tänzerin. Ich brauche Menschen, die mir zujubeln und mich bewundern.»

Gino und Jampa klatschten begeistert.

KAPITEL № 45

Ein ausgeklügelter Plan

Die Läden des Rusticos waren geschlossen. Mildes Licht drang durch die Ritzen. Einzige Lichtquelle war der Kandelaber auf dem ovalen Tisch, der seit seinem Schwebeflug etwas schief stand. Merlin Peregrinus' Arme lagen auf dem Tisch. Obwohl das Fenster offen stand, war es heiss im Raum. Im dämmrigen Licht glänzte sein gefettetes Haar. Auch die gedrehten Spitzen des Kaiser-Wilhelm-Schnurrbarts leuchteten. Schweiss glänzte auf seiner Stirn. Peregrinus trug Anzug. Er trug immer Anzug. Es war eine Frage der Haltung. Nichts hielt er von Togaträgern. Still glühte er vor sich hin. Das Schriftstück vor ihm war diesen Morgen aus der Druckerei in Locarno eingetroffen. Er las sich den Text vor, den er selbst verfasst hatte.

«Programm der Festaufführungen und Vorträge anlässlich des Anationalen Kongresses – O.T.O. – 15. bis 25. August 1917, Monte Verità ob Ascona am Lago Maggiore – Tessin.»

Er war von sich beeindruckt. Oedenkoven war ein leichtes Opfer gewesen, kein Gegner, das trübte den Triumph ein wenig. Oedenkovens Experiment war gescheitert. Er war am Ende seines Lateins. Das Ziel, die Zelle einer neuen Gesellschaftsordnung zu schaffen, war nicht mehr zu erreichen. Die Menschen auf dem Berg dämmerten vor sich hin. Es herrschte Flaute. Die Idylle war morsch. Der Unterhalt des Sanatoriums war zu teuer, das Grundstück zu gross, Oedenkoven hatte kein Geld mehr. Er stand knapp davor, sein Werk zu Grabe zu tragen. Natürlich war es eine List gewesen, ihm unbeschränkte finanzielle Mittel zu versprechen, aber dass der das gleich für bare Münze nahm, sprach nicht für ihn.

Welch ein Einfaltspinsel! Peregrinus lächelte. Jetzt stand der Gründung des Orientalischen Templerordens auf dem Monte Verità nichts mehr im Wege. Bis Oedenkoven begriff, was vor sich ging, hatte er das ganze Naturmenschengesindel längst kompostiert. Der Monte Verità würde der weltweite Sitz des O.T.O. werden. Was Oedenkoven verwehrt blieb, würde er erschaffen: eine neue Gesellschaftsordnung! Aber eine andere, als sich der Naturmensch ausgedacht hatte. Von hier aus würde seine Bruderschaft nach dem Krieg die wichtigen Institutionen in Politik und Wirtschaft unterwandern. Von hier aus würde er die Welt regieren.

«15. August: Empfang der Kongressmitglieder. 16. bis 24. August: Kongresssitzungen. Es sind unter anderem folgende Vorträge mit Diskussion angemeldet: über die anationale kooperative Gesellschaftsform; über neuzeitliche Erziehung; über die Stellung der Frau in der Zukunftsgesellschaft, über mystische Freimaurerei; über soziale Neubildungen und Kunst.»

Dieses Durcheinander von Reformen und Grenzwissenschaften: Worauf die Vorträge hinausliefen, war ihm egal, sie bildeten lediglich das Rahmenprogramm. Worum es in Wirklichkeit ging, das stand auf keinem Papier. Nicht einmal Laban hatte die Übersicht. Der war gefangen in seiner eigenen Welt, absorbiert von den Vorbereitungen für die Tanzaufführung. Mit Scheuklappen lief er durch den Tag, blickte nicht nach links, nicht nach rechts, sondern nur geradeaus auf seine Tänzerinnen. An ihnen war fürwahr nichts auszusetzen, eine war schöner als die andere, und willig waren sie auch, nur Mignon nicht, was ihn erst recht reizte. Er würde sie schon noch bekommen – er war der Grossmeister.

«Unser Orden besitzt den Schlüssel, der alle maurerischen und hermetischen Geheimnisse erschliesst, es ist die Lehre von der Sexualmagie, und diese Lehre erklärt restlos alle Rätsel der Natur, alle freimaurerische Symbolik und jede Religion.» Peregrinus musste über sich selbst lachen. Welch ein Unsinn er sich da wieder zurechtdachte. Er nahm niemanden ernst, schon gar nicht sich selbst. Er hatte eines Tages einfach begriffen, dass er Talent hatte, Verschwörungen anzuzetteln. Er hatte gelernt, auf den Nerven seiner Opfer zu spielen, sie in Schwingung zu bringen, um die unterdrückten Triebe zu aktivieren. Das war gar nicht so schwer: Die Gesellschaft zwängte die Leute in ein moralisches Korsett, an dem sie schier erstickten. Er musste nur das Korsett öffnen, Geist, Empfindsamkeit und Religion ansprechen. Er initiierte den Exzess. Wenn Exzess absolut ist, führt er zur Mystik.

Indem er eine mystische Stimmung schuf, entfachte er Fantasie und Gelüste, die verborgen im Innern schlummerten – durch Anreiz der Neugier, durch Aussicht auf Rauschzustände, durch Verheissung erotischer Erlebnisse.

Unterdrückte Sehnsüchte drängten früher oder später nach Erlösung, und wenn die Leute dann richtig in Fahrt kamen, brach man die Übung ab. Das raubte ihnen den Verstand. Dann konnte man alles von ihnen haben. Im Taumel unerfüllter Sehnsucht taten sie Dinge, die bei Licht besehen einfältig und schamlos waren. Sie an diesen Punkt zu bringen, das war Kunst! Jetzt erst bemerkte Peregrinus seine Schweisstropfen auf dem Tisch. Er nahm ein Taschentuch und wischte ihn sauber. Wie hatte Christo das bloss gemacht? Er rutschte mit dem

Stuhl zurück, beugte sich unter die Platte. Sie lag fest verankert auf der Mittelsäule, die in drei Füssen auslief, wobei ein Fuss gebrochen und nur behelfsmässig wieder befestigt war. Dass es keine übersinnlichen Fähigkeiten gab, keinen Spuk, keinen Teufel, das wusste niemand besser als er. Er erhob sich, wobei ihm für einen kurzen Augenblick schwindlig wurde, dann ergriff er die Platte und riss an ihr mit aller Kraft. Der Tisch bewegte sich nicht. Stattdessen gab es einen Knacks in seinem Rücken, und er sank mit schmerzverzerrtem Gesicht auf den Stuhl zurück.

Da hörte er Türknarren, Schritte auf dem Holzboden, Flüstern. Sie waren da. Die Verschwörung konnte beginnen.

«18. August abends, 6 Uhr 30: Tanz der babylonischen Liebesgöttin Ischtar. 18. August abends, 11 Uhr: Fackelreigen und pantomimisches Tanzspiel, ‹Die Dämonen der Nacht›.»

Die Besucher traten ein und setzten sich an ihre gewohnten Plätze: Annie Besant, Jiddu Krishnamurti, Rudolf von Laban, Hugo Ball, Kartoffel und Tomate.

«Wie ich höre, ist Mignon zurück», sagte Laban.

«Sie ist wieder da», bestätigte Peregrinus.

Niemandem blieb verborgen, dass Laban wütend war.

«Warum hat sie sich nicht bei mir gemeldet?»

«Sie hat sich bei mir gemeldet.»

«Aber ich leite die Tanzfarm!»

Peregrinus fand plötzlich, dass Laban ein wenig lächerlich aussah in Turban und Toga.

«Es wird Gründe dafür geben.»

Laban atmete tief durch.

«Es spielt keine Rolle, ob sie wieder da ist. Ich habe mich bereits entschieden, dass Betty die Ischtar tanzt.»

Peregrinus zog die Augenbrauen zusammen.

«Mignon tanzt die Ischtar, wie vorgesehen.»

Das trieb Laban zur Weissglut.

«Diese Entscheidung habe allein ich zu treffen!»

Peregrinus blieb gelassen.

«Wir nehmen Mignon!»

Laban war fassungslos.

«Wenn das so ist, dann steige ich aus!»

Aber so einfach liess Peregrinus Laban nicht davonkommen. Er lächelte versöhnlich.

«Rudolf, du weisst doch, dass wir das ohne dich nicht durchziehen können.»

Laban verschränkte die Arme und schmollte. Peregrinus lächelte.

«Wir alle wissen, wie du zu Mignon stehst. Wer weiss, was sie mit dem Jungen angestellt hat. Bist du eifersüchtig?»

Laban hasste es, wie er hier vorgeführt wurde.

«Betty wird die Ischtar tanzen!»

Peregrinus trommelte mit den Fingern auf den Tisch. Der Schmerz im Rücken drückte auf seine Stimmung. Aber er war zu diszipliniert, um sich etwas anmerken zu lassen.

«Es geht hier um mehr als verletzte Gefühle. Mignon ist unser Schlüssel!»

Die Anwesenden blickten einander verwundert an. Besant hatte den Hahnenkampf mit Vergnügen verfolgt.

«Schlüssel wozu?», fragte sie.

«Wir wiederholen das Ritual.»

«Das ist abstrakt», sagte Ball.

«Nein, das ist ein Plan.»

«Ich denke, es geht um Ischtar?», fragte Laban.

«Dein Tanzstück ist mir vollkommen egal.»

Wieder war Laban fassungslos.

«Was? So denkst du über meine Kunst?»

Peregrinus winkte ab.

«Es geht hier nicht um Kunst, Kunst ist etwas für Weichlinge, hier geht es um Wichtigeres, um Macht!»

«Ich verstehe kein Wort, aber ich mag es», grinste Ball.

Peregrinus blickte in die Runde, und als er sich der Aufmerksamkeit aller sicher war, setzte er neu an.

«Ich habe mich lange mit der Frage befasst, wie der Orden die Kontrolle über den Monte Verità bekommt. Wie putschen wir das Naturmenschengesindel weg?»

«Jetzt bin ich gespannt», sagte Besant.

«Wir müssen das Ritual wiederholen. Christo wird Mignon wieder retten wollen.»

«Was hat Christo damit zu tun?»

«Die Casa Centrale wird brennen!»

«Um Gottes willen!», rief Laban.

Besant legte die Arme über ihren gewaltigen Busen.

«Ich kann immer noch nicht folgen.»

Peregrinus hielt einen Augenblick inne, so sehr genoss er den Moment.

«Oedenkoven ist pleite. Wenn das Sanatorium nicht mehr existiert, verliert der Berg seinen Wert, und ich kann ihm das Gelände für einen Pappenstiel abkaufen, vielleicht für einen Franken, denn er ist auch noch verschuldet.»

«Man wird dich zur Rechenschaft ziehen.»

Peregrinus schüttelte den Kopf.

«Nicht mich, aber Christo. Man wird ihn für den Brandstifter halten. Wir müssen ihn nur in Position bringen, und das geht nicht ohne Mignon. Jeder weiss, wozu er fähig ist. Er hat Wasser übers Dorf gebracht, jetzt bringt er Feuer über den Berg.»

Die Besant lachte.

«Und dann kaufst du den Berg?», fragte Ball.

«Und dann kaufe ich den Berg. Wir verjagen die Müssiggänger, der O.T.O. übernimmt das Szepter. Hier gründen wir unseren Sitz. Von hier aus verändern wir die Welt.»

Laban schüttelte den Kopf.

«Es kann aus Schlechtem nichts Gutes geboren werden.»

Peregrinus' Gesicht verzog sich zur Fratze.

«Blödsinn! Alles, was existiert, musste sich durchsetzen. Glaubt ihr, die Evolution lief in Minne ab, und jeder nahm auf den anderen Rücksicht? Gewiss nicht! Das Darwin'sche Prinzip bedeutet: Der Stärkere setzt sich durch. Es geht nicht um Sentimentalitäten. Wir haben eine einmalige Chance, den Berg in unsere Macht zu bringen. Ergreifen wir sie!»

Doch Laban gab sich trotzig.

«Und wer fackelt das Haus tatsächlich ab?»

Peregrinus schnalzte mit der Zunge.

«Das lass meine Sorge sein.»

KAPITEL № 46

Fluch dem Frauenläufer

Marianne von Werefkin hielt den Pinsel in der verkrüppelten rechten Hand zwischen Ringfinger und kleinem Finger, trat einen Schritt zurück von der Staffelei und begutachtete das Bild, wobei sie den Kopf etwas schief hielt. In einer von Wind umwehten Landschaft mit Wiesen, Bäumen und Bergen standen Liebespaare, innig ineinander verschlungen. Die Farben leuchteten: Kobaltblau, Smaragdgrün, Glutrot. Die Berge wirkten wie schwankende Bäume, die Bäume wie sich verneigende Menschen, die Wiesen wie brodelnde Lavaströme, die Wege waren Risse und Spalten zwischen den bewegten Körpern und der Himmel ein Traumloch mit bengalisch leuchtenden Sternen. In der Bildmitte, in den Hintergrund abgedrängt, stand eine Frau, allein, weiss leuchtend wie ein Gespenst.

Werefkin war zufrieden. Das war nach ihrem Geschmack. Schon in den paar wenigen Tagen, die sie bei der Baronin auf der Insel verlebte, brachte sie mehr Spannung in ihre Arbeit als sonst. Die Ruhe war gedehnter, aber die Bewegung hatte etwas Überdrehtes. Das gefiel ihr. Wie sie ihre innere Zerrissenheit auf die Leinwand übertragen konnte, das machte sie glücklich. Sie war es selten genug. Sie trug ein weisses gemustertes Kleid mit Schürze und einen Turban um den Kopf, der ihre rote Mähne bändigte. Sie war von kräftiger Gestalt, hatte volle Lippen und ausdrucksvolle Augen, aus denen ein lebhafter Geist sprach. Sie war nicht schön, besass aber mit ihren bald siebenundfünfzig Jahren eine starke Ausstrahlung.

In ihren Adern pulsierte russisches Blut. Geboren war sie 1860 in Tula, südlich von Moskau. Ihr Vater, ein russischer Adeliger, brachte es zum Kommandeur der Peter-und-Paul-Festung in St. Petersburg, ihre Mutter gehörte einer alten Kosakenfürstenfamilie an. In ihrer glücklichen Kindheit fehlte es an nichts. Mit vierzehn wurde ihre Begabung entdeckt. Sie malte in der Festung und auf dem Landgut in Litauen, «Blagodat» – Glückseligkeit. Mit zwanzig wurde sie Privatschülerin des grossen russischen Realisten Ilja Repin. Er brachte ihr das Malen bei und auch die Liebe.

Bald war sie in der realistischen Malerei des Zarenreichs bekannt als russischer Rembrandt. Doch mit achtundzwanzig durchschoss sie auf der Jagd versehentlich ihre rechte Hand, die Malerhand. Unterwegs mit dem Vater und den Brüdern, stützte sie sich bei einer Rast ungeschickt auf den Lauf ihrer mit Schrot geladenen Flinte. Der Rock verwickelte sich mit dem Gewehrhahn und löste den Schuss aus. Fast wäre sie gestorben. Monatelang pflegte sie der junge Arzt Dr. Lesin. Er machte sie gesund und auch verliebt. Doch brauchte er Jahre, bis er das Geld für Hochzeit und Heim zusammenhatte, und als es da war, war Werefkin wieder weg. Seinen Platz hatte der junge mittellose Offizier Alexej Jawlensky eingenommen. Der verstand sie zwar nicht, dafür war er Maler. Sie opferte ihre Liebe für eine Idee, und eine fast dreissigjährige Hassliebe begann.

Der fünf Jahre jüngere Jawlensky war von melancholisch-phlegmatischem Temperament, aber zugleich auch von einer dumpfen Schwerfälligkeit, welche Werefkin immer wieder an den Rand der Verzweiflung brachte. Damals war sie der Auffassung, nur ein Mann könne Neues in der Kunst schaffen, also stellte sie ihre eigene Arbeit ein, um ihn zu fördern. Sie war besser, wusste es aber zu verbergen, um ihn nicht eifersüchtig zu machen. Sie gab ihren Willen auf, ihre Wünsche, ihr Leben, entwickelte stattdessen sein Wesen und förderte eine Kreatur, die ihr passte. Vor der Jahrhundertwende zog das Paar dank einer noblen zaristischen Rente nach dem Tod des Vaters nach München, begleitet von dem vierzehnjährigen Dienstmädchen Helene. Jawlensky machte wenig Fortschritte, dafür Helene ein Kind. Werefkin begann wieder zu malen. Ihr rosafarbener Salon hatte sich zur Keimzelle expressionistischer Kunst entwickelt. Wassily Kandinsky, Franz Marc, Gabriele Münter, Paul Klee gingen ein und aus. Die Künstlergruppe «Der Blaue Reiter» entstand. 1911 lernte Werefkin in Paris Henri Matisse kennen. Mit dem Ausbruch des Ersten Weltkriegs am 1. August 1914 mussten sie und Jawlensky Deutschland innerhalb von vierundzwanzig Stunden verlassen. Helene und Sohn Andreas kamen in die Schweiz mit, nach Saint-Prex am Genfersee, wo sie billig wohnten, denn die Rente versiegte, je mehr die Bolschewiken die Macht übernahmen. Sie lebten mit der Geliebten und Sohn Andreas unter einem Dach, als sich 1916 eine weitere Geliebte einstellte. Mit siebenundzwanzig Jahren war Emmy Scheyer halb so alt wie Jawlensky, aber als Tochter eines Büchsenfabrikanten reich. Das half, und sie zog ein. Die ungewöhnliche Wohngemeinschaft war in diesen Wochen mit dem Umzug nach Zürich befasst, als Werefkin die Einladung zum Inselfest der Baronin de St. Léger erhielt.

Und sie ergriff die Gelegenheit zur Flucht.

Ich klopfte an ihre Zimmertür, trat ein. Das war gar nicht so einfach. Mit beiden Händen hielt ich die Steinplatte mit Salami, Parmesan und Brot.

«Buongiorno, Signora. Sie sollten essen, solange noch was da ist.»

Die Baronin de St. Léger hatte Gino und Jampa mit fürchterlichen Flüchen belegt, als sie von dem Vorfall vernommen hatte, aber das musste ihr Gast nicht wissen.

«Sehe ich etwa verhungert aus?», fragte Werefkin.

Ich stellte die Platte auf das Tischchen neben die Farbpalette, da ging sie wie eine Furie auf mich los.

«Doch nicht dorthin!»

Erschrocken griff ich wieder nach der Platte, stolperte, fürchtete, auf die Farbpalette zu fallen, fing mich gerade noch. Entsetzt starrte Werefkin mich an.

«Tut mir leid!», stammelte ich.

«Farben sind mir heilig!»

Sie schüttelte den Kopf, tunkte den Pinsel ins Rot und führte hauchdünne Striche auf der Leinwand aus, Grashalme. Ich beobachtete sie gebannt.

«Ich habe die Bilder im Parterre gesehen. Sie sind eigenartig, wie aus einem Traum.»

Ohne aufzublicken, führte sie den Pinsel in die Farbe und fuhr mit ihrer Arbeit fort.

«Ich liebe Träume. Ein gelebter Traum ist wie eine Reise. Menschen, Dinge, Ereignisse ziehen vorüber, nichts hält mich fest. Ich denke nicht nach, beobachte nur und freue mich. So sollte man leben, von der Wiege bis zum Grab.»

Das gefiel mir.

«Sie erwecken Ihre Bilder durch Farben, sie leuchten.»

Werefkin war angenehm berührt und verneigte sich, nicht vor mir, vielmehr vor sich selbst.

«Die Farbe dichtet, und die Seele gestaltet. Auf diese Weise erfinde ich das Leben neu, gebe ihm Form, Farbe, Werte. Ich liebe Menschen nicht so, wie sie sind, sondern, wie sie sein könnten.»

«Warum müssen Sie alles neu erfinden? Die Welt bietet genügend Inhalte.»

Werefkin betrachtete die roten Grashalme.

«Mich interessiert die Welt, die niemand kennt und niemand sieht, eine Welt, die man nur empfinden kann. Man soll sich freuen an Wesen, die in sich selbst ruhen. Böcklin, Burne-Jones und Puvis hatten die Gabe, die Welt nicht nur auf das eigene Ich zu beziehen. Andere Künstler wollen vor allem ihr Ich zum Glänzen bringen, wie Rembrandt und Velazquez, ein fantasievolles und sensibles Ich gewiss, aber immer ein Ich. Mir ist das zu wenig.»

Ich bekam Hunger. Mein Blick fiel auf die Salami. Ich war auf dem Berg nicht zum Vegetariano geworden.

«Darf ich?»

«Bedien dich, du hast das Essen ja gebracht.»

Ich schnitt Salami und Brot in Scheiben, hielt ihr die Platte hin, sie lehnte entrüstet ab. Sie arbeitete. Also begann ich zu essen. Sie blickte mich streng an.

«Wie kommen Sie auf Ihre Ideen?»

«Jedes Kunstwerk muss seinen Ursprung in der Beobachtung des Lebens haben. Es ist die Erinnerung an einen Eindruck. Sie gibt Elan. Kunst, das sind Funken, die durch Reibung des Individuums am Leben entstehen.»

Mit einem Seufzer gab sie der Versuchung nach, griff mit der Linken nach einem Stück Brot, während die verkrüppelte

Rechte weiterhin den Pinsel umklammerte. Sie wackelte besorgniserregend mit dem losen Zeigefinger.

«Das ist nicht ungefährlich. Nur, wenn dir die Kunst das Leben selbst geworden ist, darfst du der Realität zugunsten deines Traums entsagen. Doch dann verlobst du dich mit der Einsamkeit.»

Sie blickte mich scharf an.

«Wo ist deine charmante Begleitung von gestern Abend, wie heisst sie noch, Mignon?»

Das kam unerwartet, ich fuhr zusammen.

«Sie ist fort...»

«...und kommt nicht wieder», führte sie den Satz zu Ende.

Ich nickte.

«Traurig?»

Als ich nicht antwortete, zuckte sie mit den Schultern, wies mit dem Kopf zur Staffelei.

«Ich nenne das Bild ‹Liebeswirbel›. All die Paare, die sich umarmen – siehst du die weisse Figur in der Bildmitte? Sie ist ganz allein. Das bin ich.»

«Was tun Sie da?»

«Ich bin traurig, weil ich verraten und verlassen worden bin – genau wie du.»

Sie lächelte mir milde zu.

«Sie sind verlassen worden?»

«Ach, Alexej ist ein Frauenläufer. Aber ich bin ihm nicht böse, fühle nur unendliches Bedauern. Ich hoffte, der Maler in ihm könne den Menschen retten, aber ich habe mich getäuscht.»

«Das kommt mir bekannt vor.»

«Offensichtlich hat sie Begeisterung in dir geweckt. Das ist gut.»

Ich nickte, war aber unglücklich.

«Du bist jung, mach es besser als ich. Quäle dich nicht. Ich habe mich erniedrigt, indem ich Alexejs Geliebte aufnahm. Sie bekam ein Kind von ihm. Da, wo ich herkomme, ist es nicht unüblich, dass man den Bastard adoptiert. Soll er ein kleiner Freiherr werden – aber das kann er ja nicht mehr, die Monarchie ist abgeschafft. Aber Alexej will die Mutter auch noch heiraten, eine Dienstbotin, das ist ganz und gar unmöglich!»

Da fiel mir ein: Ich war ja auch ein Bastard. So hatte ich das noch nicht betrachtet. Werefkin wanderte im Raum umher.

«Bis auf heute bin ich ihm die treueste Frau gewesen. Ich habe es erduldet, wenn immer wieder neue Frauengestalten auftauchten. Alles habe ich ihm gegeben. Und zahlt er es mir zurück? – Ach, was solls! Ich verteidige heute nicht mehr mein Glück, sondern das, was Menschen meines Schlages das Wichtigste ist – die Ehre!»

«Aber Sie haben doch Ihre Träume!»

«Ach, die Träume! Vielleicht fliehe ich einfach nur vor der Wirklichkeit.»

Lächelnd schwang sie den Pinsel.

«Was ist deine Wirklichkeit, was willst du mit deinem Leben anfangen?»

«Das weiss ich nicht.»

«Das ist traurig. Von einem Geliebten betrogen zu werden, ist schlimm, aber keine Bestimmung zu haben, ist der Untergang.»

«Was soll ich denn tun?»

«Du musst dir einen Sinn geben. Alle suchen nach einem Sinn. Den brauchen wir, um durchs Leben zu kommen. Auch wenn es einen ultimativen Sinn nicht gibt. Das Leben an sich ist vollkommen zwecklos. Umso wichtiger ist es, dass du eine Tätigkeit findest, die dir Sinn verleiht. Ich male, also bin ich.»

«Und wenn ich nichts tue?»

«Dann leg dich wieder in den Schlamm, bleib liegen und kümmere dich um nichts. Du wirst sehen, bald wird dir langweilig, und du stehst auf.»

«So habe ich das noch nicht gesehen.»

«Was kannst du denn?»

«Ich kann nichts.»

«Dann rette die Welt!»

«Ich rette Mignon.»

«Bitte schön, das wär doch ein Anfang!»

KAPITEL № 47

Wiederauferstehung

Aber wie rettet man die Welt, wenn man nicht mal sich selbst retten kann? Aus dem Dunkel von hundert Millionen Jahren Vergangenheit war ich aufgetaucht, um eine kurze Zeit lang die Gegenwart zu durchwandern, bis ich wieder ins Dunkel eintauchen würde. Wie sollte ich sie sinnvoll gestalten, wenn sie stets gegen mich aufbegehrte? Ich war es leid, auf der Flucht zu sein, vor den Menschen und vor mir selbst. Wenn mich die Dörfler mit ihrem Übermut und ihrer Ahnungslosigkeit verjagten, wenn mich die Bergler mit ihrem fanatischen Idealismus verfolgten, wenn selbst Mutter mich verstiess, wo gab es da noch einen Ort für mich? So tief war ich in Betrübnis versunken, dass ich kaum merkte, wohin ich ging. Es war Nacht, als ich in die Barke stieg und im Mondschein Richtung Ascona ruderte. Je weiter ich mich von den Brissago-Inseln entfernte, desto stärker wurde die Überzeugung, dass ich einer Lebensstufe entwachsen war. Es gab nur noch einen Ort, wo ich mir ins Herz reden lassen konnte, aber es war mir nach meinem letzten Auftritt peinlich.

Am Ufer vor dem Dorf vertäute ich das Boot und ging an Land. Im Schutz der Bäume stieg ich den steilen Weg hinan auf den Monte Verità. Die hohen Granitsteinblöcke ragten wie Riesen in den Nachthimmel und wachten über Gusto Gräser, der friedlich ins Stroh schnarchte. Ich legte mich unter die Naturaltäre und blickte in den Nachthimmel, ins Lichtgeflirr am Firmament. «Wir kommen aus dem Dunkel, und wir gehen ins Dunkel zurück», hatte ich mal irgendwo gelesen. Es gibt keine Hinterwelt, die dem hiesigen Leben einen Sinn verleiht.

Endlich verschwanden die Konturen der Dinge. Der Schlaf verschluckte das Gemurmel meiner Gedanken.

Als ich am Morgen die Augen aufschlug, blickte ich in ein zerfurchtes Gesicht oder was davon inmitten der Haare zu erkennen war. Gustos struppige Erscheinung hatte etwas Versöhnliches. Sein langes, straffes Haar wurde durch ein ledernes Diadem gebändigt. Sein kräftiger Körper steckte wie immer in einer Toga, die Füsse in Sandalen. Um seine Schulter hing ein Täschchen, in dem er Gedichte, die er auf Zettel schrieb, mit sich herumtrug. Sie waren sein einziger Besitz. Man braucht nicht mehr zu eignen, als man tragen kann, sagte er. Zu seiner Seite lag ein Hirtenstab. Ihn umgaben das Rauschen eines nahen Bachs und der Geruch von Wald.

«Erdwurm, was tust du hier?»

Ich rieb mir die Augen, setzte mich auf, blinzelte in die Sonne.

«Ich glaube, ich muss mich bei dir entschuldigen.»

Gusto lächelte vergnügt, machte mir Handzeichen, ich solle nur weiterfahren mit der Entschuldigung.

«Ich bin ein Narr.»

Gusto zog die Augenbrauen hoch, nickte.

«Wo hat je ein Narr gelebt, der sich selbst als Narr erkannt hätte?»

«Du hattest recht mit deiner Einschätzung von Peregrinus. Ich weiss es jetzt.»

«Das ist eine hirnfrostig verfrorene Welt. Überall lauern Kahlgescheidte, Feingesindel, Hirngelichter, Schluckerzucht, Angstzwerge, Stotterseelen, Stolperpack, nichtige Wichte.»

«Er spricht nur von Macht. Er ist verrückt.»

«Die Erde ist überzogen von Verrückten. Ich selbst trage meinen Grünspecht im Kopf. Auch ich bin ein Aussätziger, ein prophetenbärtiger Waldteufel, eine nomadische Verkündergestalt, ein harmloser Bürgerschreck. In Wirklichkeit trotze ich dem Tristentum, den Lahmgezähmten und stelle ihnen mein Herztum entgegen. Das ist leider vielen nicht gut bekömmlich.»

Ich kratzte mich am Kopf.

«Ich war von Sinnen.»

«O Lilienelf, o Wurzelzwerg, helft diesem verlorenen Geschöpf, dass es Friede finde, durch euch, durch die Natur, damit es endlich sein inneres Feuer entzünde.»

«Ich habe mich in ihm gründlich getäuscht.»

«Er hat dich auf den Arm genommen.»

«Ja, das weiss ich jetzt.»

«Er hat dich am Spiess gebraten.»

Ich nickte, aber langsam wurde ich ärgerlich.

«Er hat dich veralbert.»

«Ja.»

«Er hat dich zum Idioten gemacht.»

«Gnade!»

Gusto lachte mich aus. Das machte mich wütend, doch dann liess ich mich von seinem Frohgeist anstecken.

«Komm,
Sonniger, Landmann voll
Wildlandhauch!
Sei kein Holzstrunk! Nimm auf das Baum- und Strauchgejauchz! Geh mit mild wilder Kraft deinem Schicksal entgegen!»

Gusto gestikulierte wild mit seinen Händen.

«Freude, Freude
Will die Welt durchglühen –
Auf, wohlauf du
Erdstern-Sonnensohn!»

Nachdem Gusto seinen Triumph weidlich ausgekostet hatte, machte er zufrieden Feuer.

«Ein Feuerchen braucht der Mensch, besonders in meinem Alter; ich muss mich allmählich mit der Hölle anfreunden.»

«Diese Gelegenheit gibt es hier überall», sagte ich.

«Warum diese Wallungen? Du bist jung und voller Leben.»

«Wie kannst du nur so fröhlich sein?»

Mit ausschweifender Geste wies Gusto auf die Umgebung, auf die Felsen, den Wald und den See.

«Schau dich um, ich habe alles. Kein Haus ist solider als meines, keine Terrazza so gross wie meine.»

«Alles dein?»

Gusto nickte.

«Bist du nicht einsam?»

Er schüttelte den Kopf.

«Wenn man einmal die Freude des Denkens erlernt hat, ist man nie mehr einsam.»

Er erhob sich, nahm den Wasserkessel vom Feuer und goss feierlich Tee in die Becher.

«Was führt dich zu mir?»

Und ich erzählte ihm alles; vom satanischen Ritual, von der Flucht zur Insel, vom Fest der feinen Gesellschaft, von der Liebesnacht mit Mignon – und von der Trennung.

«Du willst sie zurück?»

«Das ist es ja, ich weiss es nicht.»

«Geh freundlich mit deiner Seele um! Hör zu, was sie dir zu sagen hat!»

Verzweifelt hielt ich die Hände vors Gesicht. Gusto legte mir väterlich die Hand auf die Schulter.

«Die Seele vermag den Geist zu zerrütten, und sie tut es auch, wenn sie von ihm nicht erhört wird.»

Er griff zum Stock, beugte sich vornüber und zeichnete einen Kreis in den Waldboden.

«Das ist ein Mandala. Es ist ein Symbol. Es bedeutet ‹das, was den Mittelpunkt umkreist›. Das musst du finden: deinen inneren Mittelpunkt. Ein Mandala verhilft dir zu positiver Kraft, aber nur, wenn dein Wille rein und deine Konzentration stark sind.»

«Und wie finde ich den inneren Mittelpunkt?»

«Durch Meditation. Bei der Meditation geht es darum, deinen Geist zu beruhigen und zu sammeln. Du setzt dich hin und konzentrierst dich nur auf den Atem. Wenn du es richtig machst, spürst du absolute Leere.»

«Das Gefühl kenne ich bereits.»

Gusto schüttelte den Kopf.

«Dadurch kommst du in einen anderen Bewusstseinszustand. Du erreichst Klarheit und Entspannung zugleich – Geistesruhe.»

«Da kann ich mich ebenso gut zu Bett legen.»

«Der Grund, warum du an dir leidest, ist ein Mangel an Bewusstsein. Du siehst dich als Mittelpunkt des Universums, der du aber nicht bist. Du musst zu der Erkenntnis kommen, dass alles miteinander verbunden ist. Alles entsteht und vergeht in wechselseitiger Abhängigkeit.»

«Und wenn ich begriffen habe, dass ich nicht der Mittelpunkt des Universums bin?»

«Wenn du es wirklich begriffen hast, überwindest du jedes Hindernis.»

Das konnte ich mir nicht recht vorstellen, aber ich durfte Gusto nicht schon wieder Misstrauen entgegenstellen. Noch am selben Tag fand ich mich im Lotossitz auf einem Felsvorsprung wieder, hoch oben mit freier Sicht über den Lago Maggiore und die Berge. Das nützte mir allerdings nichts, ich musste die Augen geschlossen halten. Überhaupt war meine Haltung höchst unbequem. Der Lotossitz strengte mich an. Die Hände lagen auf den Knien, die Handflächen waren nach oben gekehrt, Daumen und Zeigefinger geschlossen. Den Rücken hielt ich steif, die Schulterblätter nach hinten, die Brust nach vorn. Ich atmete tief und bewusst ein und aus. Der Atem floss in die Nasenwurzel, zwischen die Augenbrauen, wo ich ihn hielt und dann losliess. So hatte Gusto es mir erklärt. Noch die ersten Tage war er mitgekommen, korrigierte Haltung und Atmung. Wenn ich zu erschlaffen drohte, griff er ein. Wenn er auch sonst nichts ernst nahm, bei der Meditation schien er höchst konzentriert. Mehr als einmal dachte ich an Flucht. Je mehr die Glieder schmerzten, desto grösser wurde meine Wut. Eine Ameise auf der Wade konnte mich zum Wahnsinn treiben. Nach dem ersten Tag ging ich gebückt wie eine Bäuerin, redete kein Wort mit meinem Peiniger, sank auf die Schlafstatt und schlief ein.

Meine Verzagtheit hinderte Gusto keineswegs daran, mich nächstentags frischvergnügt an meinen Platz zu geleiten. Nach Stunden der Meditation wurde der Schmerz so unerträglich, dass meine Wahrnehmung zerfloss. Mit Gewalt brach die in mir gestaute Wut aus, die Demütigung, Schmach, Erniedrigung, und ich hätte jeden mit einem Blitz erschlagen – aber ich war ja nicht Petrus.

Die Krämpfe zermürbten mich, aber mein Stolz liess es nicht zu, dass ich mich ihnen ergab. Gusto durfte mich nicht noch einmal auslachen. Abends schlief ich ein, ohne zu essen, ohne zu trinken, so erschöpft war ich. Unerbittlich wie ein Folterknecht führte Gusto mich nächstentags wieder zum Schafott. Am siebten Tag irrten meine Gedanken nicht mehr umher. Ich konzentrierte mich ganz auf den Atem. Mein Körper schmerzte nicht mehr. Meine schlechten Gefühle waren verschwunden. Ich lernte, alles ist vergänglich. Und noch eins: Das Glück kommt nicht von aussen, es kommt von innen.

KAPITEL № 48

Der Geist mit der Zahnlücke

Gino und Jampa hatten es gut. Sie brauchten nicht mit sich selbst zu ringen, deshalb brachte sie auch nichts aus der Fassung. Zweifel war ihnen fremd. Die Dinge lagen so, wie sie sich zeigten. Eine hintergründige Wirklichkeit existierte für sie nicht.

In seiner Arglosigkeit hatte Gusto die Postinos zu meinem Felsen geführt. Ich meditierte im Lotossitz. Nicht meine Haltung verstörte sie, sondern etwas, das nicht in ihre Vorstellung von der Welt passte. Ich schwebte in der Luft, der Erdanziehungskraft entzogen, eine Handbreit nur, aber ohne Kontakt zum Boden. Jampa und Gino trauten ihren Augen nicht. Ich begann zu vibrieren, immer stärker, dann fuhr ein Ruck durch meinen Körper, ich sauste abwärts, schlug unsanft auf dem Felsen auf, als wäre ich ein verzauberter Tisch. Ich merkte den Schmerz nicht, erst nach kurzer Weile kehrte ich aus den Tiefen der Trance an die Oberfläche der Realität zurück. Unter mir der Lago Maggiore, Palmen, Oleanderhaine. Eidechsen flitzten über Felsen.

«Was hast du da gerade gemacht?», fragte Jampa.

Gusto klatschte vergnügt in die Hände.

«Das nennt sich Levitation.»

«Levi... was?»

Gusto hob abschätzig die Augenbrauen, als ginge es hier um die natürlichste Sache der Welt.

«Bei der Levitation erhebt sich der Körper in die Luft, dank geistiger Willenskraft. Wie Jesus Christus, der ging übers Wasser. Wie der Franziskaner Josef von Copertino, der hob mehr als hundert Mal vom Erdboden ab. Wie König Salomo, der zog auf einem fliegenden Teppich durch die Lüfte. Wie japanische Ninjas, indische Yogis, Fakire und Schamanen – viele können fliegen. In Tibet gibt es einen schwebenden Buddha, aber der zeigt das nicht so gern.»

«Warum nicht?»

«Er ist zu dick.»

«Ach so.»

Jampa war neidisch.

«Ich will auch fliegen.»

Gusto schüttelte den Kopf.

«Das geht nicht.»

«Warum nicht?»

«Weil du keine Reinkarnation bist.»

«Reinkar... was?»

«Es ist doch ganz einfach, Christo ist eine Reinkarnation, du nicht.»

Jampa staunte.

«Christo ist die Wiedergeburt von Eusapia Palladino, der berühmten Neapolitanerin. Ihre Seele hat sich nach dem Tod einen neuen Körper gesucht und sich bei ihm eingenistet.»

«Er ist eine sie? Ich meine, eine tote sie?»

Gusto nickte.

«Die grosse Eusapia Palladino! Ich habe sie gekannt. An ihren Séancen liess sie mit blosser Geisteskraft Tische fliegen, Schränke wackeln, Hupen tröten, Lichter blitzen. Sie spielte Akkordeon, ohne es zu berühren. Hände erschienen aus dem Nichts und griffen nach Leuten.»

«Das gibt es doch nicht!»

«Die Erscheinungen sind real. Eusapia Palladino stammte aus Bari. Die Mutter starb im Kindsbett. Der Vater wurde ermordet, als Eusapia zwölf war. Da entdeckte man ihre medialen Fähigkeiten. Das geschah auf bemerkenswerte Weise. An einer Séance in London gab sich ein Geist zu erkennen, der behauptete, in Neapel lebe die Reinkarnation seiner Tochter. Der Geist war so nett, die Adresse zu hinterlassen.»

«Hat man sie gefunden?», staunte Gino.

«Ich erlebte sie, als der berühmte Psychiater und Kriminologe Cesare Lombroso anwesend war. Er hatte sich in Zeitungsartikeln über sie lustig gemacht, deshalb lud man ihn ein. Man fesselte Eusapia an ihren Stuhl und hielt ihre Hände fest, und doch zog sie die Möbel an und liess sie in die Luft steigen. In wellenförmigen Bewegungen sanken sie zu Boden, als ob sie ihrem Willen gehorchten. Daraufhin erhob sie sich selbst in die Luft, zusammen mit dem Stuhl, an den sie angebunden war.»

«Levi... Levitation!»

Gusto nickte.

«An einem Abend war sie sehr gereizt, und die Erscheinungen wirkten ebenso wütend. Das Sofa flog auf sie zu, wich aber vor ihrem Atem zurück. Instrumente rutschten auf dem Tisch herum. Das Tamburin schwebte bis fast an die Decke. Kissen schlossen sich dem Durcheinander an. Ein Teilnehmer wurde von einem schweren Speisezimmerstuhl getroffen.»

«Man darf Möbel eben nicht wütend machen!», warf Gino ein.

«Wissenschaftler aus vielen Ländern untersuchten das Phänomen Eusapia Palladino. Sie kamen zum Schluss, dass Gespenster ihren Geist und Körper nutzten, um sich bemerkbar zu machen. An einer Séance griff ein Geist nach meiner Hand und hob sie nach oben, bis ich in der Dunkelheit eine unsichtbare Gestalt ertastete. Ich hatte den Eindruck, eine breite Stirn zu berühren, langes feines Haar, dann wurde meine Hand tiefer geführt, sie berührte eine gebogene Nase, einen Schnurrbart und ein Kinn mit Spitzbart. Mir kam der Verdacht, dass ich diesen Geist kannte, ich meine, als er noch Mensch war. Mein Zeigefinger wurde in den geöffneten Geistermund geführt, wurde sanft gegen den rechten oberen Zahnbogen gerieben, und ich musste feststellen, dass vier Backenzähne fehlten.»

«Das ist ja eklig!»

«Das war ein Zeichen! Jetzt war mir klar, wer das war. Das war Alfonso, der immer über seine Zahnlücke geklagt hatte. Der Arme war auf einer Wanderung in Italien plötzlich verstorben, und jetzt gab er sich aus dem Jenseits zu erkennen. Vielleicht war er zornig.»

«Warum?»

«Ich hab ihn am Strassenrand liegen lassen. Er ging mir auf den Geist.»

«Es gibt hier entschieden zu viel Geister», sagte Jampa.

«Ihr müsst sehen: Die Welt, die uns umgibt, ist aus verschiedenen Welten zusammengesetzt, aus einer sichtbaren und einer unsichtbaren. Die Geisterwelt ragt in unsere hinein. Aber nur ausserordentlich sensitive Menschen können sie wahrnehmen.»

Inzwischen kam ich wieder zur Besinnung. Wie gross war mein Schrecken, als ich Jampa und Gino sah. Umständlich schälte ich mich aus dem Lotossitz, erhob und streckte mich, liess die Gelenke knacken.

«Was wollt ihr denn hier?»

Jampa und Gino starrten mich ungläubig an.

«Wir kommen in guter Absicht», stotterte Jampa, der sich noch nicht entschieden hatte, ob er sich vor mir fürchten sollte oder nicht.

Seine Verlogenheit machte mich wütend. Ich hatte noch scharf vor Augen, wie mich die beiden in der Küche der Baronin abgeputzt hatten.

«Eine gute Absicht ist mir bei dir noch nie aufgefallen.»

«Ach so!»

«Warum seid ihr also hier?»

«Der Grossmeister schickt uns.»

Das war ja wohl der Gipfel der Frechheit! Was wollte der denn noch von mir, nachdem er mir Mignon weggenommen hatte!

«Was will er?»

«Er lädt dich mit den besten Wünschen zum Sonnenfest ein.»

Ich fasste es nicht. Was sollte ich denn dort? Ihm zusehen, wie er mit ihr flirtete? Er wollte mich wohl richtig leiden sehen.

«Er möchte dir nur ermöglichen, dass du Mignon tanzen siehst.»

«Und warum?»

«Eigentlich darf ich es dir nicht sagen …»

Ich wartete ab, spürte, das gehörte zu irgendeinem Plan.

«Du sollst auch am Ritual teilnehmen. Sie werden es wiederholen.»

Mir stockte der Atem.

«Wann?»

«Morgen Nacht. Was soll ich also ausrichten?»

Ich nickte. Jampa deutete das als Zustimmung. Er drehte sich um und verschwand mit Gino im Wald.

Gusto blickte mich sorgenvoll an.

«Du weisst, dass das eine Falle ist?»

«Sie werden ihr wehtun!»

«Das ist nicht mehr deine Sache.»

«Ich kann aber nicht anders.»

Gusto kratzte sich die Wange, blickte über den Lago Maggiore, dachte nach.

«Da kommt mir eine Idee, wie wir den Monte Verità auf den Pfad der Tugend zurückführen könnten.»

Ich fragte mich, was er im Schilde führte. Aber ich fragte mich auch etwas anderes.

«Bin ich wirklich die Reinkarnation von Eusapia Palladino?»

Gusto brach in Gelächter aus, schüttelte den Kopf.

«Der Zahnlücken-Geist soll den Burschen Albträume bescheren!»

KAPITEL № 49

Entführung mit Dekolleté

Mildes Kerzenlicht drang aus den Fenstern der Casa Anatta, die, mit Efeu überzogen, beinah unsichtbar hinter knorrigen Kastanienbäumen in eine Felsnische gebaut war. Das kaputte Mühlrad vor dem Haus erstrahlte im Mondlicht. Mignon sass mit glasigem Blick im Wohnzimmersessel. Totimo kauerte am Boden und hatte seinen Kopf in ihren Schoss gelegt. Sie kraulte sein schwarzes Haar. Sie wollte ihre Ruhe, doch er war unbarmherzig. Immer wieder musste sie erzählen, was geschehen war. Dabei gab er sich nicht die Mühe, zu verdecken, dass sein Interesse weniger ihr als vielmehr mir galt. Leise gluckste er, wenn sie beschrieb, wie ich sie vor den Satanischen gerettet hatte.

Da betraten Mary Wigman und Isadora Duncan den Raum, über den Armen einen Haufen Kleider. Die beiden Tänzerinnen hatten den ganzen Tag genäht.

«Schön, dass du wieder da bist, Mignon, wir haben dich vermisst», sagte Mary.

«Schau, die Kostüme sind fertig!»

Isadora legte sie sorgsam über einen Stuhl, nahm eines heraus und hielt es sich vor die Brust.

«Sind sie nicht aufregend?»

«Eine Schande, dass du es ausziehen musst, Mignon», kicherte Mary.

Betty betrat den Raum.

«Ich fürchte, Mignon wird kein Kostüm brauchen.»

Isadora und Mary warfen sich vielsagende Blicke zu.

Mignon zuckte zusammen.

«Wir können die Aufführung nicht von deiner Laune abhängig machen.»

«Was willst du damit sagen?», fragte Mignon.

«Wir brauchten eine Ischtar, und du warst nicht da.»

«Sie wurde entführt!», rief Isadora.

Betty brach in schallendes Gelächter aus.

«Max Emden hat von ihrer Entführung berichtet – und von ihrem Dekolleté!»

«Welches Dekolleté?»

«Ein rotes Abendkleid, nicht wahr? Im Haar eine rote Rose. Dazu Champagner, Kaviar, Spanferkel. Sieht so eine Entführung aus?»

«Ist das wahr?»

«Sie tanzte mit Christo durch die Nacht, dann verschwanden sie im Garten. Was sie dort wohl angestellt haben …»

Totimo löste sich von Mignon, erhob sich verwirrt, nahm Abstand. Mignon seufzte. Sie hatte die Kontrolle über ihre Gedanken verloren. Tanzen war ihr einziger Schutz. Vielleicht war ihr Klammern an die Ischtar nur der Versuch, endlich eine Identität zu erhalten. Vielleicht wollte sie die Liebesgöttin sein, weil sie nicht wissen wollte, wer sie selbst war.

Rudolf von Laban stand oberhalb der Parsifalwiese auf dem Hügel und spähte die Umgebung aus wie ein Scout. Die Tänzerinnen vollführten ihre Übungen. Mignon verhielt sich sonderbar, seit sie zurück war. Sie ging ihm aus dem Weg und sprach kaum mit ihm, mit niemandem. Aber sie tanzte wie eine Göttin. Ihre Figuren waren kreativ, präzis und ausdauernd. Es war eine Wonne, ihr zuzusehen. Auch wenn Betty sich alle Mühe gab, Mignon war ihr weit überlegen. Betty wirkte hölzern gegen sie.

«Beeindruckend, wirklich beeindruckend!»

Hugo Ball stand plötzlich neben Laban. Er neigte seitlich den Kopf, studierte Mignons Tanz und verzog das Gesicht.

«Aber nicht mehr zu gebrauchen.»

«Das steht nicht zur Debatte. Du hast ja gehört, was Peregrinus gesagt hat.»

Ball schüttelte den Kopf.

«Sie legt zu viel Gefühl in ihre Darbietung.»

Laban blickte ihn misstrauisch an, doch Ball liess sich Zeit.

«Die Ischtar ist ein Luder. Mignon hat diese Qualität nicht mehr. Betty ist ein Luder. Das passt.»

Laban lächelte gequält.

«Betty ist egozentrisch.»

«Na bitte! Weiss Mignon schon, dass sie doch die Ischtar tanzt?»

«Ich habe es ihr noch nicht gesagt.»

Ball wies mit dem Kopf Richtung Saumpfad, wo Peregrinus hergelaufen kam.

«Ich denke, das wird er übernehmen.»

Laban wurde wegen dieses Übergriffs schon wieder wütend. Schritt für Schritt sah er sich mehr in seiner Autorität beschnitten.

«Du wusstest nicht mal, dass er sie aus München hierherholt, nicht wahr? Ich möchte zu gern wissen, was er im Gegenzug von ihr verlangt, wenn sie die Ischtar tanzen darf.»

«Warum provozierst du mich dauernd, ich dachte, du seist mein Freund?»

«Gerade darum. Ich halte dir den Spiegel vor.»

Peregrinus stellte sich vor Mignon auf, schaute ihr eine Weile zu. Sie beachtete ihn nicht.

«Da bist du ja wieder.»

Mignons Figuren wirkten plötzlich etwas hölzern.

«Es gibt Leute, die halten deine Tat für Hochverrat.»

Die Schärfe seiner Worte verfehlte ihre Wirkung nicht.

Mignon hielt inne, atmete schwer, wegen der körperlichen Anstrengung, aber auch aus Wut.

«Du hast mich betäubt und wolltest mich vor aller Augen vergewaltigen!»

«Hättest du denn freiwillig mitgemacht?»

«Auf keinen Fall!»

«Na siehst du.»

Mignon war kurz davor, auf Peregrinus loszugehen.

«Ist das deine Art, Frauen gefügig zu machen?»

«Du siehst schön aus, wenn du wütend bist.»

«Ich bin enttäuscht von dir.»

«Und trotzdem bist du zurückgekommen.»

Geschlagen senkte sie den Kopf. Die Kraft verliess sie.

«Unsere Instinkte leiten uns untrüglich dorthin, wo unser geistiges Zuhause ist», lächelte Peregrinus.

«Ich will die Ischtar tanzen!»

Laban und Ball schritten den Hügel hinab auf sie zu.

«Willkommen zurück im Leben der Boheme», sagte Ball.

Mignon ignorierte ihn, wandte sich trotzig an Laban.

«Du brauchst eine Ischtar. Hier bin ich!»

Laban bereitete es Mühe, sich im Zaum zu halten.

«Ich habe dich beobachtet. Deine Bewegungen sind unentschlossen.»

«Seht da!», rief Mary, die in einigem Abstand ihre Übungen machte.

Alle Köpfe drehten sich zu ihr hin. Aus dem Wald stolzierte ein Pfauenpaar. Wie aus dem Nichts tauchte es auf, blickte nicht nach links, nicht nach rechts, sondern stakste geradeaus auf sie zu. Als die Pfauen das Grüppchen erreichten, stellten sie ihre Federn auf. Unbeirrt durchquerten sie die Gruppe. Laban und Mignon mussten zur Seite weichen. Stolz gingen sie durch die Gruppe hindurch und verschwanden sodann im Dunkel des Waldes.

«Wenigstens die wissen, wohin sie wollen,» sagte Ball.

Mignon dachte an eine Episode aus ihrer Kindheit. Es war in der alten Klosterschule. Sie las in alten Manuskripten, die in schöner Handschrift geschrieben waren, biblische Geschichten. Das regte ihre Fantasie an und weckte den Wunsch, ein wahres, heiliges Leben zu führen. Im Kirchengarten lebte ein Pfau, er war ihr Freund. Nie mehr danach fühlte sie sich so geborgen wie damals.

Ball schien ihre Gedanken zu erraten.

«Rätsel treiben das Leben voran.»

Peregrinus wusste, mit Heiterkeit liess sich kein Hofstaat führen, also zerstörte er die Idylle.

«Wir sollten die Pfauen in die Pfanne hauen.»

«Wir sind auf dem Monte Verità!», protestierte Mignon.

Peregrinus zwinkerte Mignon verschwörerisch zu.

«Gegen Coniglio hattest du nichts einzuwenden.»

Laban platzte schier vor Wut. Das gefiel Peregrinus.

«Bald ist Sonnenfest. Wo erscheinen die Tänzerinnen?»

Laban sammelte sich, wies zum Abhang.

«Ah, von dort also. Na ja, das weiss ich ja längst. Das Fest beginnt, wenn die Sonne den Horizont berührt, sodass man nur die Silhouetten der Tänzerinnen sieht. Eine schöne Choreografie. Und was geschieht mit Ischtar?»

«Sie fährt zur Unterwelt.»

Peregrinus lächelte.

«Das wird sie wohl.»

KAPITEL № 50

Voll Fabulierlust und Sonnenhelle

Auf der Wiese vor der Freitreppe der Casa Centrale herrschte buntes Treiben. Umgrenzt von Wald, lag sie zur Westflanke hin offen zum See, fiel steil ab und gab den Blick frei auf Berge und See. In der Mitte der Wiese brannte ein grosses Feuer, das von Helfern durch immer neues Brennholz genährt wurde. Einige tanzten darum herum und stürmten dagegen an, um den aufsteigenden Rauch in Schwingung zu bringen. Es war ein schöner Sommertag gewesen. Es herrschte eine friedliche, aber auch erwartungsvolle Atmosphäre. Ein Junge ging mit einem Korb herum und verteilte halluzinogene Pilze. Andere rauchten Cannabis. Die Stimmung wurde immer ausgelassener. Sie waren alle da: Wünschelrutengänger, Wahrsager, Theosophen, Sexualbolschewisten, Satanisten, Rosenkreuzer, Philosophen, Pendelschwinger, Parapsychologen, Orientalische Templer, Naturreformer, Mitglieder der Hermetischen Bruderschaft von Luxor, Magier, Indologen, Illuminaten, Geheimschüler, Freimaurer, Freidenker des Grand Orient, Buddhisten, Astrologen, Anthroposophen, Anarchisten. Sie kursierten in der Toga oder nur mit Lendenschurz bekleidet.

Peregrinus stieg den Hügel hinauf und blieb stehen, vor der untergehenden Sonne, sodass nur seine Silhouette zu erkennen war. Er hob die Arme.

«Brüder und Schwestern, ich als Grossmeister des Hermetic Brotherhood of Light und des Ordo Templi Orientis habe die grosse Ehre, euch heute Abend zu begrüssen. Ihr seid der

Einladung zum ersten Congrès Coopératif Anational gefolgt. Mit eurem Erscheinen bekundet ihr, dass ihr bereit seid für den Fortschritt!»

Trommelwirbel setzte ein. Weihrauchschwaden stiegen auf.

«Und nun gebe ich die Naturbühne frei für das Tanzspiel – für Ischtar, die babylonische Liebesgöttin.»

Er verneigte sich und marschierte zur Seite. Der Trommelwirbel verstummte. Für einen Moment herrschte gebannte Stille. Da schwebten die Tänzerinnen den Hügel empor, stellten sich in Formation vor die untergehende Sonne. Sie trugen schwarze Gewänder, nur Ischtar trug Weiss. Ihre Körper zeichneten sich durch das feine Tuch und im Gegenlicht deutlich ab. Sie standen bewegungslos da wie Skulpturen. Dann setzten Tamburin, Rasseln, Flöten ein. Eine nach der anderen begann mit ihrem Tanz, nach Labans Instruktion mit Anschwung, Aufschwung, Drehsprung, leichtfüssig und elegant, voller Fabulierlust, mit Spitzen und Schärfen. Die Bewegungen waren gegliedert, hell, spitz, etwas verrückt. Es gab nichts als Rhythmus und Ekstase. In ihrem Tanz drückte sich die Kraft und Fantasie des Lebens aus, als eine Naturgewalt, pompös und zerstörerisch zugleich. In der Mitte des Reigens stand die babylonische Liebesgöttin. Ischtar flog in hohen Sprüngen, als ein übersinnliches Wesen, zum Höchsten, Letzten. Die Tänzerinnen standen auf Zehenspitzen und hielten die Hände über den Kopf, legten die Fingerspitzen aneinander, so stellten sie die sieben Tore dar, die zur Unterwelt führen. Nach und nach entledigte sich Ischtar all dessen, was sie trug: Krone, Szepter, Halsring, Gürtel, Ballerinas, Schleier, zuletzt des Gewands. Nun war sie nackt. Sie streckte die Arme aus und schritt durch den Spalier, den die andern Tänzerinnen bildeten. Die Zuschauer applaudierten und pfiffen. Der Spalier löste sich von hinten auf. Die Tänzerinnen folgten ihr. Totimo brach aus. Er verlor sich in einen wilden Tanz voller Spitzen und Gräten, spreizte Arme und Beine, legte die Handflächen über- und aneinander und wackelte mit dem Kopf wie eine ägyptische Tempeltänzerin. Die Sphäre war erfüllt von Feuer, Weihrauch, Trommeln, Erotik. Alle begannen nun zu tanzen.

Ich sah, wie Mignon es genoss, die Blicke auf sich zu wissen. Ihre Züge spiegelten wilde Freude am Tanz. So hatte ich sie noch nicht gesehen, und ich verstand. Ich war für sie immer nur Statist gewesen. Nicht mal das. Sie hatte mich bereits vergessen. Das war der Grund, dass Peregrinus mich dabeihaben wollte: Ich sollte mit eigenen Augen sehen, dass sie für mich verloren war. Er hatte gewonnen.

«Entweder man übt Macht aus, oder man wird von ihr beherrscht.» Ich begriff nun die Tragweite seiner Worte.

«Da bist du ja, Christo! Tanz mit mir!»

Noch ehe ich verstand, wurde ich fortgezogen. Betty drückte sich lachend an mich, zerrte mich mit zum Tanz ums Feuer. Alles drehte sich, Farben flossen ineinander über.

«Fass mich an! Ich will, dass du mich anfasst!»

Meine Hand wurde unter ihr Gewand an die nackte Brust geführt. Dort blieb sie liegen, während wir immer schneller ums Feuer kreisten. Warum hatte ich sie eigentlich immer abgelehnt? Mit ihr war es unkompliziert. Wie viel Freude hätte ich mit ihr haben können? Wie viel Kummer wäre mir erspart geblieben? Betty rieb sich an mir, küsste mich innig und hielt heimlich Ausschau nach Mignon. Das merkte ich erst, als es schon zu spät war. Geschickt hatte sie sich ihren Weg durchs Gemenge gebahnt. Ich war emotional so aufgeladen nach all den Hoffnungen und Enttäuschungen, dass mir wohl umso heftiger die Wollust ins Gesicht geschrieben stand – als ich die Augen öffnete und vor mir Mignon sah. Sie war nicht erfreut. Ihr Blick feuerte Pfeile ab, erst auf Betty, dann auf mich. Betty lachte wie eine Hyäne. Nun erst bemerkte ich, warum Mignon so wütend war: Meine Hand lag noch immer auf Bettys Busen.

Da sah ich Yogi. Yogi? Was suchte der denn auf dem Monte Verità? Unvermittelt liess ich von Betty ab und verfolgte den falschen Inder, sah, wie er auf Peregrinus zusteuerte, ihn einmal antippte – zu sanft, denn der reagierte nicht –, ein zweites Mal dann kräftiger. Lachend legte Peregrinus die Hand auf Yogis Turban, fixierte ihn auf diese Weise. Yogi versuchte, sich zu befreien, rief ihm etwas zu, zeigte in meine Richtung. Peregrinus sah auf und entdeckte mich. Er nickte anerkennend. Es war eine Kriegserklärung.

Fledermäuse zischten durch die weihrauchschwangere Luft, als Peregrinus auf einen Baumstrunk stieg. Auf einer Seite brannte eine Fackel, die ihm ein gespenstisches Aussehen verlieh. Das war man von ihm gewohnt. Neben ihm stand Gino und hielt den Gong, den Jampa nun dreimal schlug. Die beiden waren seine neuen Diakone. Die Menschen hielten inne, das Stimmengewirr verebbte. Nur das Feuer war zu hören.

Peregrinus hob die Arme.

«Brüder und Schwestern, seid gegrüsst! Willkommen auf dem Monte Verità! Wir haben uns heute hier versammelt, um einen gemeinsamen Weg zu beschreiten. Wir errichten eine neue Ordnung. Wir geben der Menschenwürde eine neue Heimat. Unser Wille geht um die Welt. Wir sind die Brüder des Lichts. Unsere Zeit ist gekommen!»

Tosender Applaus. Peregrinus wartete kurz, dann hob er von Neuem an.

«Die Basis aller Religionen ist die Verehrung der männlichen und weiblichen Reproduktionsorgane. Die Anbetung des Phallus und der Vulva ist die älteste Form des Gottesdienstes. Durch die Vereinigung entsteht Mensch, Familie, Volk, Rasse. Wir erneuern die Menschheit und begehen heute einen symbolischen Akt. Seid ihr bereit dazu? Seid ihr bereit, Herz, Verstand und Körper für unsere Sache zu verwenden?»

Zustimmung, tosender Applaus.

«Niemand darf an unserer Sache zweifeln! In geschlossenen Reihen gehen wir in dieselbe Richtung! Aber gebt acht, es weilt ein Abtrünniger unter uns! Ein Judas!»

Pfiffe, Gebrüll.

«Ich kann ihn sehen!»

Peregrinus zeigte auf mich. Die Leute wichen von mir zurück, schlossen einen Kreis um mich. Rufe, Pfiffe, erhobene Fäuste!

Verunsichert blickte ich mich um. War das am Ende Peregrinus' Plan? Er hatte mich hierhergelockt, um mir den Garaus zu machen? Man sollte mich hier ans Kreuz nageln? Peregrinus hob die Arme und gebot Einhalt.

«Aber wie sollen wir erhabene Gedanken in die Welt ausstrahlen, wenn wir nicht vergeben können? Unser Herz ist gross. Auch Andersdenkene haben bei uns Platz. Komm zu mir herauf, Christo, damit ich dir die Hand reichen kann, die Hand der Vergebung.»

Was war das wieder für ein Winkelzug? Ich war vollkommen durcheinander, durchschaute nichts mehr, war nur noch verwirrt und gehorchte. Die Leute bildeten eine Schneise, und ich schritt zu Peregrinus wie zum Schafott, stieg zu ihm auf den Baumstrunk, in Erwartung des Untergangs. Doch der Strunk war zu klein für zwei Personen, sodass wir uns gegenseitig bedrängten. Das brachte Peregrinus jedoch nicht aus dem Konzept.

«‹Tu, was du willst› soll sein das Ganze des Gesetzes. Mit redlichem Herzen komme her und lausche. Lasst euren Willen zur Liebe entbrennen. Begrüsst unseren neuen Bruder!»

Die Trommeln schlugen an, und Peregrinus küsste mich auf die Stirn.

KAPITEL № 51

Gotteskrieger

Zur gleichen Zeit herrschte auf der Piazza del Municipio in Ascona heitere Kriegsstimmung. Männer hoben ihre Waffen in die Luft: Mistgabel, Peitsche, Hammer, Holzkelle, Keule, Steinschleuder. Sie brüllten und sangen, einer spielte Trompete. Endlich war mal wieder was los. Capitano Rusca, Bolongaro und Don Mondini standen auf der obersten Treppenstufe vor dem Municipio, die für die drei genauso eng war wie für Peregrinus und mich der Baumstrunk. Rusca beanspruchte am meisten Platz. Er drängte Bolongaro ab, der den Druck an Don Mondini weitergab. Aber keiner wollte eine Stufe hinabsteigen. Wie überall in der Welt kämpften auch hier Militär, Politik und Kirche gegenseitig um die Vorherrschaft. Bolongaro wollte eröffnen, doch Rusca kam ihm zuvor. Das liess sich Bolongaro nicht gefallen, er fiel ihm ins Wort. Das wiederum erzürnte Don Mondini, der seinerseits das Wort an die Dörfler richtete. Das Durcheinander war so gross, dass sowieso niemand zuhörte. Jeder wollte seine eigene Ansicht kundtun. Vorsorglich hatte der alte Pep ein Weinfass angeschleppt, das er um die Ecke abgestellt hatte, sodass es die Obrigkeit nicht sehen konnte. Unbemerkt verschwand ein Krieger nach dem andern, um mit glühenden Wangen wieder aufzutauchen. Der Grottowirt teilte Salamipanini aus, damit das Heer zu Kräften kam. Holzstuhlflechter Allidi und Schirmflicker Carrara prosteten sich zu. Scherenschleifer Poncini und Gerber Zemolo verschlangen Brötchen, so viel sie fassen konnten. Fischer Altro und Bauer Robini sangen Kriegslieder. Auch die Burschen feierten: der starke Rodolfo und sein Mitläufer Claudio aus Locarno, der verlotterte Ludovigo aus dem Maggiatal, der Glöckner Angelo und Pietro, Edoardo, Giacomo, Filippo. Sie hatten sich die Wangen mit Russ beschmiert – Kriegsbemalung. Sie machten durch Armdrücken untereinander aus, wer vorne mitlaufen durfte.

Krieg war ein Spass, schade, dass er so selten stattfand!

Irgendwann merkten Capitano Rusca, Bolongaro und Don Mondini, dass die Dinge aus dem Ruder liefen.

«Und was hab ich vom Krieg? Ich will bezahlt werden, ich will Sold! Für eine neue Ziege», rief Allidi.

Das war eine gute Idee, fanden alle.

«Meine Barke ist leck, ich will eine neue!», stimmte Altro ein.

«Beschaff dir besser eine neue Frau!», schrie Poncini.

Die Männer brüllten vor Lachen.

«Wenn der eine Barke bekommt, will ich einen Heuwagen!», rief Robini.

«Ich will statt der Ziege auch lieber einen Heuwagen», rief Allidi, der befürchtete, dass er sich zu billig verkauft hatte; schliesslich war es seine Idee gewesen, Forderungen zu stellen.

«Den bekomm aber ich!», brüllte Robini.

«Halts Maul!»

«Willst du meine Faust riechen?»

Capitano Rusca, Bolongaro und Don Mondini waren ratlos.

«Tun Sie doch etwas!», schrie Don Mondini den Capitano an – wenn er sich schon als Feldherr aufspielte, sollte er auch danach handeln.

Und das tat er dann auch: Capitano Rusca griff nach der Trillerpfeife und blies kräftig hinein.

Der schrille Ton liess die Männer verstummen.

«Weg mit dem Wein! Weg mit dem Brot! Strammgestanden!»

Alle waren so verblüfft, dass sie gehorchten.

«Carabinieri, in Zweierstellung, marsch!»

Capitano Ruscas Heer von vier Polizisten bildete ein Quadrat als Vorhut.

«In Reih und Glied aufschliessen!»

Die Männer stellten sich hinter die Carabinieri, als hätten sie es geprobt: Hacken aneinander, Brust vorgewölbt, Schultern in gleicher Höhe, Hände an den Oberschenkeln, den Kopf aufrecht, den Blick geradeaus, den Mund geschlossen. So marschierten sie los.

Erst klatschten die Damen in ihren Fenstern, die Virginia Poncini, die Camilla Pedrazzini, die Sofia Maceroni und die Schwestern Pisoni – die Bìdola und die Olimpia –, dann schlossen sie sich dem Trupp an. Das Schlusslicht bildete die Boresco.

KAPITEL № 52

Das Leben veredeln, nicht reduzieren

«Du böser Junge, hast mich einfach stehen lassen!»

Betty stand breitbeinig vor mir, die Hände in die Hüften gestemmt. Sie wirkte zornig, sah aber attraktiv aus, gerade darum.

«Betty mag es nicht, wenn man sie ignoriert.»

Aber ich hatte auf ihre Spielchen nun gar keine Lust mehr. Diese Berechnung! Ich hatte mich hinreissen, in meinem Elend betören lassen. Damit war nun Schluss. Ich würde jetzt genau nur noch das machen, was ich selbst als richtig empfand, hatte genug davon, dass mir jeder ins Gewissen redete, mich nach eigenem Gusto zu formen versuchte. Eigenem Gusto? Ich musste lachen. Gusto hätte grosse Freude an dem Wortspiel.

«Du stellst ihr noch immer nach? Ich fasse es nicht!»

Betty schlang ihre Arme um meinen Hals.

«Du gibst wohl niemals auf, das gefällt mir. Ich auch nicht.»

Doch ich befreite mich aus ihren Tentakeln.

«Wo ist sie?»

«Was krieg ich dafür, wenn ich es dir sage?»

«Was willst du?»

«Einen Kuss.»

Sie schloss die Augen und machte einen Spitzmund.

Angewidert küsste ich sie auf den Mund. Sie biss mir in die Unterlippe. Ich schreckte zurück.

«Was soll das?»

«Das soll dir eine Lehre sein! So geht man mit Betty nicht um!»

Ich hielt meine Hand an die anschwellende Lippe.

«Sie ist in der Casa Anatta bis zum Ritual. Bist du jetzt glücklich?»

Ich war es nicht.

Sie verschränkte die Arme, reckte das Kinn in die Höhe.

«Geh! Geh nur! Die arme Betty ist von dir nichts Besseres gewohnt.»

Ich liess sie einfach stehen. Nichts hielt mich mehr an diesem Ort. Ich drehte mich um und rannte los, sah nicht mehr ihr zufriedenes Lächeln. Ich rutschte den Abhang zur Casa Anatta hinab und stand bald vor der Tür, die sogar einen Spaltbreit geöffnet war. Vorsichtig stiess ich sie auf, die Angeln quietschten. Im Foyer war es dunkel. Stille herrschte. Nichts wies darauf hin, dass jemand im Hause war. Angespannt lauschte ich in die Dunkelheit, tastete mich voran, durchs hölzerne Tonnengewölbe zum Kamin. Auf dem Sims fand ich, was ich suchte: Kerzen. Ich nahm eine und zündete sie an. Zurück ins Foyer, die Treppe hinauf. Die Stufen knarrten unter meinen Füssen. Im ersten Stock waren die Schlafzimmer, aber wo Mignon üblicherweise schlief, das wusste ich nicht. Ich stiess die erste Tür auf, leuchtete in den Raum. Da war sie nicht. Auch der angrenzende Raum war leer, der dritte ebenso. Schon glaubte ich, dass Betty mich angelogen hatte, als ich im hintersten Zimmer einen süsslichen Geruch wahrnahm. Hier war jemand. Ich konnte nur nichts sehen. Aber dann, auf dem hintersten Bett, da lag Mignon. Sie trug ihr Ischtar-Kleid und schlief. Ich setzte mich zu ihr ans Bett, streichelte ihr übers Haar. Sie hatte noch nie so friedlich ausgesehen. Sie war vollkommen entspannt. Ihr Drache schlief tief. Nichts trübte im Augenblick ihr Empfinden. Aber dann wurde mir klar: Normal war das nicht. Ich rüttelte an ihrer Schulter, zunächst verhalten, dann immer kräftiger, doch es dauerte eine Weile, bis sie endlich zu sich kam. Noch war sie vollkommen verwirrt, hatte nicht mal eine Ahnung, wo sie sich befand. Nichts war zu spüren von ihrer kürzlichen Feindseligkeit. Dazu hatte sie gar keine Kraft. Was war passiert?

«Christo? Was tust du denn hier?»

«Was ist geschehen?»

Sie setzte sich auf, rieb sich die Schläfen.

«Sie haben mich betäubt, schon wieder, mir ein feuchtes Tuch über Mund und Nase gehalten.»

«Was?»

«Chloroform.»

«Was wollen sie dir antun?»

Da erinnerte sich Mignon.

«Was ist mit dir und Betty?»

Es war nichts geschehen, und ich war ihr auch keine Erklärung schuldig. Trotzdem war es mir peinlich. Ich senkte den Kopf.

«Deine Hand auf ihrem Busen ...»

«Es ist nicht so, wie du denkst», sagte ich und wusste gleich, wie töricht das klang.

«Das sagen sie alle.»

Ich hatte weder Lust noch Zeit, mich in eine Ecke drängen zu lassen, zumal ich hierhergekommen war, um Mignon vor dem Ritual zu retten, einmal mehr.

«Wir müssen von hier verschwinden, sofort!»

Mürrisch verschränkte sie die Arme vor der Brust.

«Männer wollen immer verschwinden.»

So weit ich es mitbekommen hatte, war sie es, die stets verschwand.

«Wenn wir jetzt nicht gehen, sind wir verloren. Die Satanischen müssen jeden Augenblick hier sein.»

«Ausreden, nichts als Ausreden!»

Offensichtlich hatte die Betäubung grösseren Schaden bei ihr angerichtet, denn völlig aus dem Zusammenhang schrie sie plötzlich: «Mein Gott, er ist weg!» Dabei fasste sie sich an den Hals.

«Was ist los?»

«Sie haben ihn mir genommen!», heulte sie.

«Wen denn?»

«Meinen Gott!»

«Deinen Gott?»

«Das Shiva-Medaillon, es ist weg! Sie haben es mir in der Casa Centrale abgenommen. Annie Besant brachte es mir aus Indien mit. Shiva ist der wichtigste Gott im Hinduismus, die Manifestation des Höchsten. Solange Shiva tanzt, tanze auch ich. Wenn Shivas Tanz aufhört, dann geht die Welt unter.»

Betty stand breitbeinig und mit verschränkten Armen da und blickte zur Casa Centrale hinunter.

«Ich denke, er hat sie jetzt gefunden.»

«Wir geben ihm noch etwas Zeit», sagte Peregrinus.

Betty schaute zu ihm auf.

«Und du hältst gewiss dein Versprechen?»

«Ich bitte dich.»

Ihre Blicke fielen auf Oedenkoven, der abseits des ekstatischen Tanzgeschehens stand und ziemlich verloren wirkte.

«So hat er sich das gewiss nicht vorgestellt», sagte sie.

«Er muss nicht mehr lange durchhalten.»

«Was macht dich so sicher?»

Peregrinus wandte sich ihr zu, musterte sie, als sähe er sie in völlig neuem Licht.

«Seine Ideale sind verloren. Er ist pleite. Er hat nur noch das Haus, und auch das nicht mehr lange.»

Betty lächelte.

«Und du hältst bestimmt Wort?»

«Du bekommst deinen Anteil!»

Menschen sind habgierig, das macht sie so leicht manipulierbar, dachte Peregrinus vergnügt.

Es war schon dunkel, als Gino und Jampa hinter die Casa Centrale schlichen. Sie holten das heimlich dort versteckte Gestrüpp hervor, trugen es zur Frontseite und verteilten es entlang der Holzwand. Ein verschwörerisches Nicken, dann zündete Gino ein Streichholz an. Der Wind blies es wieder aus.

«Mist!»

Auch das nächste Streichholz erlosch im Handumdrehen.

«Gib mir Windschutz!»

Jampa hielt die Hände um das Hölzchen. Das machte es für Gino kompliziert. Beim nächsten Versuch brach der Streichholzkopf ab.

«Du stellst dich zu dumm an.»

Gino zog ein neues Streichholz aus der Schachtel.

«Nun mach schon!», bellte Jampa.

«Windschutz!», brummte Gino.

Mit zittriger Hand strich er das Hölzchen über die Reibfläche der Schachtel. Nichts geschah. Ärgerlich nahm Jampa das Streichholz an sich.

«Lass mich machen!»

Wieder brach der Kopf ab.

«Was ist nur mit den Dingern los?»

«Gib mir noch eins!»

«Keins mehr da.»
«Was soll das heissen?»
«Die Schachtel ist leer!»
«Wie machen wir dann Feuer?»

Peregrinus wusste, was in Oedenkoven vorging. Er tat ihm nicht leid, seine Zeit war vorbei. Aber es war nicht gut, dass er zum Haus sah, während alle feierten. Er durfte nicht zum Zeugen werden, gerade er nicht. Er ging zu ihm hin.

«Ein schönes Fest!»

Oedenkoven drehte sich um. Aus seiner finsteren Miene war zu schliessen, dass er nicht nur keine Freude hatte, sondern geradezu angeekelt war.

«Das habe ich nicht gewollt.»

Peregrinus sah über Oedenkovens Schulter, dass Betty mit einer brennenden Fackel zur Casa Centrale hinuntereilte. Etwas musste schiefgelaufen sein.

«Sie haben ein grosses Werk geschaffen. Sie dürfen stolz darauf sein.»

«Das ist nicht mein Werk! Das ist Ihr Werk!»

«Zu viel der Ehre! Sie haben den Monte Verità erfunden.»

Oedenkoven senkte den Blick. Alle Kraft hatte ihn verlassen.

«Ich wollte eine Schule für höheres Leben, einen Ort für die Erweiterung des Bewusstseins. Ich sehe auf fast zwei Jahrzehnte zurück, und irgendwie kommt mir die Zeit jetzt sinnlos vor. Und es ist schlimmer geworden, seit Sie hier sind!»

Väterlich legte Peregrinus die Hand auf seine Schulter.

«Das ist nur eine Orgie.»

«Gewiss, ich befürworte die Freikörperkultur, aber aus anderen Gründen. Freiheit, Offenheit, Gesundheit! Ich will das Leben veredeln, nicht reduzieren.»

Peregrinus schüttelte den Kopf.

«Die Natur treibt uns zur Orgie. Sie ist ein Bedürfnis des Menschen, eine emanzipatorische, friedensstiftende Handlung, weil sie Verbundenheit schafft. Sie hebt uns auf ein höheres Niveau. Dafür muss der verklemmte Städter erst ausgebildet werden. Denken Sie an all die verkümmerten Ehefrauen, die sich nur zu ihrem Gatten hinlegen, weil sie dazu erzogen wurden, sich für den einen aufzubewahren, der ihnen zugetragen wird.»

«Hier geht es zu wie bei den Hottentotten!»

«Gehen Sie nicht zu hart mit sich ins Gericht.»

Oedenkoven reckte die Arme gen Himmel.

«Götter, gebt mir Kraft!»

Peregrinus applaudierte.

«Eine schöne Vorstellung. Bravo! Shakespeare hätte es nicht besser gekonnt. Aber ich bin nicht Shakespeares Jago. Ich spinne keine Intrigen!»

Buttiglioni war ein guter Macellaio, nicht aber ein guter Soldat. Schon Marschieren in Reih und Glied bereitete ihm Mühe. Mal trat er dem Nebenmann auf den Fuss, mal dem Vordermann in die Achillessehne. Dafür erntete er dann Verwünschungen und einen Stoss in die Rippen. Den spürte er dank seiner Fülle kaum, trotzdem war er verletzt und blieb beleidigt stehen. Das führte dazu, dass der Fischer auf ihn auflief und sich die Nase stiess. Und der Gerber knallte in den Fischer, der Scherenschleifer in den Gerber. Es war keine Eliteeinheit. Capitano Rusca verwarf die Hände, war aber zu stark mit sich selbst beschäftigt. Sein Körperbau war nicht geeignet für eine Waldwanderung, schon gar nicht für eine Bodenoffensive.

Zwar schritt er der Truppe voran, aber so langsam, dass die Männer überholen wollten, und er musste sie mit ausgebreiteten Armen daran hindern. Die Carabinieri hatten sich zurückfallen lassen, marschierten nun ganz am Ende, hinter sich nur die Frauen, schliesslich erhielten sie den Sold sowieso, da mussten sie sich nicht die Köpfe einschlagen. Da stoppte Rusca und hob den Arm. Wieder prallte der Fischer in den Metzger, der Gerber in den Fischer, der Scherenschleifer in den Gerber.

«Wir müssen leise sein, sonst hört uns der Feind!», schrie der Capitano.

«Sonst ist es keine Überraschung», erklärte der Metzger.

«Ich liebe Überraschungen», sagte der Fischer.

Bolongaro hatte gar kein gutes Gefühl.

«Da kommt Betty!», rief Gino und winkte ihr fröhlich zu.

Doch sie war nicht gut gelaunt. Ein grober Fehler, dass nicht sie die Ischtar hatte tanzen dürfen. Sie sollte die Fackel einfach wegwerfen und Peregrinus' Pläne wären ein für alle Mal durchkreuzt. Er hätte es nicht besser verdient. Und jetzt hatte sie es auch noch mit diesen Schwachköpfen zu tun. Nicht mal ein anständiges Feuer konnten sie entfachen. Mit brennender Fackel sprang sie die Treppe zur Casa Centrale empor.

«Warum führt ihr den Befehl nicht aus?»

«Die Streichhölzer sind alle», antwortete Gino mit unschuldiger Miene.

«Nicht zu fassen!»

Jampa blickte mürrisch. Er liess sich nicht gern von einer Frau tadeln, schon gar nicht von einer dunkelhäutigen.

«Was läuft nur falsch mit euch?», bellte Betty.

Jampa trat zur Seite.

«Ich lass dir gern den Vortritt, du hast das Feuer!»

Das wollte sie dann doch nicht, überreichte stattdessen Gino die Fackel. Der fühlte sich geehrt. Ihm gefiel die Exotin. Mit lüsternem Blick musterte er ihre Figur. Aber es war wohl kein günstiger Zeitpunkt für eine Liebelei.

«Würde Herr Casanova jetzt bitte aktiv werden?», sagte Betty mit ihrem Hyänenlächeln.

Gino war verwirrt. Wie sie das wohl meinte? Ob sie verführt werden wollte? Ihr Blick liess allerdings nicht darauf schliessen. Er war nicht freundlich, schon gar nicht aufreizend. Enttäuscht hielt er die Fackel ins Geäst, das sofort Feuer fing.

«Na also, geht doch!», sagte Betty.

«Warum musst du mich immer retten?», schimpfte Mignon, als ich sie an den Armen aus dem Bett zog.

«Für Erklärungen ist jetzt keine Zeit!»

«Du mischst dich in Dinge ein, die dich nichts angehen!»

Ich fühlte mich schlecht, riskierte Kopf und Kragen, ohne jegliches Entgegenkommen; warum tat ich es dennoch? Ich hatte Mignon einfach gern und sah, worauf dies hinauslief. Alles war intellektuell begründet, schien einem weltanschaulichen Konzept untergeordnet – Leben war das nicht. Aber mit Argumenten war ihr nicht beizukommen.

«Du hast mich in den Wald verschleppt. Hat dir das Spass gemacht?»

«Wir sollten jetzt gehen.»

«Hast du Dinge getan, für die du dich schämen solltest?»

Ich antwortete nicht, was sie jedoch als Schuldeingeständnis deutete. Darüber geriet sie derart in Rage, dass sie einen roten Kopf bekam.

«Du hast mich ausgenutzt!»

Mir zog sich das Herz zusammen. Es gibt einen Punkt, da man den Tatsachen ins Auge blicken muss, und ich gestand mir den Irrweg meines Herzens ein. Die Baronin hatte recht behalten. In diesem Augenblick war mir alles einerlei; ich begriff, dass alles notwendigerweise und folgerichtig so hatte kommen müssen, dass die Differenz zwischen uns nicht erst seit jetzt bestand, sondern schon seit immer, ich hatte sie nur nicht wahrhaben wollen.

«Lass uns Shiva holen», sagte ich gleichgültig.

Peregrinus zwirbelte zufrieden den Schnurrbart, als er endlich Rauch sah. Er wartete, bis sich ein schöner Brand entwickelte. Seine neuen Diakone waren Dummköpfe, aber die Hyäne hatte es geschafft. Auf sie konnte er sich verlassen. Doch musste er ihr deshalb ein Stück Land auf dem Berg abtreten, nur weil sie es forderte? Eher nicht. Jetzt gab er Yogi das Zeichen. Der forderte nichts, nur etwas Zuneigung. Das war zwar dämlich, aber praktisch – und billig. Yogi hielt aufgeregt die Hände wie einen Trichter um den Mund.

«Feuer! Feuer! Feuer!»

Niemand hörte ihn im Getrommel des Feuertanzes, also stieg er auf den Baumstrunk und schrie, was seine Lungen hergaben.

«Feuer! Feuer! Feuer!»

Einer nach dem andern hielt inne, stutzte, blickte zu Yogi, der zur Casa Centrale wies – auf mich.

KAPITEL № 53

Höllenfahrt

Die Flammen konnten den steinernen Freitreppen und dem Sockel nichts anhaben, aber der gesamte Oberbau war aus Holz. Die mit Fischblasenmustern dekorierten Fenster platzten. Tausende Scherben regneten auf die Wiese. Die Gardinen im Speisesaal brannten lichterloh, bald auch die Rohrstühle und Tische. Im Gang schmolzen die theosophischen Wandzeichen – Kreise, Parabeln, Pyramiden – zu glühenden Klumpen. In den Zimmern frass das Feuer Tücher, Laken, Teppiche, dann Betten, Sekretäre, Schränke. Im Vortragssaal lag auf dem Dirigentenständer noch die «Constitution of the Ancient Order of Oriental Templars, O.T.O., Ordo Templi Orientis». Sie verschwand mit einem dumpfen Knall. Die Bücher in der Bibliothek wurden vom Feuer nicht verschont. Die Dachbalken bogen sich, dann stürzten sie ein, auf Ida Hofmanns Klavier, das seine letzten Töne von sich gab. Bald brach das ganze Dach ein und begrub die letzten Relikte der Naturmenschen unter sich. Auf die Idee, gegen das Feuer anzukämpfen, kam keiner. Es wäre auch sinnlos gewesen. Da war wegen des heissen Sommers kaum Wasser im Betonreservoir und keine Pumpe, keine Schläuche. Es war ein grosses Naturerlebnis, das die Menschen mit Ehrfurcht erfüllte, weil das Feuer vernichtet, zerstört, aber auch reinigt, wärmt – es war Schrecken und Faszination zugleich. Altes wurde verwüstet, Neues würde entstehen. Das Feuer sprach zu den Menschen, bedeutete Vereinigung der Gegensätze – Wandlung, Wiedergeburt. Niemand war wirklich deprimiert, eine eigentümliche Gelassenheit breitete sich aus, Vergnügtheit, sogar fiebrige Erwartung.

Man lachte und sang. Es war den Menschen, als komme Prometheus zu ihnen hinab, um das Feuer der Sonne zu bringen, sie zu erretten und ihnen eine weitere Stufe des Daseins zu geben. Vielleicht lag ihr neuer Schwung aber weniger an Prometheus als vielmehr am Cannabis. Hunderte im Haus gelagerte Cannabisbündel verbrannten. Verführerische Dämpfe stiegen auf, bildeten über dem Platz eine dichte Wolke, drangen in jedes Gehirn und in alle Nervenzellen.

Auch Capitano Rusca hielt die Nase in die Luft. Mit jedem Atemzug hellte sich seine Stimmung auf. Bald war er froh. Er musste sich eingestehen, im Grunde hatte er gar nichts gegen die Naturisten und Lust auf Krieg sowieso nicht. Es gab kein Verbrechen und auch keinen Übergriff. Warum er dennoch gegen sie vorging, fiel ihm partout nicht mehr ein. Ohne Motiv und Plan war aber nichts zu gewinnen. Hilflos blickte er sich um und stellte fest, dass sich sein Trupp aufgelöst hatte. Der Waldboden war übersät von Heugabeln, Steinschleudern, Knüppeln. Stattdessen hielten die tapferen Soldaten Arme und Nase in die Luft und jubelten, als hätten sie den Krieg, der noch gar nicht begonnen hatte, schon gewonnen. In den Cannabisdämpfen wich ihr Kampfwille einer seltsamen Harmoniebedürftigkeit. Man umarmte und küsste sich, hielt sich bei den Händen und tanzte im Kreis herum. Nur die kriegsbemalten jungen Burschen hatten noch Instinkte. Sie stürzten sich in die Büsche, arbeiteten sich durchs Geäst, schoben Blattwerk beiseite und entdeckten die Tänzerinnen. Jetzt waren sie nicht mehr zu halten.

Der Wald öffnete sich von allen Seiten. Dämonen sprangen

heraus, mit Masken und Gewändern aus Zweigen und Laub, hochragende, eckige und spitze Gebilde. In wilden Sätzen drehten sie sich. Irrlichter blinkten auf. Tamburin, Rasseln, Flöten setzten ein. Alle tanzten vor der brennenden Casa Centrale. Es war eine Verschmelzung von Hitze, Bewegung, Rhythmus und Farbe, ein Schwarm hüpfender, springender, flatternder Statisten in einem Zustand religiöser Verzückung, nur Rhythmus und Ekstase im Kopf. Die Dämonen trieben die Menschen zum Höchsten, Letzten. Tänzerinnen verrenkten sich auf unelegante Weise, rissen sich die Kleider vom Leib, entblössten ihre Brüste. Männer rannten mit irrem Blick herum, versuchten Frauen einzufangen, gaben tierische Laute von sich. Ungezügelte Begierde, Schamlosigkeit, Besessenheit, getrieben von einer Art heiligem Rausch.

Ein Bursche sah eine nackte üppige Frau vor sich, und schon fiel er bewusstlos um. Eine Frau warf sich auf den Rücken, streckte die Beine den Sternen entgegen, eine andere schwankte, stolperte, fiel auf einen am Boden liegenden nackten Mann, rieb sich an ihm. Ein Mann trommelte sich mit den Fäusten auf die Brust, rollte mit den Augen, warf sich auf eine Tänzerin. Ein anderer zerrte an ihren Armen, keiner wollte nachgeben. Sie schlugen mit den Köpfen zusammen, der Streit wurde heftiger, die Frau stand auf und verschwand. Es wurde gelacht, geklatscht, getanzt und geküsst wie im fernen Batavia. Immer rasender wurden die sexuellen Gesten. Stöhnen, Grunzen, Knurren, Brummen mischte sich mit dem Krachen und Knacken des Feuers. Die Menschen verloren sich in orgiastischen Verzückungen, gerieten in Trance und blieben deshalb unschuldig – «denn sie wissen nicht, was sie tun».

Jetzt hatte Peregrinus sein Ritual doch noch bekommen,

dachte ich, als ich vor der Casa Centrale stand, das gewaltige Feuer im Rücken. Aber nicht den Berg, den sollte er nicht bekommen! Ich musste lächeln. Aber es war kein heiteres, erfreutes, sondern ein zynisches Lächeln. Sie hatten mich ausgelacht und ausgemustert, gemieden, geschlagen und vertrieben, der Hexerei bezichtigt, aller Übel, Plagen, Katastrophen, nur meines Blutes wegen, das nicht das ihre war. Und jetzt stand ich vor ihnen und sah in ihre glühenden und verzerrten Gesichter. Meine Lage verlor all ihren Schrecken. Ich fühlte mich auf einmal leer. Nichts hatte mehr Bedeutung. Das Auf und Ab der Gefühle mündete in tiefer Gelassenheit. Nichts musste mehr erzwungen werden, nichts einem Zweck dienen. Es gab kein Urteil mehr, kein Gut und kein Böse. Alle Schüchternheit, Furcht und Angst waren weg. Ich lehnte mich nicht mehr auf, klammerte und haderte nicht, sondern liess los, liess zu, war unversehrt und mit mir selbst in Frieden. Ich nahm den Reichtum des Augenblicks in mir auf, in der Gewissheit, alles würde sich im richtigen Moment entfalten. Körper, Geist und Seele waren im Rhythmus mit der Welt. Ich war nicht mehr den Launen meiner Umgebung ausgesetzt, sondern erhob mich über sie. Mir wurde klar, dass mein Geist weit über mein Gehirn hinausreichte, dass ich mit meiner Umwelt verbunden war und alles miteinander verbunden ist. Ich war nicht mehr in der Enge meines Kopfes eingesperrt. Ich war blind gewesen, jetzt konnte ich sehen. Ich war Ischtar. Ich hatte die sieben Tore durchschritten.

Als Annie Besant die Veränderung als Erste bemerkte, schlug sie erschrocken die Hände vors Gesicht.

«Mein Gott, die Theorie, sie stimmt!»

Offensichtlich hatte sie selbst nicht an die «Geheimlehre»

der russischen Theosophin Helena Blavatsky geglaubt, die sie vom Russischen ins Englische übersetzt hatte und die westliche Esoterik mit Elementen östlicher Religionen verbindet – Reinkarnations- und Karmalehre. Aber jetzt sah sie den Energiekörper, der mich umgab, weisses Licht.

«Ein Engel! Ich sehe seinen Astralleib!», schrie sie.

Vor Begeisterung packte sie Jiddu Krishnamurti an der Toga und drückte ihn an ihren Busen, bis er fast erstickte. Mein Licht umgab mich wie eine wolkenartige Hülle. Es war, als öffnete sich der Himmel, als reichten sich die physische und die geistige Welt die Hand. Die Menschen liessen langsam voneinander ab, erhoben sich und starrten mich ergriffen an. Peinlich berührt fiel ihnen erst jetzt ihre Blösse auf. Wahllos griffen sie nach am Boden liegenden Tüchern, um sich ihre Scham zu bedecken. So kam es, dass Totimo im Hemd des Macellaio verschwand und aussah wie eine Vogelscheuche; dass Gino ein zu knappes Tänzerinnenkleid um seine Lenden wickelte; Isadora im Mooskleid eines neckischen Kicherers steckte; Rusca eine Toga trug statt seines mit Goldknöpfen betressten Uniformrocks, der jetzt Jampa schmückte, während dessen Flickenhemd den Runzelleib der Boresco bedeckte. Hugo Ball trug Rohrhut, Rohrkleid, Umhang. Niemand wusste, woher was kam, aber es war abstrakt. Kartoffel sah aus wie ein Kristallgeist, Tomate wie ein Tatzelwurm. Peregrinus verhedderte sich in Besants Zwiebeltüchern, während jene Zemolos Unterhemd trug.

Von weit her hörte ich die bekannten Geräusche: gemächlich trabende Pferde, das Knarren von Achsen, lärmende Kinder, Hundegebell, Wiehern, Männergesang, «Djelem, djelem», Kesselgeklapper; nahm die vertrauten Gerüche wahr: Eintopf, feuchtes Leder, die Schlafstelle der Zigeuner im Wald, die Frau mit dem dunklen Haar – Mutter. Sie sah mich an durch den Vorhang der jenseitigen Welt. Zum ersten Mal in meinem Leben empfand ich so etwas wie Geborgenheit, Fürsorge, Schutz. Es war, als hätte ich meine Wurzeln gefunden. Mein Licht wurde stärker, und ich spürte, wie ich vom Boden abhob, meine Füsse die Erde nicht mehr berührten.

Als Don Mondini das sah, faltete er die Hände, sank vor mir in die Knie.

«Ein Engel!»

Tränen liefen ihm über die Wangen. Er wurde von Dankbarkeit durchströmt. Endlich war er im Garten Eden angekommen, am Ort der Lobgesänge und Vollkommenheit, voll Wonne, der Apfelgärten und kühlen Bäche, Kissen und weichen Teppiche. Ich war für ihn kein Hexer mehr, sondern ein Geistführer, und er fand zum Glauben an Gott zurück.

Peregrinus starrte wie versteinert zu mir auf.

«Ein Engel!»

Er war erschüttert und auch beschämt, bereute all seine Taten, bat um Gnade und Versöhnung. Stets hatte er allen seinen Willen aufgezwungen, selbstgerecht und eigennützig, Intrigen gesponnen, aufgehetzt und betrogen, zu hohe Erwartungen für die verkehrten Dinge gehegt. Damit war nun Schluss. Nie mehr würde er unheilsam handeln. Er würde Busse tun und sich dem Guten zuwenden, seinen Geist disziplinieren, sodass seine Handlungen Samen fürs Glück bilden würden. Er musste nicht mehr die Welt beherrschen, sondern würde fortan genügsam sein.

Selbst Mignon wollte das Herz in der Brust zerspringen, als sie bestürzt zu mir aufblickte.

«Ein Engel!»

Sie hatte ehrgeizige Ziele verfolgt, grosse Erfolge gefeiert, war aber nicht glücklich dabei geworden. Sie hatte ihre Umgebung als feindlich wahrgenommen, wollte Wut mit Wut überwinden und war deshalb Gefangene ihres Dämons geblieben. Ihre eigenen Interessen hatte sie vor alles gesetzt, künftig würde sie anderen den Vortritt lassen, sogar Betty. Sie hegte keine schlechten Gedanken mehr, war nicht nachtragend, sondern zeigte Verständnis und Toleranz, war geduldig und damit ruhig und gelassen, fand endlich Frieden.

Betty, Isadora, Mary, alle Tänzerinnen hielten mir die Hände entgegen und wagten doch nicht, mich zu berühren. Rodolfo, Claudio, Ludovigo, Angelo, Pietro, Edoardo, Giacomo, Filippo – sie sanken erschüttert vor mir in die Knie. Buttiglioni, Altro, Zemolo, Rusca, Bolongaro weinten hemmungslos. Oedenkoven, Ida Hofmann, Laban, Ball, Totimo hielten sich bei den Händen. Anarchisten, Anthroposophen, Astrologen, Buddhisten, Freimaurer, Illuminaten, Naturisten, Satanisten, Theosophen – alle waren zutiefst ergriffen. Dann gab es einen lauten Knall, und die Casa Centrale brach in sich zusammen.

Die Höllenfahrt war zu Ende.

KAPITEL № 54

Wir bauen ihn wieder auf

Niemand beweinte das Haus. Denn es war niemand mehr da, der es hätte beweinen können. Als sich die Morgensonne über das Gotthardmassiv erhob und den Monte Verità in goldenes Licht tauchte, rauchte das verbrannte Gebälk der einst so stolzen Casa Centrale vor sich hin. Hier und da zeugte noch ein Kleidungsstück auf der Wiese von den vergangenen Ereignissen: eine Toga, ein Turbanschweif, ein Lendenschurz, Totimos Laubkranz. In grosser Eile hatte sich jeder seine Habe geschnappt und war verschwunden, jeder in eine andere Himmelsrichtung. Henri Oedenkoven und Ida Hofmann wanderten gen Westen, bis zum Atlantik. Irgendwo gingen sie auf ein Schiff und landeten in Brasilien, wo sie eine neue Kommune gründeten. Merlin Peregrinus alias Theodor Reuss fuhr nach München, wo er weiter an seinen freimaurerischen Ideen für eine utopistische Gesellschaft schrieb. Rudolf von Laban gründete noch zwanzig Tanzschulen in ganz Europa, bereitete die Choreografie der Olympischen Sommerspiele 1936 in Berlin vor, musste dann aber vor den Nazis nach England flüchten.

Isadora Duncan erlitt ein tragisches Schicksal. Die Tänzerin war erst fünfzig Jahre alt, als sie in Nizza mit einem Begleiter in einem offenen Amilcar spazieren fahren wollte. Ihr langer roter Seidenschal, den sie um den Hals geschlungen hatte, verfing sich vor der Abfahrt in den Radspeichen des Sportwagens, sodass ihr der scharfe Ruck bei der Anfahrt des Automobils das Genick brach.

Mary Wigman eröffnete eine Schule für modernen Tanz in Dresden, ging auf Tourneen in London und den USA, kreierte Solotänze, liess sich notgedrungen mit den Nazis ein, choreografierte anlässlich der Eröffnung der Olympischen Sommerspiele 1936 die «Totenklage» für das Festspiel «Olympische Jugend» mit einer Gruppe von achtzig Tänzern. Hugo Ball rekonvertierte zum Katholizismus, schloss sich strenggläubigen Kreisen an und studierte die alten Mystiker. Er zog ins kleine Tessiner Dorf Agnuzzo unterhalb von Montagnola, wo Hermann Hesse wohnte, mit dem ihn eine enge Freundschaft verband. Sie sind auf demselben Friedhof Sant'Abbondio in Gentilino begraben.

Karl und Jenny Gräser landeten beide im Irrenhaus und starben früh. Die Baronin Antonietta de St. Léger lebte weiter allein auf ihrer Insel und prozessierte gegen alles und jeden, wobei ihre finanzielle Krise immer tiefer wurde. Schliesslich verkaufte sie die Insel unter Zwang an Max Emden, der hier Feste mit nackten Mädchen feierte, während sie völlig verarmt in Ascona lebte. Annie Besant zog nach Indien, wurde einer der Köpfe der indischen Nationalbewegung, wurde interniert, wieder freigelassen, agitierte gegen Gandhi, vertrat die imperialistische Theorie, wonach das hinduistische Indien durch die koloniale Erfahrung an seine goldene arische Vergangenheit anknüpfen könne, um eine Erneuerung von hinduistischer Spiritualität und Kultur auf höherer Ebene zu ermöglichen. Sie blieb Präsidentin der Theosophischen Gesellschaft in Adyar bis zu ihrem Tod 1933.

Jiddu Krishnamurti wurde zum Weltlehrer, löste aber den Order of the Star in the East mit sechzigtausend Mitgliedern auf, weil er kein Messias mehr sein wollte. Am 3. August 1929 erklärte er in Omen seinen Abschied: «Ich behaupte, dass die Wahrheit ein pfadloses Land ist und dass es keine Pfade gibt, die zu ihr hinführen – keine Religionen, keine Sekten. Die Wahrheit ist grenzenlos, sie kann nicht konditioniert, sie kann nicht auf vorgegebenen Wegen erreicht und daher auch nicht organisiert werden. Der Glaube ist eine absolut individuelle Angelegenheit, und man kann und darf ihn nicht in Organisationen pressen. Falls man es tut, wird er zu etwas Totem, Starrem. Solche Organisationen verkrüppeln das Individuum, hindern es daran, zu wachsen und seine Einzigartigkeit zu leben, die ja darin liegt, dass es ganz alleine diese absolute, uneingeschränkte Wahrheit entdeckt. Ihr könnt andere Organisationen gründen und auf jemand anders warten. Damit habe ich nichts zu tun. Ich habe kein Interesse daran, neue Gefängnisse zu errichten und neue Dekorationen für diese Gefängnisse zu kreieren. Mein einziges Interesse liegt in der absoluten, uneingeschränkten Befreiung des Menschen!»

Ich setzte mich auf die Freitreppe und schaute auf den Lago Maggiore hinab. Wie friedlich er im Becken lag und sich zwischen den steilen bewaldeten Bergflanken durchschlängelte. Da kam Gusto den Hügel emporgelaufen, genau dort, wo vor Tagen die Tänzerinnen vor der untergehenden Sonne Ischtars Höllenfahrt aufgeführt hatten. Ich musste immer noch schmunzeln über seine Erscheinung; in seinem härenen Gewand, mit Strick um den Leib, Sandalen an den Füssen, vollem Bart und langen strähnigen Haaren, die durch ein ledernes Stirnband, das wie ein Diadem wirkte, gebändigt wurden. In seinem Beutel die Zettel mit Gedichten. Ein Stromer, Vagabund und lachender Siebenbürger.

«Eines bleibt in alleder Beschwerde,
dieses hebt mir freudig Sinn und Mut.
Spürst auch Du's? – ein wonneschaurig
WERDE
dringet hell durch all die dumpfe Wut!
Hah, fürwahr, in all den grausen Wehen
muss der eigentliche Mensch erstehen!
Das – bleibt – gut.»

Er hatte alles vorausgesagt, vorausgemalt, vorausgesungen mit seiner prophetischen Kraft – die Ereignisse auf dem Monte Verità. Es war eine besondere Zeit gewesen, voll von Zauber, Klängen und Gelächter, und ich war dabei gewesen und daran gewachsen. Gusto hatte mich aufgerichtet, mein Bewusstsein geschärft, war mir aber nie ein Meister geworden, kein Führer, aber – ein Freund.

Er hatte nach Wahrheit gesucht und Wahrheit nicht nur gefunden, sondern auch geschaffen. Er setzte sich neben mich. Eine Weile sassen wir nur da und blickten zusammen auf den See.

«Jetzt sind alle weg», sagte ich.

«Das war mir ein schöner Zirkus», lächelte er.

«Ich habe dich nie gefragt, wie du auf die Idee gekommen bist.»

Er blickte mich vergnügt an.

«Eusapia Palladino. Sie hat mir damals verraten, wie man Menschen fliegen lässt.»

«Es war ein seltsames Gefühl, ohne Boden unter den Füssen. Sie hielten mich tatsächlich für einen Engel.»

«So war es gedacht. Alle Menschen sehnen sich nach Mystik, und ganz besonders die auf dem Monte Verità.»

«Aber das geschah nur wegen der Wirkung des Cannabis. Wusstest du, wie es in dieser Menge auf die Menschen wirkt?»

Er blickte mich an, als hätte er mehr Verstand von mir erwartet, wollte aber nicht darauf antworten. Stattdessen faltete er die Hände und blickte gen Himmel.

«Wo hattest du das Cannabis eigentlich her?»

Gusto kicherte.

«Ich habe ein Gärtchen bei Arcegno, ein grösseres sogar. Aber jetzt ist es vollkommen abgeerntet. Das war es wert. Sogar Mignon ging vor dir in die Knie.»

Ich senkte betreten den Kopf.

«Sie fehlt dir wohl immer noch?»

Ich schüttelte den Kopf.

«Wir hatten von Anfang an keine Chance, und doch war unsere Begegnung wichtig.»

«Gut, dass du das so siehst. Liebe lässt reifen. Dafür ist sie gedacht.» Gusto erhob sich, drückte ächzend den Rücken gerade. «Ich bin nicht mehr der Jüngste, vielleicht sollte ich künftig doch in einem Bett schlafen.»

Ich musste lachen und wies mit den Armen über die Gegend.

«Es sind genügend da, in jeder Lichtlufthütte!»

Ich blickte auf das, was mal die Casa Centrale gewesen war. Mir war klar, ich war Zeuge eines Experiments geworden. Menschen waren auf den Monte Verità gekommen, um ein ursprüngliches Leben zu führen, fern von Patriarchat und Krieg. Sie waren voll von lauteren Absichten und Idealen gewesen, doch jeder mit eigenen Motiven und Vorstellungen. Es hatte letztlich nur wenig Gemeinsamkeit gegeben, nur die Ablehnung der bürgerlichen Welt. Das war zu wenig. Ich empfand Bedauern, dass es dieses Haus nicht mehr gab, vielleicht hätte ich es retten sollen. Ich hätte es retten können – aber ich hatte es nicht getan. Gusto blickte mich vergnügt an.

«So besinnlich?»

«Haben wir das Richtige getan?», fragte ich.

«Jede Epoche geht mal zu Ende.»

«Und wenn ich anders entschieden hätte?»

Gusto zuckte gleichgültig mit den Schultern.

«Dann wäre alles anders gekommen. Ohne deine Narretei für Mignon wärst du ihr nicht in den Wald gefolgt und hättest folglich auch nichts von Peregrinus' Plänen erfahren.»

«Das Rusticofenster stand offen. Ich konnte alles mithören.»

«Sein Plan war genial, das muss man Peregrinus lassen.»

«Aber er wollte Oedenkoven den Berg stehlen und mich zum Brandstifter machen.»

Gusto lächelte.

«Beinahe hättest du Oedenkoven alles verraten.»

«Was du verhindert hast.»

Er blickte mich scharf an.

«Ich bin Monte Verità, nicht er! Aber er riss alles an sich und warf mich hinaus. Jetzt hat er die Rechnung dafür erhalten.»

Ich blickte Gusto an, sah ihn plötzlich mit anderen Augen.

Vielleicht war er doch nicht so selbstlos und gerecht, wie er sich gern gab. Ein Funke Eigensucht loderte schon in ihm, vielleicht mehr als ein Funke.

«Dein Plan war aber genialer als der von Peregrinus.»

Er kicherte sich in den Bart.

«Und was werden wir nun aus dem Monte Verità machen?», fragte ich.

«Na was wohl! Wir bauen ihn wieder auf.»